Buch

Gerald Dawson ist ein Mann, der alles daransetzt, um das Geschäft mit der Pornografie zu bekämpfen. Und als Dawson ermordet wird, glaubt die Polizei schnell, den Täter zu kennen: den Besitzer eines Pornoladens, den Dawson kurz vorher zusammen mit Gleichgesinnten auseinandergenommen hat. Aber Dave Brandstetter, der bekannte Versicherungsdetektiv, hat begründete Zweifel. Er untersucht den Fall und kommt zu ganz anderen Ergebnissen als seine Kollegen von der Polizei ...

Autor

Joseph Hansen lebt in Los Angeles, dem Schauplatz der meisten seiner Romane mit dem Versicherungsdetektiv Dave Brandstetter in der Hauptrolle.

Von Joseph Hansen sind außerdem bei Goldmann lieferbar:

Die logische Lösung (5459)
Ein Fall für Dave Brandstetter (5459)
Frühe Gräber (5073)
Keine Prämie für Mord (5454)
Jeder hat einen Feind (5464)

JOSEPH HANSEN
VERKAUFTE HAUT
EIN FALL FÜR DAVE BRANDSTETTER

Skinflick

Aus dem Amerikanischen von
Friedrich A. Hofschuster

GOLDMANN VERLAG

Der Goldmann Verlag
ist ein Unternehmen der Verlagsgruppe Bertelsmann

Made in Germany · 4/91 · 1. Auflage dieser Ausgabe
© der Originalausgabe 1979 by Joseph Hansen
© der deutschsprachigen Ausgabe 1983, 1991 by
Wilhelm Goldmann Verlag, München
Umschlaggestaltung: Design Team München
Umschlagillustration: Norma/Faba, Barcelona (9246 AV)
Druck: Elsnerdruck, Berlin
Krimi 5444
Lektorat: Ulrich Genzler
Herstellung: Klaus Voigt
ISBN 3-442-05444-3

Die Hauptpersonen

Dave Brandstetter	Privatdetektiv
Amanda Brandstetter	seine junge Stiefmutter
Mildred Dawson	eine gehbehinderte Frau
Bucky Dawson	ihr Sohn
Jack Fullbright	Teilhaber eines Filmgeräteverleihs
Charleen Sims	ein Mädchen, das zum Film will
Spence Odum	Filmproduzent
Johnny Delgado	arbeitsloser Privatdetektiv
Randy Van	liebt Frauen- und Männerkleidung
Billy Jim Tackaberry	hat den Vietnamkrieg nicht verkraftet

Der Roman spielt in Los Angeles

Kapitel 1

Er parkte in der gleißenden Sonne auf einer schmalen, steilen Straße, deren Sprünge in der Zementdecke mit Teer ausgebessert worden waren. Der Teer glitzerte und sah aus, als ob er noch flüssig wäre. Eine Minute lang blieb er sitzen, im eiskalten Wind der Klimaanlage. Sie lief auf Hochtouren, seit er vor zwanzig Minuten in den Wagen gestiegen war, aber der Rücken seines Hemdes war schweißnaß. Dabei war es erst zehn Uhr vormittags. Eine solche Hitzewelle war selbst für Los Angeles ungewöhnlich. Er haßte die Hitze, und diesmal wollte sie nicht weichen. Vor drei Wochen, auf dem Friedhof, war sie fast unerträglich gewesen. Die neun Witwen seines Vaters hatten ausgesehen, als ob sie im nächsten Moment zusammenbrechen würden. Das harte Licht hatte die Blumen blaß erscheinen lassen. Die brüllende Hitze war sogar unter die Erde gedrungen, unter die knallgrüne Decke aus Kunstgras. Er war geblieben, um die Männer zu beobachten, die die Grube zuschaufelten. Die Erde war staubtrocken. Selbst die Ränder des frisch ausgehobenen Grabs waren ausgetrocknet. Was, zum Teufel, erinnerte er sich ausgerechnet daran? Er schaltete den Motor ab, holte sich seine Jacke vom Rücksitz und stieg aus dem Wagen.

Die Tür fiel hinter ihm zu. In der Backofenhitze zog er sich das Jackett an. Er überquerte die Straße. Das Haus starrte ihn blind, von der Sonne geblendet, an, über einem Wall aus Oleanderbüschen. Die Vorhänge waren zugezogen, die Garagentüren waren geschlossen. Die Vorderfront des Hauses und der Garage waren nur ein paar Schritte vom Gehweg entfernt. Auf dem kurzen Stück zwischen der Straße und den Garagentüren hatte man inzwischen das Klebeband entfernt, mit dem die Polizei die Lage des Toten markiert hatte. Aber der Klebstoff war zum Teil hängengeblieben auf dem trockenen Zement; Straßenstaub hatte sich dort festgebacken und die Umrisse erneut sichtbar gemacht. Reifenspuren überlagerten sie an einigen Stellen, aber sonst gab es keine Flecken auf dem Stein. Gerald Ross Dawson hatte nicht geblutet. Er war an Genickbruch gestorben.

Zypressen standen zu beiden Seiten der Haustür, von Spinnweben überzogen und schon lange nicht mehr beschnitten. Er tastete nach der Türglocke, drückte sie, und drinnen im Haus ertönte ein Gong. Dave kannte die vier Töne. Als er zehn oder zwölf Jahre alt war, hatte er sich um die Gunst eines hübschen Jungen bemüht, der geradezu süchtig gewesen war nach Kirchengesängen. Der Türgong der Dawsons spielte die ersten vier Noten eines Chorals: »Liebe hat mich erhoben«. Aber niemand kam an die Tür. Er ließ den Sekundenzeiger seiner Uhr einmal die Runde machen und drückte dann erneut auf den Klingelknopf. Wieder hörte er die vier Töne. Wieder rührte sich nichts. Er neigte den Kopf zur Seite. Roch er nicht so etwas wie Rauch oder Qualm?

Ein Plattenweg führte an der Hausfront entlang; das Moos zwischen den Ritzen war von der Trockenheit vergilbt. Er hob den Arm, um sich vor den Oleanderzweigen zu schützen, und folgte dem Pfad. An der Hausecke begann eine Steintreppe, die von Efeu überwuchert war. Er ging die Stufen hinauf, und der Qualmgeruch verstärkte sich. Als er die oberste Stufe erreicht hatte, sah er vor sich einen Patio, wo Azaleen in Kübeln wuchsen und Gartenmöbel aus Redwoodholz von altem Laub bedeckt waren. Ein dunkelhaariger, stämmiger Teenager verbrannte im Feuerloch eines gemauerten Gartengrills Zeitungen und Zeitschriften. Er hatte nur eine Jeans an, das war alles. Den gußeisernen Grill hatte er abgenommen und gegen die Mauer gelehnt. Der Junge wirkte ungeduldig; er stocherte mit einem Eisenhaken nach den Glanzpapierblättchen, die sich wellten und schwarz wurden in Flammen und Rauch, der den Himmel verdunkelte.

Der Bursche stand halb von Dave abgewandt. Ein stark behaarter Junge: Pelz an den Armen, auf der Brust, sogar an den Zehen. Jetzt hatte er eine Zeitschrift in der Hand. Er wollte sie ins Feuer werfen, zog aber plötzlich die Hand zurück. Dann wischte er sich den Schweiß mit dem Arm von der Stirn, und Dave konnte den Titel der Zeitschrift lesen: *Frisco-Nymphchen*. Auf dem Farbfoto waren drei nackte, kleine Mädchen um die Zehn zu sehen. Der Bursche stocherte wild in den Flammen, stieß einen Laut aus, der Dave wie ein Wimmern vorkam, hielt das Magazin unentschieden in der Hand und warf es schließlich in die Flammen. Dave fühlte die Hitze, die von dem Feuer ausging. Eigentlich wollte er nicht näher herangehen, aber dann tat er es doch.

»Guten Morgen«, sagte er.

Der Junge wirbelte herum, die Augen weit aufgerissen. Der Feuerhaken fiel ihm aus der Hand und klapperte auf den gemauerten Rand der Feuergrube. Ohne den Blick von Dave abzuwenden, faßte er hinter sich, um die Hefte mit den Händen zu verdecken. Aber es gelang ihm nicht. Schließlich trat er einen Schritt zurück und setzte sich drauf. Eines rutschte weg und blieb auf den Platten des Patios liegen. Das nackte, kleine Mädchen auf dem Umschlag hatte gelbe Entenküken in der Hand. Der junge Bursche schnappte sich das Heft und warf es ins Feuer. Die Flammen waren für kurze Zeit abgedeckt, und an den Rändern stieg säuerlicher Rauch hoch. Dave mußte husten, wedelte sich mit den Händen vorm Gesicht und trat zurück, wobei er gegen einen Redwoodtisch stieß.

»Komm hier rüber«, sagte er.

»Was ist?« keuchte der Junge. »Wer sind Sie?«

»Mein Name ist Brandstetter.« Dave reichte dem Jungen seine Geschäftskarte. »Ich bin Ermittler bei einer Versicherungsfirma. Es geht um den verstorbenen Gerald Ross Dawson. Ich möchte Mrs. Dawson sprechen.«

»Sie ist nicht hier.« Der Junge hustete und rieb sich die Augen mit den Fingern. Dann betrachtete er mit gerunzelter Stirn die Karte. Seine Brauen waren dicht, schwarz und über der Nasenwurzel zusammengewachsen. »Sie ist zum Beerdigungsinstitut gefahren. Ein paar Frauen von der Kirche waren hier. Sie wollten meinen Vater noch einmal sehen.«

»Du bist also Gerald Dawson junior, nicht wahr?«

»Bucky«, sagte er. »Kein Mensch sagt Gerald Dawson junior zu mir.«

»War dir kalt?« fragte Dave. »Oder sind dir die Briketts ausgegangen?«

»Ich verstehe nicht, was Sie meinen«, sagte Bucky.

»Das Brennmaterial. Wo hast du das her?«

»Ich hab' die Hefte gefunden, in –« Aber Bucky überlegte es sich anders. »Sie gehören mir. Und ich habe mich geschämt. Ich wollte sie loswerden. Das war die beste Gelegenheit.«

»Solche Hefte kosten ein Heidengeld«, sagte Dave. »Wieviel waren es? Ein Dutzend? Das sind fünfzig, sechzig Dollar, vielleicht noch mehr. Viel Geld für einen Jungen in deinem Alter. Dein Vater muß sehr großzügig mit dem Taschengeld gewesen sein.«

»Und nun sehen Sie, wie ich ihm seine Großzügigkeit gelohnt habe!« erwiderte Bucky.

»Aber Geschäfte, die solches Zeug auf Lager haben, verkaufen nicht an Jugendliche. Es muß nicht leicht gewesen sein für dich, die Hefte zu bekommen.«

Bucky schüttelte den Kopf. »Ich hasse sie.« In seinen Augen standen Tränen, diesmal nicht vom Rauch. Der Rauch zog in der anderen Richtung weg. »Er war so gut. Und ich bin so gemein.«

»Mach bloß keine große Sache daraus«, sagte Dave. »Jeder muß mal erwachsen werden. Wann kommt deine Mutter zurück?«

»Sagen Sie ihr bloß nicht, was ich gemacht habe«, beschwor ihn Bucky.

»Ich muß ihr nur ein paar Fragen stellen«, erklärte Dave.

»Die Polizei hat sie schon lang und breit ausgefragt«, sagte Bucky. »Warum wollen Sie jetzt noch mal von vorn anfangen? Es ist zu spät. Alles ist zu spät. Sie haben sogar seine Leiche zehn Tage bei der Polizei behalten.« Er wandte sich abrupt um und versuchte zu verbergen, daß er weinte. Dann ging er zurück zum Feuer und stocherte blindlings in dem brennenden Papier herum. Wieder verbreitete sich beißender Rauch. Bucky blies ins Feuer; kleine Flammen begannen an den Rändern der Hefte zu lecken. »Endlich haben sie zugestimmt, daß er morgen beerdigt wird. Können Sie uns nicht in Ruhe lassen?«

»Wo war er an dem Abend, als er umgebracht wurde?« fragte Dave.

»Ich bin es nicht wert, daß ich seinen Namen trage«, sagte Bucky. »Er hat in seinem ganzen Leben nichts Schmutziges getan. Schauen Sie das hier an. Ich bin immer schmutzig gewesen. Ich bete und bete –« Er stocherte nach den brennenden Heften, wütend, verzweifelt. »Aber ich werde einfach nicht anständig. Schauen Sie mich doch an.« Er drehte sich plötzlich herum und breitete die Arme aus. Graue Aschenteilchen hatten sich an dem dichten, schwarzen Brusthaar und an den Armen verfangen. »Behaart, überall. Jeder kann sehen, was ich bin. Ein Tier!«

»Vererbungssache«, sagte Dave. »Ist er öfters die ganze Nacht weggeblieben?«

»Was?« Der Junge blinzelte. Langsam senkte er die Arme. Es war, als ob Dave ihn vom Schlafwandeln geweckt hätte. »Nein. Nie. Warum? Manchmal ist er spät nach Hause gekommen, ja – aber dann hat er in der Kirche gearbeitet.«

»Ist dir bekannt, was er dort gearbeitet hat?« fragte Dave.

»Diese Gegend«, Bucky begann ein Heft zu zerreißen und schleuderte dann die Fetzen wütend ins Feuer, »ist nichts für gute Christen. Hier kann man die Kinder nicht zu anständigen Menschen erziehen. Da drüben im Park gehen Sachen vor sich, für die es nicht mal 'nen Namen gibt. Haben Sie diese Drecksläden gesehen, diese Bars für Perverse, die Filme, die dort gezeigt werden? Dreck!« Er zerriß das nächste Heft. »Dreckige Bars, dreckige Menschen. Brenn schon!« brüllte er dem Feuer zu. »Brenn, brenn!«

»Und dein Vater hat versucht, für Sauberkeit zu sorgen?« fragte Dave.

Bucky war jetzt mürrisch und sehr vorsichtig geworden. »Ich weiß es nicht. Aber Sie wissen, wo er war. Die Polizei hat Spuren an seiner Kleidung gefunden. Er war da, wo es Pferde gibt. Und er hat sich Lon Tooker zum Feind gemacht.«

»Der Besitzer der ›Schlüsselloch‹-Buchhandlung?«

»Richtig. Der hat Pferde, dort wo er wohnt – im Topanga Canyon. Deshalb haben sie ihn verhaftet. Ja, wissen Sie denn gar nichts?«

»Ich habe den Polizeibericht gelesen«, antwortete Dave. »Deshalb bin ich hier. Was da steht, reicht mir nicht.«

»Warum? Was kann das Sie schon interessieren?«

»Es geht immerhin um fünfzigtausend Dollar«, erwiderte Dave. »Und deshalb bin ich hier.«

Unter der Asche, mit der er das Gesicht verschmiert hatte, wurde Bucky kalkweiß. »Sie meinen, die Versicherung könnte das Geld für seine Lebensversicherung nicht auszahlen? Damit soll ich aufs College. Und meine Mama lebt davon. Sie kann nicht arbeiten. Sie ist behindert.«

»Ich habe nicht die Absicht, ihr das Geld vorzuenthalten«, erklärte Dave. »Aber an der Sache ist einiges faul, und ich muß herausfinden, was.«

»Das einzige, was faul daran ist, ist die Tatsache, daß Vater ermordet wurde.« In Buckys Augen standen wieder Tränen. »Wie konnte Gott das zulassen? Er war Gottes Diener. Er hat nur Gottes Willen vollzogen.«

»Lon Tooker war bis Mitternacht in seinem Laden.«

Der Junge erwiderte höhnisch: »Das sagt der Gauner, der für ihn arbeitet. Wenn jemand in einem solchen Geschäft arbeitet, macht es ihm auch nichts aus zu lügen.«

»Die Öffnungszeiten stehen an der Tür«, sagte Dave. »Wochentags von zwölf Uhr mittags bis Mitternacht. Wenn er diese Zeiten eingehalten hat, konnte er frühestens um zwei Uhr bei seinen Pferden sein. Nach Topanga fährt man länger als eine Stunde.«

»Was soll das heißen?« Bucky zerfetzte das nächste Heft. »Meine Mama hat meinen toten Vater erst gefunden, als sie am Morgen rausging und die *Times* holen wollte.«

»Aber der medizinische Sachverständige erklärt, daß er zwischen zehn Uhr abends und Mitternacht gestorben sein muß.«

»Ich bin um Mitternacht heimgekommen«, sagte Bucky. »Vom Basketball-Training in der Kirche. Er war nicht da. Ich hätte ihn sehen müssen.« Wieder segelte ein Glanzpapierheft ins Feuer. Sekundenlang schaute ein nacktes Schulmädchen mit schmalen Schultern auf Dave, dann schwärzte sich das Papier und rollte sich auf. »Lieutenant Barker sagt, der medizinische Sachverständige kann sich irren.«

»Kann heißt noch lange nicht muß«, entgegnete Dave.

»Er kam heim, stieg aus dem Wagen, um die Garage aufzusperren, und wurde von Lon Tooker von hinten angefallen«, sagte Bucky. »Dabei ist das Zeug von den Pferden an seine Kleidung gekommen.«

»Sehr hübsch«, erwiderte Dave. »Hast du etwas von einem Kampf gehört? Wo schläfst du?«

Bucky richtete den Kopf auf das Fenster an der Ecke des Hauses. »Dort. Ich habe nichts gehört. Ich war müde. Ich habe fest geschlafen.« Er zerriß wieder ein paar Seiten. »Abgesehen davon – glauben Sie, daß es einen Kampf gegeben haben muß? Tooker hat ihn von hinten überfallen und ihm das Genick gebrochen. Man lernt das bei der Marine. Tooker war bei der Marine – im Zweiten Weltkrieg.«

»Das sieht im Film recht einfach aus«, sagte Dave.

»Aber es ist vorgekommen.«

»Tooker muß Mitte Fünfzig sein. Dein Vater war zehn Jahre jünger.«

»Er verstand nichts vom Kämpfen«, sagte Bucky, stocherte in dem verkohlten Papier herum, und große Aschestücke segelten über der Glut wie Fledermäuse. Dann sanken sie hinunter auf den efeubedeckten Hügel. »Er war ein Christ.«

»Aber kein Soldat des Herrn?« fragte Dave.

»Machen Sie sich lustig über ihn?« Bucky drehte sich um, den Feuerhaken in der Hand. »Was sind Sie? Atheist oder ein Jude? Wollen Sie deshalb mir und meiner Mama das Geld aus der Versicherung vorenthalten? Weil wir wiedergeborene Christen sind?«

»Wenn er versuchte, die Garagentür zu öffnen«, erwiderte Dave, »wo waren dann seine Schlüssel? Sie waren nicht in seiner Tasche und lagen auch nirgends herum.«

»Dann hat Tooker sie eben mitgenommen«, erklärte Bucky.

»Man hat ihn durchsucht«, sagte Dave. »Sein Haus, und auch den Laden. Seinen Wagen und ihn selbst. Die Schlüssel wurden nicht gefunden.«

Bucky zuckte mit den Schultern und stocherte wieder nach dem Feuer. »Dann hat Tooker sie eben irgendwo weggeworfen. Was hätten sie ihm genützt?«

»Genau«, sagte Dave. »Warum hätte er sie dann erst einstecken und mitnehmen sollen?«

»Warum lassen Sie uns nicht in Frieden?« Buckys Stimme klang fast weinerlich. »Glauben Sie nicht, wir haben genug mitgemacht, meine Mama und ich? Glauben Sie nicht, es ist auch in Zukunft schwer genug für uns, auch ohne daß Sie hierherkommen und –« Unten auf der Straße wurde eine Wagentür zugeschlagen. Bucky war wieder sehr blaß. Er starrte Dave erschreckt an. »Da kommt meine Mama. Hören Sie – sagen Sie ihr nichts von den Heften. Bitte!«

»Vielleicht solltest du jetzt damit aufhören«, erklärte Dave. »Steck das Zeug weg und verbrenn es ein andermal.«

»Wenn Sie ihr nichts sagen«, Bucky nahm wieder den Feuerhaken, der ihm vorhin vor Schreck aus der Hand gefallen war, »dann ist es gut. Sie kommt nicht hier rauf. Es wäre zu mühsam für sie.«

»Dann gehe ich jetzt hinunter«, sagte Dave.

Der Rauch hing beißend in der engen Straße. Kein Lüftchen rührte sich, das ihn weggeweht hätte. Er hing in den Büschen und kroch langsam die Anhöhe hinunter. Eine große, breithüftige Frau kam aus der Garage, in der ein hellbrauner Aspen mit dem Aufkleber ICH HABE JESUS GEFUNDEN parkte. Die Frau schleppte das rechte Bein nach; an ihrem Arm hing ein Spazierstock. Sie trug einen neuen, beigefarbenen Hosenanzug aus Wolle und darunter eine kakaofarbene Bluse. Das Haar war frisch frisiert und eisengrau getönt. Sie zog mit Mühe am Griff der Garagentür und trat dann zur Seite, gerade noch rechtzeitig genug, um sie nicht auf den Kopf zu bekommen. Dann drehte sie sich um, erblickte Dave und blieb stehen. Sie zog die Mundwinkel nach unten, und ihre Worte klangen scharf und schneidend.

»Wer sind Sie? Was wollen Sie?«

Er ging zu ihr hin, nannte seinen Namen und reichte ihr die Geschäftskarte. »Wenn einer unserer Versicherten eines nicht natürlichen Todes stirbt, sind wir gezwungen, Nachforschungen anzustellen.«

»Wo ist mein Sohn?« Sie blickte auf. »Was ist das für ein Rauch?«

»Er verbrennt Abfall«, erklärte Dave. »Ich habe schon mit ihm gesprochen.«

»Er ist minderjährig«, sagte sie. »Sie haben kein Recht, mit ihm zu sprechen.«

»Ich bin kein Polizeibeamter«, entgegnete Dave.

»Worüber haben Sie mit ihm gesprochen? Was hat er gesagt?«

»Daß er glaubt, Lon Tooker hätte seinen Vater getötet.«

Gegenüber, auf der anderen Seite der Straße wurde ein schlecht geöltes Fenster hochgeschoben. Dann öffnete sich eine Terrassentür. »Vielleicht ist es besser, wenn wir im Haus darüber sprechen.«

»Es gibt nichts, worüber ich mit Ihnen sprechen möchte«, erwiderte sie. »Die Polizei hat den Mann verhaftet. Das bedeutet doch wohl, daß der Staatsanwalt ihn für den Täter hält. Warum ist es da so ungewöhnlich, wenn Bucky das gleiche denkt?«

»Es ist nicht ungewöhnlich«, sagte Dave. Die Frau sah aus wie Ende Fünfzig. Es waren nicht nur die Folgen des Schlaganfalls, der ihre linke K̶ perhälfte teilweise gelähmt hatte. Unter dem Kinn hingen lose H̶ ̶ ̶ ̶ , und ihre Haut überzog ein Netzwerk aus Runzeln. Auf ihren Händen waren Leberflecke. Gerald Dawson hatte eine Frau geheiratet, die seine Mutter hätte sein können. Bucky mußte bei einer der letzten noch möglichen Gelegenheiten entstanden sein. Dave sagte: »Aber es ist ihm allzu leicht über die Lippen gekommen.«

Sie schüttelte den Kopf, und die nach unten hängende Lippe zitterte dabei. »Nichts ist leicht. Alles ist schwer. Der Tod ist schwer. Und der Verlust. Selbst für Christen wie uns, Mister –« Sie warf einen Blick auf die Geschäftskarte. »Mr. Brandstetter. Gott schickt uns solche Prüfungen, um uns daran zu messen. Aber das macht es uns nicht leichter.« Jetzt verengte sie das eine Auge, dessen Lid sie bewegen konnte. »Was machen Sie hier? Sie bringen vermutlich keinen Scheck von der Versicherung. Bringen Sie noch eine weitere von diesen Prüfungen?«

»Wo ist er in der bewußten Nacht gewesen, Mrs. Dawson?«

»Er arbeitete im Dienste des Herrn«, sagte sie. »Über die Einzelheiten weiß ich nicht Bescheid.«

»Wer könnte das wissen? Jemand von der Kirche?«

Sie ging auf die Tür zu, wobei sie den Stock einsetzte und das eine Bein nachschleifte. »Die haben bereits ausgesagt, daß sie es nicht wissen. Aber vielleicht versuchen Sie es bei Reverend Shumate.« Schlüssel klimperten in ihrer freien Hand. Sie hielt sich an einer Zypresse fest, um sich die paar Stufen zur Tür hinaufzuziehen. Dann zielte sie mit dem Schlüssel auf das Schloß. »Es ist sehr schwer zu begreifen, daß er getötet wurde, während er im Dienst des Herrn und Vaters arbeitete.«

»Seine Bankauszüge zeigen, daß er in letzter Zeit einige Schecks über höhere Summen ausgestellt hat. Sind die Abbuchungsbelege hier?«

»Nein, in seinem Büro«, erwiderte sie. »Das Mädchen dort hat alle unsere Rechnungen bezahlt. Das war einfacher.« Die Tür öffnete sich. Aus dem Haus drang der Duft von Möbelpolitur.

Dave fragte: »Warum hatte er Anti-Baby-Pillen in der Tasche?«

Sie blieb stehen, die Hand auf dem Türgriff. Langsam und unter Schmerzen drehte sie sich um. Dann verzerrte sie den Mund, ein Ausdruck des tiefsten Erstaunens. »Was? Was haben Sie da gesagt?«

»Unter den Gegenständen, die die Polizei in den Taschen Ihres Mannes fand – Brieftasche, Kreditkarten und so weiter –, war ein Umschlag einer Apotheke auf dem Sunset Strip. Und in dem Umschlag befand sich ein Briefchen mit Anti-Baby-Pillen. Das Rezept lautete auf Mrs. Dawson. Kann das sein?«

»Am Sunset Strip.« Der war sechs oder acht Meilen weiter westlich, auf der anderen Seite der Stadt. Aber sie sagte es so, als wäre es irgendein gottverlassener Ort in Alaska. Dann sagte sie gar nichts mehr und starrte Dave nur an. Sie schien niedergeschmettert zu sein.

»Der Arzt heißt Encey. Ist das Ihr Arzt?«

Ihr Gesicht zuckte. »Was, Encey?« Dann plötzlich kamen Antworten aus ihrem Mund. »Doktor Encey.« Sie nickte. »Ja, ja, natürlich ist er mein Arzt. Das stimmt. Ach, richtig, die Pillen«, sagte sie. »Natürlich. Gerald versprach, sie mir zu besorgen. Ich hatte es ganz vergessen. In all der Aufregung habe ich die Pillen vergessen!«

»Das kann ich verstehen«, erwiderte Dave.

»Ich habe Kopfschmerzen«, klagte sie. »Die schreckliche Hitze. Entschuldigen Sie mich.«

Und die lebendige Hälfte zerrte die tote Hälfte hinein und schloß dann die Tür.

Kapitel 2

Er verließ die teure Gegend von Hillcrest und fuhr über gewundene Straßen hinunter, vorbei an alten Apartmenthäusern, deren Türen in bunten Farben lackiert waren, wo Windglöckchen in den Bäumen hingen und geschmeidige junge Männer in Badehosen Hecken trimmten oder kleine Sportwagen am Straßenrand polierten. Dann, wieder etwas weiter unten, kam er an verwahrlosten Fachwerkhäusern vorüber, die dringend gestrichen werden mußten, wo Radios Mariachi-Musik durch rostige Fensterrahmen plärrten und kleine, braune Mexikanerkinder in Gärten herumtummelten, wo kein Gras wuchs.

Am Sunset mußte er abbremsen und auf Grün warten. Jenseits des breiten Verkehrsstroms lag der Park mit dem kleinen See, den Enten in den Bächen, den Räubern in den Gebüschen und den Touristen mit ihren Sonnenbränden, die in kleinen Booten herumruderten und durch ihre Instamatics auf die Gläsernen Wolkenkratzer hinter den Palmenwedeln zielten. Als die Ampel auf Grün zeigte, bog er nach links ab, zur Evangelistenkirche von Bethel. Aber dann änderte er seine Absicht, weil die Tür von Lon Tookers Laden unter dem rot-weißen Blechschild SCHLÜSSELLOCH-BÜCHER offenstand. Es dauerte eine Weile, bis er eine kleine Querstraße fand, in der er wenden konnte, aber wenigstens gab es kein Parkproblem. Außer einem mexikanischen Supermarkt an der Ecke gab es in diesem Abschnitt der Straße nur einstöckige Ladenbauten mit Flachdächern; hier begannen die Geschäfte erst nach Einbruch der Dunkelheit zu blühen.

Der Teppich in Tookers Laden war dick genug, daß man sich einen Knöchelbruch holen konnte. Er war goldfarben. Oberhalb der Bücherregale waren goldene Tapeten angebracht. Auch die Decke war golden bemalt, und in ihrer Mitte befand sich ein großer, falscher Kristallüster. Auf niedrigen Regalen lagen plastikverschweißte Zeitschriften und Hefte. Die Farbdrucke waren scharf, das Dargestellte dagegen eher monoton. Gespreizte Beine, Spitzenunterwäsche, Mädchen mit riesigen Brüsten, die dümmlich in die Kamera glotzten. Junge Kerle, die große Penisse zur Schau stellten. Aber keine kleinen Mädchen. Das Ausgestellte war jedoch längst nicht alles, was Tooker auf Lager hatte. Am Ende des Raums führte eine Treppe, die ebenfalls mit goldfarbenem Teppich belegt war, nach oben. Dave glaubte, von oben dumpfe Schläge zu vernehmen, und ging hinauf.

Pelzimitationen bedeckten tiefe, plumpe Sessel. Auf Couchtischchen aus Plastik funkelten grüne Glasaschenbecher. Und hier waren die Regale voll von Heften und Büchern – bis auf zwei, die bereits ausgeräumt waren. Ein junger Bursche mit knochigen Ellbogen packte Zeitschriften, Magazine, Hefte, Bücher und Taschenbücher in Kartons. Der Junge schwitzte so stark, daß sein schulterlanges, blondes Haar aussah, als ob er gerade aus dem Swimming-pool gestiegen wäre. Er trug kein Hemd. Auf seinen mageren Schultern, die an Kleiderbügel erinnerten, waren große Aknebeulen zu sehen. Er zwinkerte Dave kurz an, dann drehte er sich um und fuhr fort, Bücher und Zeitschriften einzupacken.

»Ach, du meine Güte – hat sie wieder die Tür aufgelassen? Hören Sie, Alter, wir haben geschlossen.«

»Für immer?« fragte Dave.

»Erraten.« Der Junge hatte den ersten Karton voll und steckte die Deckelklappen zusammen, so daß sie nicht mehr aufgehen konnten. »Es gibt keine Schlüsselloch-Bücher mehr.«

»Nicht einmal einen Totalausverkauf?«

»Mort Weiskopf, drüben am Western Boulevard, übernimmt das gesamte Lager.«

»Warum so eilig?« Dave ließ sich in einen der Sessel sinken. »Braucht Tooker Geld für den Anwalt?«

Der magere Bursche zog seine Hose hoch. »Was wissen Sie davon? Wer schickt Sie denn her?«

»Die Gesellschaft, bei der Gerald Dawson lebensversichert war.«

»Ja, ja, Geld für den Anwalt. Dieser Schweinehund macht uns sogar noch als Toter Ärger. Sie wissen ja, er ist mit ein paar Rabauken von seiner Kirche eines Abends hier hereingeplatzt und hat alles verwüstet. Hat die Bücher überall rumgeworfen und den ganzen Laden mit Farbe beschmiert.«

»Damals hättet ihr euch einen Anwalt nehmen müssen«, sagte Dave.

»Wir konnten es ihm nicht beweisen. Die Männer haben alle Masken getragen. Wir wußten natürlich, wer dahintersteckte, aber der Anwalt sagt, sie hätten alle Alibis – sie haben ja diesen Klub in ihrer Kirche, klar. Und da sollen sie alle gewesen sein. Auf ihren fetten Knien, beim Beten. Für uns Sünder.«

»Es können auch andere Leute gewesen sein«, meinte Dave.

»Aber Dawson hat die Befehle gebrüllt«, erklärte der Bursche. »Er hat dauernd die Bibel zitiert. Sodom und – wie heißt das andere? Lauter solchen Scheiß. Es muß Dawson gewesen sein. Keiner hatte eine solche Stimme. Hoch und rauh, und dabei ist sie ihm immer übergeschnappt.«

»Aber der Anwalt sagt, sie hätten ihn nicht festhalten können?«

»Dash, von gegenüber, hat's ja versucht.« Der Bursche grunzte, dann stapelte er Magazine in den zweiten Karton. »Der Mann, dem das ›Junge, Junge!‹ gehört. Er wohnt auf halbem Weg den Hügel rauf. Sieht ein komisches Licht draußen, mitten in der Nacht. Kommt raus – und sein Volkswagen steht in Flammen. Mitten in seiner Einfahrt. Er hat genau gewußt, daß das Dawson und seine Männer waren. Aber nein, sie hatten eine Zusammenkunft und haben Kirchenlieder gesungen. Scheiße.« Er hievte zwei Arme voll Zeitschriften in den Karton. »Und den Bullen war es egal. Was? Dem Besitzer einer Schwulen-Bar ist der Wagen abgebrannt? Wie komisch. Für die war es komisch, verstehen Sie?«

Eine junge Frau in einem weißen Männerhemd, das sie unter der Brust verknotet hatte, und in sehr kurzen, weißen Shorts blieb am oberen Ende der Treppe stehen. Sie hatte honigblondes Haar.

»Wir haben geschlossen«, sagte sie. Dann versuchte sie, den ersten Karton anzuheben, bückte sich und wollte damit aufstehen. »Meine Güte. Was ist denn da drinnen? Ziegelsteine? Wir nehmen doch nicht auch noch das Haus mit, oder?«

Der magere Bursche würdigte sie keines Blickes. »Wenn du die Kartons nur halb voll haben willst, mußt du es sagen.«

»Ich will sie überhaupt nicht«, erwiderte sie. »Das ist Lonnys Idee. Er dreht immer gleich durch.«

»Wenn sie dich unter Mordverdacht ins Loch stecken«, sagte der Bursche, »dann bleibst du auch nicht ganz cool. Also, schaffst du den Kram in den Wagen oder nicht? Vielleicht ist es dir lieber, wenn du die Kartons vollpackst und ich sie in den Wagen lade.«

Daraufhin hob sie den Karton ohne große Mühe hoch. Ihre Schenkel waren muskulös wie bei einem Mann. »Hätte er sich nicht die Pferde gekauft, dann bräuchte er jetzt kein Geld.« Sie drehte sich um und sah Dave sitzen. »Sie sehen so aus, als ob Sie sich ein paar Palominos leisten könnten. Wie wär's mit einem halben Dutzend? Kommen Sie, mein Schönster – es ist ja für einen guten Zweck.«

»Bei denen ist mir der Sitz zu hoch über dem Boden«, sagte Dave. Er stand auf. »He, ich trage Ihnen das raus!« Sie wollte protestieren, und er entgegnete: »Ist doch für 'nen guten Zweck, oder?« Ihr Wagen stand zwei Häuser weiter auf einem grasbewachsenen Parkplatz zwischen zwei Häusern, deren Mauern mit Graffiti besprüht waren. Es war ein Achtzehntausend-Dollar-Mercedes-Coupé mit konkavem Dach und engem Kofferraum. Sie würde sehr oft zwischen hier und dem Western Boulevard hin und her fahren müssen. »Der Junge sagt, daß Dawson der Chef dieser Wandalentruppe war.«

»Das sagen wir alle«, antwortete sie, »aber wir können es nicht beweisen. Sogar die Normalen waren hinter diesen Kerlen her, als sie die Büsche im Park niedergemacht haben. Pensionisten waren das, Hausfrauen mit ihren Kindern. Die haben ihnen den Park ruiniert, nur damit die Schwulen sich nicht mehr nachts um zwei in den Büschen herumtreiben können. Um zwei Uhr morgens – wer kümmert sich schon, was da noch in den Büschen los ist? Aber auch dabei ist es nicht gelungen, die Leute von Dawson festzunageln. Und wenn es schon den Normalen nicht gelungen ist, wie sollen wir Perversen und Pornohändler es schaffen?« Sie knallte den Kofferraumdeckel zu.

»Und Ihr Freund Lonny hat also den direkten Weg gewählt?«

Sie starrte ihn an. Ihre Augen hatten goldene Punkte. »Was meinen Sie damit?«

»Vielleicht war er es satt, auf die Justiz zu warten. Vielleicht hat er Dawson fertiggemacht, bevor er von Dawson fertiggemacht wurde? Einen solchen Teppich zu ersetzen, geht ins Geld, vor allem, wenn man es öfters tun muß.«

»Wissen Sie, was für ein Mensch Lonny Tooker ist? Der würde noch den Vögeln die gebrochenen Flügel schienen.«

»Auch Hitler hat Hunde und Babies geliebt«, entgegnete Dave.

»Er ist ein großer, starker Kerl. Er könnte alles, was lebt, mit bloßen Händen töten. Ein Bulle, ein Elefant.«

Dave legte ihr eine Hand auf den Mund. »Das haben Sie nicht gesagt!«

Sie riß die Augen weit auf. »O Gott. Nein. Nein, das hab' ich nicht gesagt. Ich wollte damit sagen – er ist sanft. Ein großer, sanfter, freundlicher Träumer. Ein Liebhaber, ja. Er liebt alles, was sich bewegt und atmet. Er ist vielleicht ziemlich beschränkt, aber er würde niemandem etwas zuleide tun, geschweige denn töten.« Sie schaute auf ihre Armbanduhr. »Kommen Sie, ich muß mich beeilen.«

Dave rannte hinter ihr her. Es war viel zu heiß dazu, aber er tat es trotzdem, zog wenigstens im Gehen sein Jackett aus. Wieder oben angekommen, fragte er den mageren Burschen: »War Dawson hier in der Nacht, als er getötet wurde?«

»Niemand war hier. Es war ein ausgesprochen toter Abend. Wir hatten höchstens fünf Kunden, und nach zehn war niemand mehr hier. Nur Lon und ich. Wir haben Gin-Rommé gespielt.«

»Und wer hat gewonnen?« Dave legte sein Jackett über das Geländer.

»Die Frage kann ich auch beantworten.« Das Mädchen hatte bereits den zweiten Karton hochgehievt und ging damit die Treppe hinunter. »Lon hat gewonnen. Er gewinnt jedes Spiel; er hat immer Glück.«

»Sie hat recht«, sagte der magere Knabe. Er packte Stapel von Taschenbüchern in einen Karton. Dann stand er auf, warf einen Blick in ein Magazin, blätterte darin, schaute aber dabei nicht auf die Bilder. Dann warf er das Heft in den Karton und langte nach der Zigarette, die Dave angezündet hatte. Dave reichte sie ihm. Der Bursche ließ langsam den Rauch aus den Nasenlöchern, inhalierte noch einen tiefen Zug und gab Dave dann die Zigarette zurück. »Wissen Sie«, sagte er, »diese Kerle sind doch nichts als verdammte Heuchler.« Er klopfte sich gegen die Stirn und zog sie in tiefe Falten. »Das ist doch das richtige Wort, oder? Jedenfalls, ich meine, sie machen sich naß wegen dem Zeug da. Sie tun so, als wären sie weiß Gott wie schockiert, aber wenn man dann sieht, wie sie sich vor Geilheit die Lippen lecken, dann weiß man, daß ihnen schon beim Anschauen fast einer abgeht.«

»Was waren das für Masken?« wollte Dave wissen.

»Wie sie die Skiläufer tragen. Aus Wolle. Im Ernst. Sie haben richtig gesabbert vor Geilheit. Natürlich wollen sie das Zeug sehen wie jeder andere. Aber sie haben nicht den Mut, einfach reinzukommen und danach zu fragen und dafür zu bezahlen und so. O nein. Sie schlagen hier alles kurz und klein und tun so, als wollten sie damit nur Lon aus der Gegend vertreiben. Verstehen Sie?«

»Ich weiß nicht«, sagte Dave. »Sollte ich?«

»Klar verstehen Sie. Wir haben das Zeug danach wieder in die Regale geräumt. Und wissen Sie, was? Ein Haufen Magazine hat gefehlt.« Der Bursche stieß einen höhnischen Laut aus und langte noch einmal nach Daves Zigarette. »Einer von ihnen hat sich wohl nicht mehr beherrschen können.«

»Magazine mit Fotos von kleinen Mädchen«, sagte Dave.

Der Bursche zwickte die Augen zusammen. »Ja. He – woher wissen Sie das?«

»Es war nur eine Vermutung.«

»Also, nicht *ganz* kleine«, fuhr der Bursche fort. »So um zwölf, dreizehn. Aber das ist doch unheimlich, oder? Ich meine, da tun sie so, als wären sie Herr Saubermann persönlich, und dann . . .« Er schaute auf die Zigarette. »Wollen Sie noch?« Dave schüttelte den Kopf. Der Bursche sog noch einmal eine Lunge voll Rauch und stieß ihn dann mit einer Frage aus. »Was machen sie damit? Lassen sie sie herumgehen bei ihren Gebetstreffen?«

»Hat Lonny Dawson getötet?« fragte Dave.

»Wegen einer Handvoll Magazine, die im Einkauf vielleicht zehn Dollar wert sind?« Der Bursche beugte sich vor und drückte die Zigarette in einem der Aschenbecher aus. »Das können Sie vergessen.«

»Ich meine, weil ihm Dawson das Geschäft ruiniert hat.«

»Da kennen Sie Lon schlecht. Er will doch nur seine Gitarre spielen und auf Pferden reiten.«

»Kommt er hierher mit dem Zeug, das er beim Reiten anhat?«

»Nie. Ausgeschlossen. Immer wie aus dem Ei gepellt und frisch aus dem Bad. Oder riecht es hier vielleicht nach Pferd? Nie. Hören

Sie, er ist vielleicht ein bißchen blöd, aber nett blöd, verstehen Sie? Nicht gemein blöd. Sie sollten die Songs hören, die er schreibt. Und er will nie Ärger haben. Mit keinem.«

»Er hat sich aber ein Geschäft ausgesucht, bei dem sich der Ärger kaum vermeiden läßt«, bemerkte Dave.

»Ach, wer kümmert sich schon darum, wenn die Leute das bekommen, was ihnen irgendwie guttut?«

»Er ist also ein gütiger Philosoph«, sagte Dave.

»Ja, nun, das Geld ist ja auch nicht zu verachten. Und Lon haßt es, wenn er sich Sorgen machen muß wegen Geld. Davon bekommt er nur Kopfschmerzen, sagt er.«

Das Mädchen rief von unten herauf: »Der Wagen ist voll. Ich fahr' jetzt los.«

»Komm nicht unter einen Lastwagen«, brüllte der Bursche hinunter.

»Ist Lon an dem Abend nach Hause gefahren?« fragte Dave.

»Wenn jemand wie die da auf einen wartet –« Der Bursche zeigte mit dem Daumen nach unten. »– wo fährt man dann wohl hin?«

»Aber sie war nicht bei ihm«, sagte Dave. »Nach dem Polizeibericht ist Karen Stiflett erst gegen Morgen in Tookers Haus im Topanga Canyon angekommen. Sie war die ganze Nacht bei ihrem Bruder im Krankenhaus.«

»Ach ja – der ist ein Fixer. Hat versucht, sich den goldenen Schuß zu setzen.«

»Es gibt also keinen Beweis, daß Lon Dawson nicht getötet hat.«

»Er hat selbst schuld daran«, sagte der Bursche düster. »Ein Arschloch! Hätte nach dem Überfall hier nicht die Bullen rufen und ihnen sagen sollen, daß es Dawson war.«

»Er konnte ja nicht ahnen, daß Dawson ermordet werden würde.«

»Aber er hätte wenigstens aufhören können, an Uniformen zu glauben«, erwiderte der Bursche.

Kapitel 3

Die Evangelistenkirche von Bethel war ein klobiger Kasten an der Ecke einer Seitenstraße. Die Buntglasfenster sahen von außen drekkig aus. Das Haus war ein altes Fachwerkgebäude, und die strahlend weiße Farbe, die die Wände aus überlappenden Brettern bedeckte, konnte nicht verbergen, daß die Konstruktion schon ziemlich aus den Fugen geraten war. Was nicht durchsackte, war ausgebeult. Tauben watschelten ein und aus in dem Gitterwerk des hohen, klobigen Turms, und dazu gurrten sie vergnügt. Dave ging langsam die schiefen Zementtreppen hinunter, über die er zuvor hinaufgegangen war zu einer frisch lackierten Doppeltür, die verschlossen war. Er warf einen Blick auf die Tauben, dann schritt er über einen betonierten Weg entlang, welcher an der in der Sonnenhitze backenden Seitenfront des Gebäudes zu einer zweiten Treppe führte, an deren Ende wiederum eine Tür war.

Auf der Tür stand BÜRO. Dave öffnete sie und trat hinein in die Kühle, die nach Mäusen und Schimmel roch. Die Kirche hatte lange leergestanden, aber jetzt gab es auch hier drinnen frische Farbe und eine schallschluckende Decke aus Isolierplatten. Den Boden bedeckte ein ähnlich dicker Teppich wie in Lon Tookers Sexshop, nur daß er hier in heiligem Blau leuchtete. Die Schreibtischplatte war mit hochpoliertem Plastikmaterial überzogen, das die Maserung von Holz vortäuschte. Auf der glänzenden Platte stand ein weißes Telefon mit Druckknöpfen. Neben dem Schreibtisch befand sich ein Tisch mit einer elektrischen Schreibmaschine. Und in einem Regal an der Wand waren Hochglanzschriften über Alkoholismus, Abtreibung, Scheidung und Rauschgift ausgestellt.

Hinter dem Schreibtisch befand sich eine geschlossene Tür mit dem braunen Plastikschild ARBEITSZIMMER DES PASTORS. Dave klopfte an die Tür. Stille. Gegenüber dem Eingang gab es noch eine Tür. Er öffnete sie – und befand sich auf dem Podium des Kirchensaals. In der Mitte des Raumes stand eine viereckige Kanzel, hinter einem Trenngitter Theatersessel, mit blauem Plüsch bezogen – die Plätze für den Chor. Dahinter erhoben sich Orgelpfeifen, deren Roststellen mit Silberfarbe übermalt waren. Auf dem teppichbelegten Boden standen Plastikeimer voll Schnittblumen. Für die morgige Totenfeier zu Ehren von Gerald Dawson? Er drehte sich um. Im schwachen Licht, das durch die Buntglasfenster fiel, sah Dave frischlackierte Betstühle hinter einer großen freien Fläche, die mit einem neuen Teppich ausgelegt worden war. Die Leere war überwältigend.

Den Witwen seines Vaters hätte es gefallen. Die kleine, überfüllte Aussegnungskapelle hatte ihnen nicht genügend Platz eingeräumt, daß sie mit ihren schwarzen Schleierhüten weit genug voneinander entfernt sitzen konnten. Keine hatte es gewagt, bei der Feier zu fehlen; immerhin waren die Anwälte und die Testamentsvollstrecker dagewesen. Abwesenheit hätte Gleichgültigkeit gegenüber den Millionen in bar und in Aktien bedeutet, die Carl Brandstetter nicht mit ins Grab nehmen konnte. Es hätte auch nichts genützt, zu behaupten, daß man es nicht erfahren hatte. Im Wirtschaftsteil der *Times* war ein langer Nachruf erschienen, samt Foto des Dahingeschiedenen, und man hatte seine Verdienste gebührend gewürdigt. Er war immerhin der Gründer der »Medallion«, einer der größten Versicherungsgesellschaften der Vereinigten Staaten, gewesen. Ein Artikel in der Sonntagsausgabe der *Times* hatte sich vorwiegend mit seinem sensationellen und nicht allzu privaten Privatleben befaßt. Und die Nachricht von seinem Tod, der ihn in Gestalt eines Herzinfarkts am Steuer seines Bentleys ereilte, auf einer Schnellstraße um zwei Uhr morgens, kam in allen Nachrichtensendungen und auf allen Fernsehkanälen.

Dave sah wieder die Witwen vor sich, wie sie sich in den engen Betstühlen auszuweichen versucht hatten. Eine hatte während der ganzen Feier ganz hinten gestanden, neben der Imitation eines Taufsteins aus dem 12. Jahrhundert. Evelyn, wenn er sich recht erinnerte. Die Stiefmütter seiner Kinderzeit waren ihm klar genug im Gedächtnis geblieben, ob er es wollte oder nicht; an die späteren dagegen erinnerte er sich nur vage. Die meisten sahen ohnehin fast gleich aus: hochbusige Blondinen Mitte Zwanzig, die sich nach der Scheidung Fett an die Hüften fraßen und auf dieses Begräbnis warteten, wo Dave sie zum ersten und höchstwahrscheinlich letzten Mal beisammen gesehen hatte. Nur drei oder vier von ihnen, wie die letzte, Amanda, waren dunkelhaarig. In eine davon – sie war damals genauso alt wie er, neunzehn – hatte er sich fast verliebt. Lisa.

Als sie draußen vor der Tür seine Hand in ihre kleine, behandschuhte genommen und ihm ihre großen, glanzlosen Rehaugen zugewandt hatte, kam es ihm so vor, als sehe er sie in einem alten, zerkratzten Film. Ihre Stimme erreichte ihn kaum, und wenn, dann klang sie häßlich und guttural, mit einem ausgebleichten, jetzt lächerlich wirkenden ausländischen Akzent. Falten verunzierten die einst schönen Konturen und Schatten ihres Gesichts. Früher war sie schlank und zugleich weich gewesen; jetzt war sie dürr und hager. Sie versuchten, sich an Gemeinsames zu erinnern: das Ballett mit Eglevsky, das Heifetz-Konzert in der Hollywood Bowl – aber sie hatten nicht viel Zeit dazu. Die Urne seines Vaters war nicht die einzige gewesen in dieser dumpfen, nach Moos riechenden kleinen Kapelle. Ach, zum Teufel damit!

»Hallo!« brüllte er. Aber er brüllte offenbar vergebens.

Draußen, auf der Rückseite der Kirche, wo die Sonne auf einen fast leeren, asphaltierten Parkplatz hämmerte, entdeckte er ein paar Stufen, die hinunter in ein Souterrain führten. Durch die Tür am Ende der Treppe kam er in einen Gang, von dem aus kleine Räume zu erreichen waren: Besprechungszimmer mit Klappstühlen aus Metall, mit einem Klavier und kleinen roten Sesseln, mit einem Hamster in einem vergitterten Käfig. Dave hörte ein Geräusch vom Ende des Korridors: lautes Aufklatschen. Ganz hinten war eine Schwingtür. Er stieß sie auf und befand sich in einer Turnhalle, wo ein großer Mann um die Vierzig, ohne Jackett, aber im Hemd und Krawatte, mit einem Basketball dribbelte, herumwirbelte und auf den Korb warf. Dunkle Schweißflecken waren unter seinen Achseln und am Rücken des Hemds zu sehen. Er erblickte Dave und ließ den Ball hinüberspringen zum anderen Ende der Halle, wo lange Tische mit zusammenlegbaren Beinen an der Wand lehnten. Der Mann kam mit elastischen Schritten auf Dave zu und schüttelte ihm schwer atmend die Hand. Dann wischte er sich die Stirn und das Gesicht mit einem Taschentuch ab.

»Am Dienstagvormittag ist bei uns normalerweise nichts los«, sagte er. »Niemand kommt vorbei, niemand ruft an. Ich schleiche mich dann hier herunter und versuche festzustellen, ob es wieder da ist oder nicht. Ich hatte es auf der Highschool, bekam sogar ein Stipendium an einem College dafür – in Wheaton, Illinois. Aber als ich dann im Herbst anfangen sollte, war es einfach weg.«

»Wahrscheinlich sind Sie in der Zwischenzeit gewachsen«, sagte Dave. »So was kommt vor.«

Der große Mann schüttelte den Kopf und verzog dazu den Mund. »Ich weiß nicht. Die Augen-Hand-Koordination, oder wie man es auch nennt – es war weg, einfach weg. Ich war entsetzt. Ich habe trainiert, gebetet – es ist nicht wiedergekommen.« Er lachte. »In meinen geheimsten Träumen komme ich eines Tages hier herunter, und plötzlich ist es wieder da, so wie früher.« Er hob warnend den Zeigefinger und grinste wie ein kleiner Junge. »So hat jeder von uns seine kleinen Macken«, sagte er.

»Na klar.« Dave schaute ihm zu, wie er eine karierte Jacke vom Boden aufhob, die zu seiner Hose paßte. »Mein Name ist Brandstetter. Ich untersuche den Tod von Gerald Dawson. Im Auftrag der Sequoia Lebens- und Schadensversicherung.« Beinahe hätte er »Medallion« gesagt, eine Gewohnheit vieler Jahre. Aber an dem Morgen nach dem Tod seines Vaters hatte er sein hübsches Büro hoch oben im Glas-und-Stahl-Turm der »Medallion« am Wilshire Boulevard geräumt. Dies war sein erster Auftrag als freier Mitarbeiter. »Die Polizei scheint nicht herausgefunden zu haben, wo er sich an dem Abend aufhielt, als er ermordet wurde. Das macht mir Gedanken.«

»Ich weiß es auch nicht«, sagte der große Mann.

»Sind Sie der Pastor hier?« fragte Dave.

»Lyle Shumate«, stellte sich der Mann vor. Die Jacke über dem Arm, ging er auf die Doppeltür zu. »Wir werden Jerry Dawson vermissen. Er war der geborene Führer – ein wahrer Christ.«

»Er hatte eine Männergruppe gebildet.« Dave folgte dem Pastor. »Ist die nicht an dem bewußten Abend zusammengekommen?«

»Ihre Treffen waren häufig, aber nicht regelmäßig.« Shumate ging in den Kinderspielraum und bückte sich, um nach dem Hamster zu sehen. Das Tier kam hinter einem Haufen Sägespäne hervor und schaute ihn mit glänzenden Augen an. Shumate berührte eine Flasche, die an einem Draht im Käfig aufgehängt war. Es befand sich noch genügend Wasser darin. »Dir fehlt nichts, mein Freund«, sagte er und stand auf.

»Die ›wiedergeborenen Christen‹, wie sie sich nennen«, sagte Dave.

»Sie telefonieren miteinander«, erklärte Shumate, »und machen einen Termin aus.« Er zog die Tür nach draußen auf. Hitze und Licht drangen herein. Shumate ließ Dave hinaus, ehe er selbst ins Freie trat und die Tür zuzog. »Aber sie haben sich an dem bewußten Abend nicht getroffen.« Seine Schuhsohlen knirschten auf der Betontreppe. »Ein paar von unseren jungen Leuten haben eine Gospel-Rockgruppe gebildet. Sie trafen sich an diesem Abend im Versammlungsraum der ›wiedergeborenen Christen‹.« Er ging hinauf zu der Tür mit der Aufschrift BÜRO und ließ Dave als ersten eintreten. »Muß ziemlich laut gewesen sein da unten, an dem Abend.«

»Außerdem hat es ein Basketball-Training gegeben«, erinnerte ihn Dave.

»Das wissen Sie?« Shumate wunderte sich.

»Aber Sie waren nicht hier«, sagte Dave. »Sie können mir also nicht sagen, ob Bucky Dawson mit der Mannschaft trainiert hat.«

»Wenn er es sagt, dann war er auch hier.« Shumate ging in das Arbeitszimmer des Pastors, setzte sich hinter einen Schreibtisch, der nicht nach viel Arbeit aussah, und lud Dave ein, sich in einen Sessel zu setzen, der mit blau und orange gemustertem Tweed überzogen war, farblich abgestimmt mit den Gardinen und dem Teppich.

»Die Mannschaft scheint ziemlich hart zu trainieren«, sagte Dave. »Nach der Auskunft von Bucky waren sie fast bis Mitternacht hier.«

»Wir haben letztes Jahr schon in der Vorrunde verloren«, erwiderte Shumate. »Das darf diesmal nicht wieder passieren. Wenn Bucky Ihnen gesagt hat, daß sie bis gegen Mitternacht trainiert haben, dann stimmt das auch. Er ist der aufrichtigste Junge, den ich je kennengelernt habe. Intelligent, ausgeglichen, anständig. Wir alle blicken zu Bucky auf – die Jungen wie die Erwachsenen.«

»Er kam mir ziemlich – beunruhigt vor, als ich mit ihm sprach«, sagte Dave. »Anscheinend quält er sich mit Sexproblemen.«

»Was?« Shumate starrte ihn an, und auf seinen Lippen zeigte sich ein ungläubiges Lächeln. »Ich glaube nicht, daß wir über ein und denselben Jungen reden. Ich habe Bucky über das Thema sprechen hören – keiner hätte besser informiert und vernünftiger sein können. Er spricht oft vor Jugendgruppen über Sex, Rauschgift, Abtreibung und Alkoholismus. Über alle die Themen, zu denen die Kirche in unserer Jugendzeit nichts zu sagen hatte und vor denen sie den Kopf in den Sand steckte. Aber heute ist eine andere Welt. Heute kann man darüber offen und ehrlich sprechen und auch besser damit fertigwerden.«

»Und Sie meinen, Bucky Dawson spricht offen und ehrlich darüber und wird auch damit fertig?«

»Er hilft sogar den anderen Jungen in seinem Alter, damit fertigzuwerden.« Shumate nickte. Dann zog er die Stirn in Falten und beugte sich vor. »Sie wollen doch nicht damit sagen, daß Bucky irgend etwas mit dem Tod seines Vaters zu tun hat, oder?«

»Nicht, wenn er hier war und Basketball gespielt hat«, erwiderte Dave. »Der medizinische Sachverständige meint, sein Vater sei zwischen zehn und Mitternacht getötet worden. Sehen Sie, und das ist schon mein nächstes Problem: Nicht Bucky hat ihn gefunden, als er nach Hause kam, sondern seine Mutter, – in der Garageneinfahrt, am nächsten Morgen. Hören Sie, Reverend –«

»Sagen Sie Lyle zu mir«, bat Shumate.

»Die Polizei hat die Männer von Dawsons Gruppe befragt, und sie alle sagen das gleiche. Sie hatten keine Zusammenkunft an diesem Abend. Sie sind auch nicht ausgezogen zu einem ihrer Vigilantenüberfälle –«

»Vigilantenüberfälle?« Shumates Gesicht erstarrte.

»Sie haben davon gehört. Die Männer belästigten die Kunden von Massagesalons und Homo-Bars. Sie hauten das Gebüsch im Park nieder. Sie zündeten Dash Plummers Auto an. Sie warfen die Bücher aus den Regalen in Lon Tookers Sexbuchhandlung und schmierten Farbe auf die Teppiche.«

»Dafür gibt es keine Beweise«, sagte Shumate.

»Keine juristisch verwertbaren Beweise, da mögen Sie recht haben. Aber Sie sind auch kein Anwalt oder Richter. Sie sind ein Priester.«

»Das Gesetz ist in unserem Land in die Hände der Gottlosen gefallen«, predigte Shumate. »Es schützt die, die Böses tun. Die Guten dagegen haben keine Chance. Ich spreche jetzt von dem Gesetz der Menschen. Aber es gibt ein höheres Gesetz: die Gebote Gottes.«

»Und Dawson und seine Überfalltruppe hat dieses Gesetz ausgeübt, nicht wahr? Sie finden nichts Schlechtes dabei, wenn sie die Polizei belügen und sich gegenseitig decken, weil ihrer Meinung nach auch die Polizei in einem korrupten System befangen ist? Habe ich recht?«

»Davon weiß ich nichts«, erwiderte Shumate stur. »Ich habe nie ein Wort davon gehört: Weder von Jerry noch von einem aus seiner Gruppe oder jemand anders in unserer Kirche. Ich hörte es nur von Außenseitern, von Leuten, die mit wilden Anschuldigungen um sich werfen – moralisch Entartete, sie alle.«

Dave zeigte ein schiefes Lächeln. »Ich hätte nicht gedacht, daß es sich bei ›nichts Böses sehen, nichts Böses hören, nichts Böses sagen‹ um Christen handelt«, erwiderte er. »Ich hielt sie eigentlich immer für Affen.«

»Sie und ich wissen genau, wo das Übel haust in dieser Gegend«, sagte Shumate. »Bestimmt nicht in der Kirche von Bethel.«

»Hatte Dawson eine hohe, rauhe Stimme?«

Shumate blinzelte. »Man könnte sie so bezeichnen.«

»Oder konnte man sie leicht mit einer anderen Stimme verwechseln?«

»Nein, sie war unverwechselbar«, gab Shumate zu. »Warum?«

»Er leitete den Überfall auf Lon Tookers Sexladen«, sagte Dave. »Sechs Männer. Maskiert. Danach erklärten alle, sie seien hier unten gewesen, beim Beten. Wenn sie die Polizei dieses eine Mal belogen haben, dann können sie auch gelogen haben, was Dawsons Aufenthalt in der Mordnacht betrifft. Ich frage Sie jetzt: Hatte Dawsons Gruppe vielleicht wieder etwas geplant für diesen Abend?«

»Und ich antworte Ihnen«, sagte Shumate, »daß ich es nicht weiß. Wenn Tooker glaubt, Jerry Dawson hätte seinen Laden überfallen, dann läßt das vermuten, was die Polizei ja auch tatsächlich vermutet: daß nämlich Tooker ihn umgebracht hat!«

»Dagegen spricht einiges. Erstens: Der Überfall fand zehn Tage vor Dawsons Tod statt. Warum hätte Tooker so lange warten sollen?«

»Vielleicht ist Jerry an diesem Abend in sein Geschäft gekommen.«

»Ein Zeuge verneint das. Und Dawson hat auch keine Verwandten oder Freunde besucht an dem Abend. Er war nicht in seinem Geschäft und angeblich auch nicht hier. Wo war er also? Wen hat er getroffen, und aus welchem Grund?«

»Sein Leben war wie ein offenes Buch«, sagte Shumate. »Ich kannte diesen Mann fast so gut, wie ich mich selbst kenne. Er war unkompliziert und aufrichtig. Er besaß ein erfolgreiches Geschäft, war gottesfürchtig, spendete großzügig unserer Kirche – nicht nur in Form von Geld, sondern von Arbeit, guter Arbeit in allen möglichen Bereichen.«

»Er war sehr viel hier, ja«, sagte Dave. »Na schön, dann sagen Sie mir was anderes. Ist Ihnen irgend etwas aufgefallen, was an ihm anders war als sonst, kurz bevor er starb? Hatte er sich irgendwie verändert? Hat er unverständliche oder sonderbare Bemerkungen gemacht? War er –«

»Moment.« Shumate zog die Stirn in Falten und legte dann die Fingerspitzen beider Hände gegen die Schläfen, wobei er die Augen schloß. »Da war etwas. Ja. Ich hatte es ganz vergessen.« Er schaute Dave an und lächelte dazu teils erstaunt, teils bewundernd. »Sie müssen sehr erfolgreich sein in Ihrem Beruf, Mr. Brandstetter.«

»Ich habe genügend Praxis«, erwiderte Dave. »Sie sind also dabei den Fall Dawson aufzuhellen, wie?«

Shumate lachte. »Das wohl nicht gerade. Aber es kam mir etwas seltsam vor, etwas ungewöhnlich für Jerry. Es war nach der Sonntagsmesse. Draußen auf dem Parkplatz. Ich war dort, um einem älteren Angehörigen unserer Kirche mit seinem Rollstuhl zu helfen. Er kommt nur am Sonntag hierher und ist glücklich darüber, einmal in der Woche mit einem Mann ein paar Worte sprechen zu können. Zu Hause ist er von seiner Frau und drei Töchtern umgeben. Nachdem er im Wagen saß, und ich seinen Rollstuhl im Kofferraum verstaut hatte, stellte ich fest, wie Jerry in einer Ecke des Parkplatzes mit einem gut aussehenden Mann sprach, einem Mann mit Cowboyhut und Cowboystiefeln.«

»Mit einem Fremden also«, sagte Dave.

»Ich jedenfalls habe ihn an diesem Tag zum ersten Mal gesehen. Er war bei der Messe drinnen gewesen in der Kirche, oben auf dem Balkon. Er fiel mir auf, weil er einen Bart trug.« Shumate lächelte schwach. »Er sah aus wie ein alttestamentarischer Prophet. Und er hatte strahlend blaue Augen. Schwarzer Bart, schwarze Augenbrauen und blaue Augen.«

»Sie konnten nicht hören, worüber sich die beiden unterhielten?«

»Nein, aber ich glaube, sie hatten eine Meinungsverschiedenheit. Der Mann jedenfalls drehte sich wütend um, stieg in seinen Wagen ein und knallte die Tür zu. Es war einer von diesen Geländewagen, mit großen, breiten Reifen. Auf dem Rücksitz lag irgendeine Maschine. Als er wegfuhr, drehten die Räder auf dem Asphalt durch. Aber das war noch nicht alles, war mir aufgefallen ist. Jerry Dawson sah danach aus, als ob er einem Gespenst begegnet wäre. Ich winkte ihm, weil er gemerkt hatte, daß ich die Szene beobachtete. Aber er sagte kein Wort und winkte auch nicht zurück. Er ist einfach zu seinem Wagen gegangen.«

»Und später hat er nicht mehr das Gespräch darauf gebracht?«

»Es gab kein Später«, sagte Shumate. »Zwei Tage danach war er tot.«

»Sie haben keine Ahnung, wer der bärtige junge Mann war?«

»Dawson verleiht in seinem Geschäft Film- und Videoausrüstungen. Das ist Ihnen vermutlich bekannt. Christliche Filmproduzenten nehmen gern seine Dienste in Anspruch, weil er ihnen Diskontpreise macht. Da der junge Mann bei der Messe anwesend war, nahm ich an, daß er in geschäftlicher Beziehung mit Jerry stand. Er hätte auch Schauspieler sein können.« Shumate zuckte mit den Schultern. »Oder Regisseur? Ich weiß es nicht. Es ist heutzutage sehr schwer, die Menschen nach ihrem Äußeren zu beurteilen.«

»Sein Partner könnte es vielleicht wissen.« Dave stand auf. »Vielen Dank, daß Sie mir Ihre Zeit gewidmet haben.« Shumate erhob sich ebenfalls, und die beiden Männer schüttelten sich die Hände. Dave ging zur Tür, öffnete sie und drehte sich dann noch einmal um. »Nur noch eines: Hat er in letzter Zeit irgendwelche größeren Stiftungen gemacht?«

»Nein.« Shumate zog eine Augenbraue hoch. »Warum fragen Sie?«

»Aus seinem Bankkonto geht hervor, daß er in den beiden letzten Monaten einen Scheck über siebenhundert Dollar und einen über dreihundertfünfzig ausgeschrieben hat. Das war ganz gegen seine üblichen Gepflogenheiten.«

Shumate kratzte sich am Ohr. »Ich habe keine Ahnung«, sagte er.

Kapitel 4

Dave fuhr seinen Wagen auf einen Parkplatz mit dem lächerlichen Namen »Sicherheit«, einen halben Block unterhalb des Hollywood Boulevards. Die Düfte von Zwiebeln, Knoblauch und Parmesan hingen in der Luft, weil bei »Romano« die Küchentür offenstand. Das alte Steinhaus war weiß gestrichen worden. Die Fenster waren eisenvergittert. Dave ging von der Seitenstraße hinaus auf den Boulevard, wo die Fenster mit hübschen grünen Läden und Geranienkästen geschmückt waren. Er blieb unter der Markise stehen, überlegte sich, ob er einen Drink nehmen sollte, und entschied sich dagegen. Er ging vorbei an einem Laden für Zimmerpflanzen, einem

Jazzklub mit schwarzen Rolläden, einer Tür mit den Schildern eines Zahnarztes und eines Frackverleihs und kam zur breiten Glasfront der Firma SUPERSTAR FILM- UND TV-VERLEIH.

Drinnen reckten sich rote Kamerakräne nach der Decke, an der große und kleine, runde und viereckige Scheinwerfer hingen. Stative ruhten auf dicken, gummibereiften Rädern, Mikrofongalgen funkelten im Licht. Es gab Filmprojektoren, tragbare Bandaufzeichnungsgeräte und große Ampex-Anlagen für feste Standorte – dazu eine Menge Gerät, deren Bestimmung Dave nicht einmal ahnte. Auf dem Boden schlängelten sich dicke und dünne Kabel. Langhaarige junge Leute in Overalls und mit buschigen Schnurrbärten erforschten das verchromte Unterholz. Ein blasses Mädchen in einem zerknitterten, bodenlangen Kleid und mit Sandalen an den Füßen hatte sich ein Schreibbrett gegen die Brust gepreßt und überprüfte einzelne Artikel auf einer Liste, die sie nacheinander mit einem Filzstift abhakte. Das alles glitt aneinander vorbei, drängte sich durch schmale Lücken und an einem glatzköpfigen, resignierten Mann vorbei, der die Kunden in diese oder jene Ecke führte und irgendein Zusatzteil hervorkramte. Dave fragte: »Sind Sie Jack Fullbright?«

»Im Büro«, sagte der Glatzkopf und zeigte mit dem Daumen auf eine Tür hinter einer Glastheke, in der Objektive und Mikrofone auf blauem Samt lagen. Um die Tür zu erreichen, mußte Dave über einen Stapel leerer Fünfunddreißig-Millimeter-Filmspulen steigen. Dann befand er sich in einem länglichen Raum, wo unter dem schwachen Licht einer Leuchtstoffröhre weiteres Gerät herumstand und Staub ansetzte. Im Durchgang zwischen den Regalen standen schwarze Holzkästen, mit denen Filmausrüstungen per Luftfracht befördert wurden. Die Aufkleber zeigten, daß sie bereits in Japan, Indien, Beirut, Spanien, im Irak und in Jugoslawien gewesen waren. Außerdem standen hier Stapel von Filmdosen herum und braune Plastikbehälter, mit denen man einzelne Filmrollen versenden konnte.

Am Ende des Durchgangs befand sich ein Glaskasten mit der Aufschrift BÜRO. Dave öffnete die Tür, und das Rattern einer Schreibmaschine schlug ihm entgegen. Eine junge Frau, die so aussah wie die meisten jungen Frauen auf den Titelseiten der Zeitschriften, hörte mit dem Tippen auf und zeigte ihm ein Lächeln, das dem aufmerksamen Beschauer sagte, daß sie nicht mehr allzulange als jung gelten würde. Die Fältchen unter dem offenen Baumwollbüschel, das die Sekretärin als Haar trug, waren die Rechnung dafür, daß sie unter allen Umständen nach dem neuesten Trend geschminkt sein wollte. Ihr Haar hatte die Farbe der Gläser ihrer großen Sonnenbrille: goldbraun. Aber im Gegensatz zu den Gläsern wurde das Haar nach unten hin rauchgrau. Ihre Stimme war warm und freundlich.

»Sie wollen nichts mieten«, sagte sie. »Sie haben alles, richtig?«

»Mir fehlen ein paar Fakten.« Dave legte eine Geschäftskarte auf ihre Schreibmaschine. »Ich möchte Jack Fullbright sprechen.«

Sie las die Karte, und ihr Gesicht wurde ausdruckslos. Dann blickte sie ernst hoch. »Wegen dem armen Jerry? Es ist doch nichts mit seiner Lebensversicherung, oder? Das ist unmöglich. Ich selbst habe seine Prämie bezahlt. Die Rechnungen kamen immer hierher. Ich habe sie stets pünktlich bezahlt, mit all den anderen Rechnungen.«

»Darum geht es nicht«, sagte Dave. »Aber mit seinem Tod ist einiges nicht in Ordnung.«

»Alles«, sagte sie. »Er war ein großartiger Mann.«

»Seine persönlichen Kontoauszüge kamen auch hierher«, sagte Dave. »Sie haben also alle Rechnungen für ihn bezahlt, auch solche, die den Haushalt betreffen?«

»Das stimmt.« Sie warf den Kopf in den Nacken, dann zog sie die Stirn in Falten. »Ich verstehe das nicht. Ich meine, hier auf der Karte steht, daß Sie ein Ermittler sind. Warum ermitteln Sie, wenn einer Ihrer Versicherten stirbt?«

»Wir unternehmen nichts, wenn sie still in ihrem Bett sterben«, erklärte Dave. »Wenn sie dagegen wie der arme Jerry enden, dann kommt jemand wie ich und erkundigt sich nach dem Wie und dem Warum. Ist Jack Fullbright zu sprechen?«

»Oh, entschuldigen Sie.« Sie warf einen Blick auf ihr Telefon. »Er spricht gerade mit Übersee. Eine Lieferung ist verlorengegangen. Für ein Filmteam, das in Nordnorwegen filmen wollte: Lappen oder Rentiere oder was weiß ich. Wetten, daß die Ausrüstung in Rio gelandet ist? Zum Glück haben nicht wir sie aufgegeben, sondern die Filmleute. Jetzt wollen sie Ersatz per Luftfracht und gebührenfrei.«

Dave warf einen Blick auf den leuchtenden Knopf. »Wie lange kann das noch dauern?«

»Bis Jack gewonnen hat«, sagte sie. »Hören Sie, die Polizei hat bereits nachgefragt. Dieser zauberhafte, harte Mann mit den breiten Schultern und der eingeschlagenen Nase – Lieutenant –«

»Barker«, sagte Dave. »Ken Barker.«

»Er kennt sich aus in seinem Job. Halten Sie es nicht für überflüssig, hinter ihm herzulaufen und dieselben Fragen zu stellen?«

»Er ist überarbeitet«, sagte Dave. »Er kann für jeden Fall nur eine bestimmte Zeit aufwenden. Los Angeles ist spezialisiert auf Mordfälle. Mindestens einer jeden Tag. Manchmal zwei. Er muß sich um den nächsten kümmern, ich dagegen habe Zeit genug für einen.« Dave warf einen Blick hinter sich. Vor einer Pinwand aus Sperrholz, auf der Preislisten, Kalender und Telefonnummern angeheftet waren, standen zwei Stühle mit Spaltledersitzen. Auf den Sitzen lagen Stapel von *American-Cinematographer-* und *Stereo-Review*-Magazinen. »Das heißt, ich kann auch warten.« Er legte einen der Stapel auf den Boden, setzte sich dann, zündete sich mit einem schmalen Feuerzeug aus poliertem Stahl eine Zigarette an und lächelte die Sekretärin an. »Oder haben Sie was dagegen?«

»Vielleicht kann ich Ihnen sogar helfen«, sagte sie. »Ich hoffe, man sieht es mir nicht an, aber ich bin hier das Mädchen für alles.«

»Ich war bei seiner Bank«, erklärte Dave. »Die Computerausdrucke seines Kontos sind etwas rätselhaft. Ich müßte die Abbuchungsbelege sehen.«

»Ach.« Sie schüttelte zweifelnd den Kopf. »Ich fürchte, dazu bin ich nicht befugt.«

»Wer ist Mrs. Dawsons Arzt?« fragte Dave.

»Doktor Spiegelberg. Irwin Spiegelberg. In der Nähe des USC.«

»Hat sie nicht kürzlich den Arzt gewechselt? Ist sie jetzt nicht bei einem Doktor Encey, in der Nähe der Universität von Los Angeles?«

Sie blinzelte vor Überraschung. »Nicht, daß ich wüßte. Vielleicht ist die Rechnung noch nicht da. Haben Sie sie gefragt?«

»Ja – aber ich glaube ihr nicht«, sagte Dave.

»Ach, du meine Güte!« Sie zog die Augenbrauen hoch. »Was ist das für ein ungehobelter, argwöhnischer Mensch! Einer Mildred Dawson nicht zu glauben!«

Dave sah sich nach einem Aschenbecher um. »Sollte ich vielleicht glauben, als sie mir sagte, dieser Arzt habe ihr ein Rezept für Anti-Baby-Pillen gegeben?«

»Ha!« Sie hatte ein nettes, offenes Lachen. »Das muß ein Scherz sein. Lassen Sie die Asche ruhig auf den Boden fallen – er ist feuersicher.«

»Wo wohnte denn seine Freundin?« fragte Dave.

»Seine –« Sie schaute ihn schockiert an. »O nein, mein Lieber, mein fabelhafter Mister –« Sie warf einen Blick auf die Visitenkarte. »– Brandstetter, das ist ausgeschlossen. Einfach lächerlich.«

Dave zuckte mit den Schultern. »Seine Frau ist gelähmt und wesentlich älter als er.«

»Sie kennen Jerry Dawson nicht. Er war von seiner Religion besessen. Damit meine ich nicht nur den Sonntag. Ich meine Montag bis Samstag und Sonntag, das können Sie mir ruhig glauben. Was den Sex betrifft – dieses Thema hat für ihn überhaupt nicht existiert.« Sie zeigte ein kleines, schiefes Lächeln. »Das war ein Mann, der rot wurde, wenn eine Frau in seiner Gegenwart ›verdammt‹ sagte. Eine Freundin? Fabelhaft!«

Ein Mann um die Vierzig, der gehetzt wirkte, kam aus dem inneren Büro. Er sah so aus, als ob er sich oft an Swimming-pools bräunen ließ. Sein Hemd war bis zum Nabel offen und zeigte einen Körper, an dem er sicher viel arbeitete, um ihn jung zu erhalten – mit flachem Magen und klar gezeichneter Muskulatur. Dazu trug er eine hautenge Leinenhose. Um den dünnen Hals hatte er eine silberne Kette und unter der Nase einen blonden Schnauzbart und geföntes Haar, das aussah, als ob er oft mit den Fingern darüberstrich. Er blieb stehen und schaute Dave durch seine große, silberngerahmte, dunkle Sonnenbrille an. »Wer sind Sie? Ich bin Jack Fullbright.« Er streckte ihm seine gebräunte, langfingrige Hand entgegen.

»Brandstetter.« Dave stand auf und reichte ihm die Hand. Fullbrights Hand war schweißfeucht, aber sein Griff war fest und sein Lächeln zeigte Zähne, die zu regelmäßig waren, als daß es sich nicht um Jackettkronen gehandelt hätte. »Ich bin Ermittler bei Gerald Dawsons Lebensversicherung und möchte Ihnen ein paar Fragen stellen. Haben Sie einen Augenblick Zeit für mich?«

»Sicher, sicher.« Fullbright neigte den Kopf in Richtung auf die Bürotür. »Gehen Sie schon hinein. Schenken Sie sich einen Drink ein. Ich komme gleich nach.« Er beugte sich über das Mädchen mit dem Wuschelkopf und breitete Durchschläge auf dem Schreibtisch aus. »Wir teilen uns die Luftfracht. Das ist die Summe, die nötig ist

- das Minimum. Besorgen Sie es bei Emery, sobald Ron fertig ist und packen kann, klar? Ich rede mit ihm wegen der Überstunden - keine Sorge. Inzwischen kann SeaLanes schon mal jemanden auf die Fährte der verlorenen Fracht setzen. Haben Sie alles?«

»Sie teilen die Kosten?«

»Aber erst, wenn SeaLanes sie uns erstattet.« Dave betrat einen Raum, der völlig anders aussah als das Büro des Mädchens. Hier gab es echte Wandpaneele und echtes Kuhleder. Da das Fenster keinen Sinn hatte, weil man nur auf Aschentonnen und Parkplätze schauen konnte, stand ein japanischer Wandschirm aus dem achtzehnten Jahrhundert davor - oder eine sehr gute Reproduktion. Menschen in kleinen Booten, die einen Mond über bewaldeten Bergen betrachteten. Und die Bar, an die Fullbright jetzt ging, war auch nicht aus Plastik, sondern echtes Teakholz. »He - tut mir leid, daß ich Sie warten ließ.« Er klapperte mit schwedischem Kristall und holte dann eine Flasche Schweppes aus dem Kühlschrank. Eiswürfel klimperten aus seiner Hand in Gläser - es sah aus wie ein Zaubertrick. Dann schwenkte er eine grüne Flasche. Tanqueray. »Ist Ihnen Gin und Tonic recht? Ich habe auch Heineken hier.«

»Gin und Tonic ist mir lieber«, sagte Dave. »Vielen Dank.«

Fullbright schenkte ein. »Was ist mit Jerry? Ich dachte, die Polizei hätte den Fall praktisch abgeschlossen. Er hat versucht, einen hiesigen Pornohändler aus dem Verkehr zu ziehen, und der freundliche Pornohändler hat statt dessen ihn aus dem Verkehr gezogen. Oder etwa nicht?«

»So, wie Sie es sagen, klingt es nicht allzu gerührt«, bemerkte Dave.

»Er kannte sich gut im Geschäft aus.« Fullbright gab einen Minzenzweig auf das Eis in seinem Glas. »Und er konnte gut mit Geld umgehen.« Jetzt kam Fullbright hinter der Bar hervor und reichte Dave das eine Glas, setzte sich dann mit dem seinen an den Schreibtisch. »Aber er war ein scheinheiliger Widerling.«

»Seine Frau und Ihre Sekretärin sagen mir, daß die Bankauszüge mit den Scheckabbuchungen hier aufbewahrt werden«, sagte Dave. »Kann ich sie sehen? Er hat in den letzten Wochen ein paar Schecks ausgeschrieben, die ich mir gern genauer angesehen hätte.«

»Wozu?« Fullbright schaute wachsam drein.

»Kein Mensch scheint zu wissen, wo er an dem bewußten Abend war. Das macht mir Gedanken. Ich vermute, in seinem Leben hat es noch etwas anderes gegeben – neben dem Geschäft, dieser Kirche und seiner Familie.«

»Er war wahrscheinlich unterwegs mit seiner Kampfeinheit ›Haltet die Stadt sauber für den Herrn‹.« Fullbright zuckte angeekelt mit den Schultern und trank einen Schluck. »Vielleicht hat er die Sitze von Pornokinos aufgeschlitzt oder Schwule kastriert. Um unsere Kinder zu retten, wie diese Orangensaft-Lady immer sagt.«

»Das glaube ich nicht«, erwiderte Dave. »Was ist also mit den Schecks?«

»Haben Sie überhaupt das Recht dazu?« Fullbright stellte sein Glas ab und langte nach dem Telefon. »Ich glaube, ich sollte mich erst einmal bei meinem Anwalt erkundigen.«

»Hören Sie mal: Solange für mich die Möglichkeit besteht, daß Gerald Dawson nicht von Lon Tooker umgebracht wurde, sondern vielleicht von seiner Frau Mildred oder seinem Sohn Bucky, solange wird die Sequoia die fünfzigtausend Dollar nicht ausbezahlen. Ich nehme nicht an, daß Sie ihnen das antun wollen.«

Fullbright starrte ihn an. »Mildred? Bucky? Glauben Sie wirklich, daß einer von den beiden ihn getötet haben könnte?«

»Ich habe die beiden nur genannt, um Ihnen klarzumachen, wie die Sache steht«, sagte Dave. »Also wäre es vielleicht gut, wenn Sie meinen düsteren Verdacht widerlegen würden. Zeigen Sie mir die Abbuchungen.«

Fullbrights Hand war auf dem Hörer des Telefons, aber seine Sonnenbräune hatte sich ein wenig ins Gelbliche verfärbt. Er ließ den Hörer los und stand auf. »Kommen Sie«, sagte er ausdruckslos. Er verließ das Büro, ging durch den Raum, wo die Sekretärin dem Glatzkopf die Versandbedingungen erläuterte, in ein anderes Büro, wo über einem Schreibtisch das Plakat des Gekreuzigten vor einem stürmischen Himmel hing. Die Schreibtischplatte war mit einer dünnen Staubschicht überzogen. Fullbright zog die oberste Schublade eines grünen Aktenschranks auf. »Hier drinnen.« Er warf Dave einen verdrossenen Blick zu und schickte sich dann an, hinauszugehen. »Bitte, bedienen Sie sich.«

»Lassen Sie ruhig die Tür auf«, sagte Dave.

Fullbright ließ sie auf, aber er ging nicht zurück in sein Büro, sondern mit dem Glatzkopf hinaus in die Ladenräume.

Die Abbuchungen mit den Schecks befanden sich in den Umschlägen, die die Bank zusammen mit den Auszügen geschickt hatte. Die Bündel für den jeweiligen Monat waren in blaues Papier gewickelt. Der Scheck über siebenhundert Dollar und der für dreihundertfünfzig waren auf eine Sylvia Katzman ausgestellt. An dem Stempel auf der Rückseite war zu erkennen, daß sie ein Bankkonto bei der Proctor Bank hatte, bei der Zweigstelle in Westwood. Dave legte die Umschläge zurück und schloß dann die Schublade des Aktenschranks.

»Danke«, sagte er zur Sekretärin.

Sie sprach gerade am Telefon. Jetzt winkte sie ihm mit der rechten Hand, in der sie einen Kugelschreiber hielt.

Draußen in den Ladenräumen war der Glatzkopf auf den Knien und mühte sich schwitzend mit einem besonders schweren Karton ab, der auf einem der unteren Regale stand. Fullbright stand vor ihm und las den zerknitterten Frachtbrief, den er in der Hand hatte. Dave fragte ihn: »Hatte Dawson einen jüngeren Kunden mit schwarzem Bart, der einen Geländewagen fuhr?«

»Wenn, dann habe ich ihn nie gesehen«, knurrte Fullbright.

»Vielen Dank«, sagte Dave.

Kapitel 5

In der kleinen, dunklen Bar benützte er Max Romanos Telefon, um Mel Fleischer bei der Zentrale der Proctor Bank anzurufen, und um festzustellen, daß Amanda allein in dem großen, schönen, leeren Haus in Beverly Glen war und jemanden brauchte, der sie über den toten Punkt hinwegbrachte. Er hatte es schon mehrmals versucht, ohne Erfolg. Aber diesmal versprach sie ihm zu kommen.

Und sie kam. Sie stand geblendet in dem schummerigen Lokal nach der grausamen Helligkeit der Straße, schwankte ein wenig, war unsicher, ob sie weitergehen sollte. Auch sie trug eine von diesen zerknitterten Pumphosen und kniehohe Stiefel. An ihrer Schulter hing eine Strohtasche, die zu dem Strohhut auf ihrem dunklen, glatten Haar paßte. Max, dicklich und kahl, einen Stapel Speisekarten unter die Arme geklemmt, watschelte ihr entgegen und sprach mit ihr – vermutlich Kondolenzworte zum Tod von Carl Brandstetter. Dann sah sie Dave und kam auf ihn zu, wobei sie ihr bestes Lächeln auflegte. Sie mußte noch ein wenig üben. Dave stand auf und half ihr auf den Hocker neben dem seinen.

»Du siehst großartig aus«, sagte er.

»Aber ich fühle mich verloren«, antwortete sie. »Ich hasse es, wenn Menschen einfach weggehen und nie wiederkommen.« Der Barkeeper schaute sie an und zog dabei die Augenbrauen hoch, und sie nickte in Richtung auf Daves Drink. »Aber was habe ich für ein Recht zu klagen? Ich muß nur mit den Erinnerungen eines einzigen Jahres fertigwerden. Du hast die eines ganzen Lebens.«

»Du kannst nichts daran ändern«, sagte er. »Niemand kann das. Es mußte einmal passieren, und es ist passiert. Du bist jung und kannst neu anfangen.«

»Ich habe das Gefühl, ich renne ständig im Kreis herum«, sagte sie. »Wie irgend so ein trauriges Tier im Zoo. Nur noch trauriger.«

»Lächerlich. Du hast den Schlüssel. Sperr den Käfig auf. Lauf weg.«

»Wohin denn?« Mit blinden Augen kramte sie in ihrer Tasche. Zigaretten kamen zum Vorschein, die langen, dünnen, braunen. Sie steckte sich eine davon zwischen die Lippen und schob die Packung dann Dave hin. Er nahm eine heraus und zündete erst die ihre, dann die seine mit dem Stahlfeuerzeug an. »Zumindest wenn ich zu Hause bin. Ich sehe ihn, ich höre ihn. Dieses Zimmer neben dem Swimming-pool! Ich höre ihn lachen. Er ist ein ziemlich geräuschvolles Gespenst.«

»Auf diese Weise kannst du dich selbst in ein Gespenst verwandeln«, warnte Dave. Er beobachtete den Barkeeper, der ein Glas vor sie hinstellte. Dann nahm er den Kassenbon. »Ich kenne das. Ich hab' das auch durchgemacht. Bis ich aus der ehemals gemeinsamen Wohnung ausgezogen bin, hat bei mir nichts funktioniert. Sogar wenn jemand Lebendiger bei mir war, in der Küche herumkramte und mit mir im Bett lag, wurde es nicht besser.«

»Doug?« fragte sie. Und beantwortete sich ihre Frage mit einem Nicken. »Ja, Doug. Und jetzt weiß er nicht mal, wo du bist, wenn ich anrufe.« Sie nippte an dem Drink.

»Das hat er früher auch nicht gewußt«, sagte Dave.

»Du gehst deine eigenen Wege«, sagte sie. »Und wenn man in deinem Büro bei der ›Medaillon‹ anruft, heißt es: ›Er ist nicht mehr bei uns.‹«

»Ich bin gegangen, bevor ich gegangen wurde«, sagte er. »Es war höchste Zeit. Als ich am Tag nach Vaters Tod durch den Korridor im zehnten Stock ging, kam ich mir vor, als schwimme ich in einem Rudel gefährlicher weißer Haie. Die Vizepräsidenten.«

Sie schaute ihn von der Seite an. »Das ist doch ein Scherz oder? Ich meine – warum? Warum hätten sie dich rausschmeißen sollen?«

»Ein Risiko-Angestellter.« Er hob das Glas und ließ die Eiswürfel klimpern. »Nicht vertrauenswürdig.«

»Aber du warst doch jahrelang dort!« protestierte sie.

»Praktisch immer«, sagte er. »Wollen wir hier essen?«

Sie setzten sich in samtbezogene, schwarze Sessel an einem Tisch, wo eine Kerze in einem braunen Windlicht flackerte, und Amanda legte die umfangreiche Speisekarte auf den Tisch. »Hast du nicht Anteile an der Firma? Ich dachte, Carl hat gesagt –«

»Genug, um nicht verhungern zu müssen«, erwiderte er. »Aber natürlich keine einundfünfzig Prozent.« Er setzte eine halbmondförmige Brille mit dicker Fassung auf, um die Speisekarte zu studieren, und fragte sich, ob der kalte Lachs frisch war. »Jedenfalls nicht genug, um die Politik der Firma zu bestimmen. Carl hatte die Einundfünfzig-Prozent-Mehrheit. Aber die bleibt ja nicht in einem Block beisammen. Jetzt nicht mehr. Es wird unter den Witwen aufgeteilt. Entschuldige.«

»Nicht an mich«, sagte sie. »Ein Haus, das gut und gern eine Viertelmillion Dollar wert ist, und zwei teure Autos. Das heißt, eines. Der Bentley hatte ja Totalschaden. Nein, ich glaube nicht, daß er ihnen die Aktien vermacht hat.«

»Sie werden sie bei Gericht einklagen«, erwiderte Dave. »Er hat genau diesen Typ von Ladys geheiratet – Anwesende natürlich ausgenommen. Und vielleicht Lisa. Und wahrscheinlich Helena – sie besitzt bereits zweihundert Rennpferde und das halbe Ventura County.« Er legte die Speisekarte weg, nahm die Lesebrille ab und steckte sie in die Brusttasche. »Die gefüllte Flunder ist empfehlenswert.«

»Dann esse ich die gefüllte Flunder«, sagte sie. »Du kommst oft hierher, ja?«

»Seit der Zeit, als Max noch volles Haus hatte«, antwortete Dave. »Das war neunzehnhundertachtundvierzig. Damals warst du wahrscheinlich noch nicht einmal geboren.« Er sah sich um. »Vielleicht sollte ich jetzt damit aufhören. Sonst sehen wir nur noch Gespenster.«

»Wir waren eines Abends mit diesem Polizeilieutenant hier, diesem Mr. Barker. Er sagt, daß du der Beste im Geschäft bist. Wie hätten sie dich da feuern können?«

»Barker ist ein guter Freund von mir«, sagte Dave.

»Aber Carl hat das auch gesagt.« Sie trank wieder einen Schluck. »Und ich habe Zeitungsausschnitte gelesen. Die *Newsweek*. Das *New York Times Magazine. People.*«

»Mein Gott«, sagte Dave. »Er hat die Ausschnitte aufgehoben? Der sentimentale Kerl. Das hätte ich nie gedacht.«

»Er hat ganz große Stücke auf dich gehalten«, erklärte sie.

»Bitte, hör auf.« Gleich danach tippte ihm Max auf die Schulter, stellte ein altmodisches, französisches Boudoir-Telefon auf den Tisch und bückte sich mit leisem Stöhnen, um es anzustecken. Dave nahm den Hörer ab und warf Amanda einen entschuldigenden Blick zu. Mel Fleischer tönte ihm ins Ohr: »Sylvia Katzman wohnt in einer von achtunddreißig Wohneinheiten oberhalb des Sunset Strips, die ihr gehören.« Er las die Adresse vor. »Wie geht's Doug? Beginnt sich seine Galerie auszubezahlen?« Doug verkaufte Malereien, Skulpturen und Keramik in der Robertson Street, wo jeder Antiquitäten verkaufte. Mel Fleischer sammelte kalifornische Maler der zwanziger und dreißiger Jahre. Er besaß mehr Bilder von Millard als alle anderen Sammler. Jetzt sagte Mel: »Hat er schon diesen Redmond für mich ausfindig gemacht? Eine Grisaille von Eukalyptusbäumen an einem Teich. Sie gehörte einem Kriminalromanautor, der gestorben ist. Wurde das Testament schon eröffnet?«

»Keine Ahnung«, erwiderte Dave. »Doug spricht nicht viel mit mir. Momentan unterhält er sich vorwiegend auf französisch mit einer polynesischen Prinzessin namens Christian Jacques, die das Restaurant gegenüber der Galerie führt. Wenn du ihn zu Hause nicht erreichen kannst, mußt du es mal im ›Bambusfloß‹ versuchen.«

»Ach, so ist das«, sagte Mel. »Du, Dave – es tut mir leid, das mit deinem Vater.«

»Schon gut«, antwortete Dave. »Hör mal – ich möchte dich für deine Gefälligkeit zum Abendessen einladen. Heute abend? Oder morgen?«

»Morgen. Kann ich zu zweit kommen?« fragte Mel. »Und – könnte es ein japanisches Restaurant sein? Sicher, wer hält das schon aus, ewig den rohen Fisch und das essigsaure Zeug! Aber ich habe da einen zauberhaften Jungen, der sich geradezu reißt, das Lager meiner Schmerzen zu teilen. Wohin ich auch gehe – immer, wenn ich nach hinten schaue, über meine gebeugten und gealterten Schultern, sehe ich ihn – mit heißem Verlangen in seinen Mandelaugen. Natürlich wache ich eines Tages auf, und alles war nur ein Traum. Er ist gerade zweiundzwanzig – kannst du dir das vorstellen?«

»Bring ihn ruhig mit«, sagte Dave.

»Er trägt etwas fröhliche Jacken«, fügte Mel hinzu. »Du weißt schon, diese kurzen Dinger, die nur bis *hierhin* gehen. Fröhlich ist vielleicht nicht ganz das richtige Wort. Würdest du ›hysterisch‹ akzeptieren?«

»In deinem Fall, ja. Also dann – sagen wir, im ›Noguchi‹ am Sawtelle Boulevard. Das ist oberhalb von Venice. Um acht? Und – nochmals vielen Dank für Sylvia Katzman.«

»Ich habe das Gefühl, sie wird mir nicht unbedingt dankbar sein«, erwiderte Mel.

»Ich werde deinen Namen nicht erwähnen. Dann kann sie dir keine Giftbriefe aus Tehachapi schicken.«

»Gott segne dich«, sagte Mel. »Also dann, bis morgen abend.«

Dave legte auf und wandte sich wieder an Amanda. »Aber Zeitungsausschnitte bedeuten nicht viel bei Vizepräsidenten. Sie können nämlich nicht lesen.«

»Du willst damit sagen, daß sie dich eigentlich schon immer raushaben wollten, es aber nicht schafften, solange Carl lebte?«

»Er hat mich gewarnt«, sagte Dave. »In unserem Land gibt es einen alljährlichen Anerkennungspreis für Schwulenhasser. Die Sieger sind immer dieselben: große und kleine Polizeiorganisationen, die Bundesbehörden, die Staatsbehörden und die städtischen Behörden; die Orangensaft-Meute aus Florida; die Armee, die Luftwaffe und die Marine; die Homosexuellen selbst – und die Versicherungsgesellschaften. Aber die Versicherungen gewinnen immer.«

»Wie die Casinos in Las Vegas?« fragte sie.

»Das war einmal«, sagte Dave. »Die Casinos müssen heutzutage mit fairen Mitteln spielen. Aber hat man je von einer Versicherung gehört, die mit fairen Mitteln spielte? Wenn ihnen das Risiko nicht paßt, annullieren sie einfach die Verträge.«

»Du bist wirklich komisch.« Sie blinzelte durch den Zigarettenrauch, der sich um das Windlicht kräuselte. »Warum bist du im Geschäft geblieben, wenn du es so haßt? Wegen Carl? War das Geschäft denn besser, solange er noch dabei war?«

»Meine Rolle bestand darin, daß ich in einem gemeinen Stück den Anständigen spielte. Das hat mir gefallen. Es gefällt mir noch immer. Deshalb habe ich nicht aufgehört. Ich bin einer der wenigen Glücklichen, die für das bezahlt bekommen, was sie gern tun. Das erreicht fast keiner. Sicher, lieber hätte ich gute Streichquartette komponiert. Aber ich könnte nicht mal ein schlechtes Streichquartett komponieren.«

Ein Kellner in einer schwarzen Samtjacke nahm ihre Bestellung auf.

»Und ich kann gar nichts«, sagte Amanda.

»Du hast immerhin das Haus eingerichtet. Und es wurde im *Home* abgebildet. Warum richtest du dir nicht ein Geschäft ein, am Rodeo Drive? Oder – noch besser: Warum richtest du nicht mein neues Haus ein? Seit vorgestern gehört alles mir, sagt die Bank.«

»Du machst mich ganz schwindlig«, erwiderte sie und lächelte.

»Aber nicht so schwindlig, als wenn du im Kreis rennst und dir selbst leid tust«, erwiderte Dave. »Wir fahren gleich nach dem Essen hin. Okay? Es wird eine Herausforderung, darauf kannst du dich gefaßt machen.«

»Du hast zu tun«, sagte sie. »Du brauchst dich nicht verpflichtet zu fühlen, mich mit Beschäftigungstherapie zu heilen.«

»Gerald Dawson kann nicht toter werden, als er es ohnehin ist. Und seine Frau und sein Sohn werden nicht gleich Hals über Kopf die Stadt verlassen. Das heißt, ich tät's vielleicht, wenn ich sie wäre. Aber sie tun's nicht.«

»Was hast du denn für ein Haus gefunden?« fragte Amanda.

»Ich nehme an, der frühere Besitzer war ein Wolf im Nachthäubchen der Großmutter.«

Er bog dreimal falsch vom Laurel Canyon ab, bis er die richtige Straße fand. Immerhin war er erst zweimal dortgewesen. Und in Gedanken beschäftigte er sich mit Jack Fullbright. Als Dave zurückgekommen war auf den Parkplatz, hatte er gesehen, wie Fullbright einen Pappkarton voller Akten in den Kofferraum eines mit Flammenzungen bemalten Datsun 260 Z lud. Wozu? War das üblich? Fullbrights Kleidung, die Sonnenbräune, die Manieren, der Wagen paßten nicht zu einem Mann, der sich das Büro mit nach Hause nahm. Hatte nicht im Polizeibericht gestanden, daß Fullbright in einem Hausboot wohnte, unten am Marina? Aber wieso hatte ihm Dave Wind gemacht? Durch seine Bitte, die bearbeiteten Schecks durchsehen zu dürfen? Und befürchtete Fullbright vielleicht, daß er noch einmal kommen würde? Räumte er deshalb das, was nicht eingesehen werden durfte, aus dem Weg? Aber was war das? Und warum tat er es?

Die Straße hieß Horseshoe Canyon und war steil und so eng, daß nur ein Wagen Platz hatte. Der Asphalt war altersgrau und hatte kratertiefe Schlaglöcher. Der Electra schwankte und kratzte mit dem Auspuff am Boden bei der Fahrt nach oben. Hinter ihm sah Dave Amandas Bugatti, der die Steigung mühelos wie eine Spinne nahm. Der Electra war so lang, daß Dave Mühe hatte, in die halbverfallene Einfahrt einzubiegen, die hinaufführte zum Haus, das sich mit seinen wettergebräunten Holzschindeln unter ausgefranste Pinien und Eukalyptusbäume duckte. Es waren eigentlich drei Häuser unter einem gemeinsamen Dach. Dave stieg aus dem Electra. Und Amanda stieg aus ihrem Bugatti und sagte: »Ja nun – du wirst als erstes einen Gärtner brauchen.« Sie ging durch den Teppich aus abgefallenen Nadeln, Laub und Rinde. »Immerhin: Es gibt Terrassentüren auf der ganzen Vorderfront. Das ist hübsch.«

»Du hast ja noch gar nichts gesehen.« Dave führte sie um das Haus herum zu einem Innenhof, wo eine wuchtige, alte Eiche ihren Schatten auf halb eingesunkenes Pflaster warf. Eine breite, schwere Tür mit Glasfüllung öffnete sich in einen riesigen, holzgetäfelten Raum mit einer wuchtigen Balkendecke. »Über sechzig Quadratmeter. Was sagst du dazu?«

»Fabelhaft.« Aber als sie den Kamin aus Feldsteinen am anderen Ende des Raumes sah, zog sie die Stirn in Falten. »Der tut allerdings ein bißchen weh, findest du nicht? Außerdem hat er die falsche Form. Was würdest du sagen zu einem Kamin, der mindestens so breit ist?« Sie breitete beide Arme aus. »Sagen wir, aus gebrauchten Ziegeln?«

»Ich habe hier gar nichts zu sagen«, erwiderte Dave. »*Du* sollst gestalten.«

Sie neigte den Kopf, und ihr Lächeln kam ihm so vor, als wollte sie ihrem Glück noch nicht trauen. Sie zuckte mit den Schultern, nahm den Strohhut ab und drehte sich dann langsam im Kreis, wobei sie den Raum überblickte. »Es ist sehr kalifornisch«, sagte sie schließlich. Dann wischte sie sich ein Guckloch auf einer der staubigen Fensterscheiben und schaute hinaus. »Du wirst hoffentlich nicht alle diese fabelhaften Bäume fällen wollen. Sie passen genau hierher. Ist das nicht John Muir, John Burroughs, Joaquin Miller?«

»Mit etwas Smog«, fügte er hinzu.

Sie ging nicht darauf ein, trat ein paar Schritte zurück, zog wieder die Stirn in Falten und knabberte an ihrer Unterlippe. »Aber sie machen den Raum hier dunkel. Was hältst du davon, wenn wir über den Terrassentüren Oberlichte anbringen lassen?«

»Du kannst meinetwegen auch das Dach heben lassen«, sagte er. »Das mit dem Geschäft am Rodeo Drive wäre wirklich eine gute Idee. Du bist in der Lage, das Geld der anderen üppig und mit Grazie auszugeben. Man wird dich lieben in Beverly Hills.«

Sie blinzelte ihn an. »Meinst du das im Ernst? Diese verderbten Wucherer?«

»He«, sagte er, »du solltest noch heute anfangen. Doch zuerst mußt du dir die Küche ansehen.«

Von draußen hörten sie Motorengeräusche. Amanda drehte sich wieder um und lugte durch die Scheibe. »Du bekommst Besuch«, sagte sie.

Sie gingen hinaus. Ein Abschleppwagen holperte die Auffahrt herauf. Ein Mann mit ledernem Gesicht in einem öligen Overall befestigte den Haken unter der hinteren Stoßstange des Electra. Als er Dave sah, nahm er einen zusammengefalteten Zettel aus seiner Brusttasche und reichte ihn ihm. »Brandstetter?« fragte er.

»Der bin ich. Aber ich habe Sie nicht bestellt.«

»Ich komme von der Medallion-Versicherung.« Die Stimme gehörte einem Jungen mit gelbblondem Wuschelhaar, der in der Fahrerkabine des Abschleppwagens saß. »Das ist ein Firmenwagen. Sie arbeiten nicht mehr für die Medallion. Also wollen die den Wagen zurückhaben.«

Amanda starrte Dave wortlos an. Er grinste.

»Du wirst es nicht glauben«, sagte er. »Aber ich habe es wirklich vergessen. Das ist der zwölfte oder dreizehnte. Es wird zur Gewohnheit. Ich habe mein ganzes Leben lang noch keinen Wagen gefahren, der mir gehörte.« Er lachte und winkte dem Mann im Overall zu. »Nehmen Sie ihn ruhig mit, mein Freund.«

»Wollen Sie nichts aus dem Wagen, was Ihnen gehört?« fragte der Mann.

»Nein – aber ich nehme an, sie brauchen die Schlüssel.« Dave reichte sie ihm. »Im Handschuhfach liegen nur ein Kugelschreiber und ein Block, auf dem nichts steht. Ein Lumpen zum Abwischen der Windschutzscheibe. Und die Gebrauchsanweisung. Ich überlasse das alles großzügigerweise der Medallion.«

»Aber was wirst du jetzt tun?« rief Amanda.

»Du wirst mich zurückfahren müssen«, sagte Dave. »Sobald du deine Liste fertig hast – ich meine, was du als erstes brauchst, um das Haus herzurichten. Danach kannst du mit mir einen Wagen aussuchen, der besser in diese Einfahrt paßt.«

Kapitel 6

Der Triumph lief ihm ständig davon. Dave mußte sich daran gewöhnen, sanfter mit dem Gaspedal umzugehen, sonst landete er früher oder später auf dem Mond. Jetzt ließ er den Wagen auf einem Parkplatz stehen, der in den Hang hinter einer Reihe von zweistöckigen Häusern mit Gipsfassaden gegraben worden war. Im Erdgeschoß der einzelnen Gebäude gab es Schallplattenläden, kleine Eßlokale und Kneipen, und in den Quergeschossen hatten sogenannte Talent-Agenturen und ehemalige Filmstudenten, die sich als Produzenten aufspielten, ihre Büros. Auf dem Parkplatz wimmelte es von teuren Geländewagen, Porsches und Lotus-Sportwagen, bezahlt von vermögenden Vätern aus Des Moines und Kansas City mit mehr Liebe oder Verzweiflung als Verstand. Auf den Gehsteigen vor den Geschäften war wenig Betrieb. Ein schwarzer Junge saß am Randstein, die Ellbogen auf den Knien, den Kopf in die Hände gestützt, und redete leise mit sich selbst. Ein Mädchen in einem T-Shirt mit der Aufschrift AUCH COWGIRLS BRAUCHEN LIEBE ging vorbei; sie trug eine Gitarre in einer Segeltuchhülle. Außer dem T-Shirt hatte sie eine Mini-Mini-Jeans und mit Nieten besetzte Stiefel an. Drei Zwölfjährige unbestimmbaren Geschlechts kamen aus dem Schallplattenladen, und jeder von ihnen trug die Langspielplatte mit der Musik aus *Grease* unter dem Arm. Gleich danach sausten sie auf ihren Zehngangfahrrädern den Gehsteig entlang.

Im Drugstore war auch nicht viel los. Dave sah lange Gänge zwischen hohen Regalen, die mit Spielzeug und Kosmetika, Kopfschmerzmittel und Erkältungstabletten, Taschentüchern und Badehandtüchern, Trinkgläsern und elektrischen Dosenöffnern gefüllt waren. In dem Durchgang, den Dave gewählt hatte, lag eine Schachtel mit Wachsstiften offen auf dem Boden. Jemand hatte mit ungelenker Kinderhand die Buchstaben FIK auf den schimmernden Linoleumboden gekritzelt. Bernhard Shaw hätte seine Freude an der Schreibweise gehabt. Dave bückte sich und legte die Stifte wieder in die Schachtel, machte die Schachtel zu und ordnete sie wieder an ihren Platz im Regal.

Im nächsten Abschnitt des Durchgangs gab es auf der einen Seite Harken, Schaufeln und Spaten, dazu bunte blühende und grün schimmernde Pflanzen auf grünen Metallregalen, auf der anderen Seite Säcke mit Pflanzendünger, Humus und Torf. Am Ende des Durchgangs waren Dosen mit Motorenöl gestapelt. Und dann stand Dave vor einer weißgestrichenen Theke mit einem Schild darüber, auf dem in goldenen Lettern REZEPTE stand. Ein grauhaariger Mann bückte sich hinter der Glasscheibe. Dave drückte auf die Klingel an der Theke, und der Mann erhob sich; er trug einen weißen Mantel und hatte eine gelbe Plakette mit der Aufschrift LÄCHLE anstecken. Er war japanischer Abstammung, mit großen Schlitzaugen und dicker Brille. Eine Zweischärfenbrille, wie Dave feststellte, denn der Mann mußte den Kopf nach hinten neigen, als er die Zulassungskarte las, die ihm Dave gereicht hatte.

Dave sagte: »Ich untersuche den Tod von Gerald Dawson. Im Auftrag der Sequoia; das ist die Gesellschaft, bei der er lebensversichert war. Er hat sich hier ein rezeptpflichtiges Arzneimittel besorgt.« Dave nannte ihm das Datum.

»Ich darf keinerlei Auskünfte geben über Rezepte.« Der Apotheker gab Dave die Brieftasche mit dem Sichtfenster zurück. »Das ist Ihnen wohl bekannt.«

»Das ist auch gar nicht nötig. Ich weiß, um was für ein Medikament es sich handelt: Anti-Baby-Pillen. Dawson hat sie für seine Frau besorgt. Ich will eigentlich nur eines wissen: Haben Sie jemals seine Frau gesehen?«

»Hier kommen Hunderte von Leuten im Lauf einer Woche vorbei, um sich rezeptpflichtige Medikamente zu besorgen«, erwiderte der Apotheker. »Sie sagen, er hat das Rezept für seine Frau abgeholt. Und Sie wollen wissen, wie seine Frau aussieht. Finden Sie das komisch? Ich finde es nicht komisch.«

Ein junger Mann, der der Sohn des Apothekers sein mußte, kam die Treppe vom Büro herunter. Er hatte einen großen Karton in der Hand und ging damit zur Theke. »Aber ich erinnere mich an ihn«, sagte er zu Dave, »weil es am nächsten Morgen im Fernsehen hieß, daß er ermordet wurde.«

»Ich muß noch ein Rezept herrichten«, sagte sein Vater und beugte sich wieder über seine Arbeit.

»Sie haben sein Bild gezeigt.« Der Junge öffnete eine Schranke in der Theke und kam mit seinem Karton heraus. Er stellte ihn auf den Boden, öffnete ihn und packte die Flaschen, die sich darin befanden, auf ein Regal. »Es heißt, daß er ein fleißiger Kirchgänger war, eine Stütze seiner Kirche, und so weiter.«

»Das ist der Mann«, sagte Dave.

»Möglich. Aber es war nicht seine Frau. Ausgeschlossen.«

»Eine Frau an die Sechzig«, sagte Dave. »Einseitig gelähmt. Sie zieht das eine Bein nach.«

»Sehen Sie – ich hab's doch gewußt«, erwiderte der Sohn des Apothekers. »Sie konnte nicht seine Frau gewesen sein. War höchstens fünfzehn, sechzehn Jahre alt. Und wild, wenn Sie verstehen was ich meine. Haben Sie die Eiskrem-Theke gesehen? Wissen Sie, was sie machte, während er auf das Rezept wartete, genau wo Sie jetzt stehen? Sie ließ sich von ihm drei Kugeln Eis spendieren. Drei auf einmal. Und da drüben ist eine Schallplattenabteilung.« Er deutete darauf. »Nichts besonderes dabei. Ich meine, lauter Ausschußware. Wer das gehört hat, denkt nicht daran, die Platten zu kaufen. Und was macht sie? Sie geht weiter zu den Spielsachen. Sucht sich einen Kinderplattenspieler, ganz aus Plastik, die Dinger sehen wie Käfer oder Pandabären aus. Sie nimmt einen davon aus dem Regal, findet einen Stecker und spielt eine Platte. Aber laut! Ich meine, verdammt laut. Und der arme Mann steht da und wird immer röter im Gesicht, klar. Sie sitzt einfach auf dem Boden in ihrer Minihose, leckt an ihrem Eis und dabei tropft sie das klebrige Zeug auf den Boden. Ja, an die erinnere ich mich sehr genau.«

»Und wer ist Doktor Encey?« fragte Dave.

»Das ist einer von den Gefälligkeitsärzten«, antwortete der Apothekersohn. »Im großen Glasgebäude, zwei Blocks weiter.«

»Sie meinen, einer, der für Geld Rezepte ausstellt?« fragte Dave.

»Meistens sind es Sachen, mit denen die Schauspieler einschlafen und die Schriftsteller aufwachen und die Regisseure ruhig bleiben. Aber manchmal kommen die Leute mit allen möglichen Rezepten von ihm.«

»Und Sie geben die Arzneien heraus?«

»Dazu sind wir schließlich hier«, sagte der Junge. Er stellte die letzte Flasche auf das Regal und stand auf. »Encey hat noch seine Zulassung als Arzt. Natürlich ist es kein Geheimnis, womit er sein Geschäft macht. Aber anscheinend will ihn niemand von der Gesundheitsbehörde daran hindern. Was hat sich Dawson da neulich besorgt? Anti-Baby-Pillen? Das ist doch keine große Sache.«

»Und Sie sind sicher, daß das Mädchen zu ihm gehörte?«

»Sie waren schon öfters zusammen hier. Sie zeigt immer auf alles mögliche. ›Kauf mir dies, und kauf mir das.‹ Und er kann es ihr gar nicht schnell genug kaufen. Sie ist nicht besonders schlau. Ich meine –« Er drückte sich an Dave vorbei, ging wieder hinter die Theke und schloß den Durchgang. »Sie spricht ziemlich ungebildet. Ich würde sagen, eine von denen, die von der Schule ausgerissen sind. Ja, eine Ausreißerin, so sieht sie aus. ›Ich gehe zum Film, klar, ich gehe zum Fernsehen.‹ Sie wissen schon. Kommen einfach nach Hollywood und meinen, damit hätten sie es schon geschafft. Weiß nicht, wie ein solcher Mann an ein solches Mädchen gerät. Ich meine – er sah genau so aus, wie sie im Fernsehen gesagt haben. Wie einer, der am Sonntag in der Kirche den Teller für die Spenden herumträgt. Typisch.«

»Das Mädchen hat Sie aber ganz offensichtlich beeindruckt. Ist sie hübsch?«

»Zu jung. Flachbrüstig, Hüften schmal wie bei einem Baseballspieler aus der Jugendliga.« Er zog die Stirn in Falten und blinzelte. »Ich weiß nicht. Von der Sorte gibt es Hunderte auf den Straßen. Aber – sicher, sie war schon was Besonderes. Sie tragen jetzt alle das Haar wie Farah Fawcett, nicht wahr? Als ob sie es sich geliehen hätten.«

»Blond und üppig«, sagte Dave.

»Howard?« rief der grauhaarige Apotheker.

»Haben Sie sie in der letzten Woche gesehen?« fragte Dave.

»Ich glaube nicht. Bitte, entschuldigen Sie mich.«

Draußen in der Hitze war der schwarze Junge vom Randstein aufgestanden und hüpfte herum mit geballten Fäusten, hervorquellenden Augen und einem wütend verzogenen Mund, aus dem kein

Laut kam. Zwei schweißtriefende Collegeboys in roten Leichtathletikshorts joggten vorbei. Sie achteten nicht auf den Schwarzen. Der Schwarze schien Dave zu beobachten, aber was er sah, war vermutlich im Inneren seines Schädels. Ein glänzendes, grünes Moped knatterte um die Ecke. Ein Mädchen im Bikini saß darauf. Flachbrüstig. Massen von gelbblondem Haar. Dunkle Sonnenbrille. Hatte Jerry Dawson ihr ein Moped gekauft? Sie fuhr langsam die Straße entlang.

Niemand hatte das Dach des Triumph aufgeschlitzt. Dave schoß damit aus dem Parkplatz. Der Wagen hatte offenbar nur zwei Gänge: Stillstand und halsbrecherisches Tempo. Als er ihn hinaussteuerte auf den Sunset Strip, sprang der Tachometer von Null auf sechzig. Die Straße oberhalb des Strips, wo Sylvia Katzmans sandfarbene Apartmentschachteln den Hügel emporkletterten, stieg in engen Kurven steil an. Der Triumph meisterte die Steigung spielend, und in den Kurven quietschten die Reifen auf dem Asphalt. Die hölzernen Hausnummern waren an Blechverstrebungen der gipsverputzten Wände angebracht. Dave fuhr durch ein Tor und parkte den Wagen auf einem »nur für Mieter« reservierten Stellplatz. Die Tür am Ende der inneren Holztreppe war versperrt. Also ging Dave um das Haus herum zum Vordereingang, vorbei an Pflanzentrögen. Er hatte sich bei Sylvia Katzman telefonisch angemeldet, von der nach teurem Leder riechenden Jaguar-Triumph-Agentur aus, und sie erwartete ihn bereits in der Diele. Sie trug ein grüngelb gestreiftes Trägerhemd, gelbe Shorts, eine Brille, deren Gestell mit Similisteinen besetzt war, und gelbe Sandalen mit dicken Sohlen. Ihr Haar war zu eisengrauen Löckchen aufgedreht. Sie war einssechzig groß und hatte mindestens zwanzig Pfund Übergewicht. Jetzt öffnete sie ihm die Glastür.

»Ich verstehe nicht, worum es eigentlich geht«, sagte sie. »Versicherungen, wie? Und – einer meiner Mieter?«

»Gerald Dawson. Ich weiß nicht, ob er Mieter war oder nicht. Ich weiß nur, daß er in den letzten zwei Monaten zwei Schecks auf Sie ausgeschrieben hat.«

»Er hat nicht hier gewohnt«, sagte sie. »Das Apartment war für seine Tochter Charleen. Sie hat irgendwo geheiratet, und dann hat sie sich von ihrem Mann getrennt, und ihre Mutter wollte sie nicht zurückhaben. Ihr Vater war anderer Meinung und hat ihr diese Wohnung besorgt. Ganz klammheimlich, Sie verstehen. Ist damit irgend was nicht in Ordnung?«

»Gerald Dawson ist tot«, erklärte Dave. »Ist seine Tochter hier?«

»Ach, du liebe Zeit«, sagte sie. »Ach, das ist ja schrecklich. Der arme Mann. Er war noch gar nicht alt. Was ist denn passiert?«

»Jemand hat ihm das Genick gebrochen, in einer dunklen Straße. So sieht es jedenfalls aus.«

»Schrecklich«, sagte die Frau, »das kommt hier jetzt schon fast alle Tage vor. Was glauben Sie, bezahle ich hier für die Sicherheit? Ich beleuchte die Vorderfront wie einen Weihnachtsbaum. Wissen Sie, was dort unten vor sich geht? Auf dem Sunset Strip? Das sind Menschen wie aus einem Alptraum, sage ich Ihnen. Ich beleuchte auch die Garagen. Und ich habe einen Mann am Tor, der die ganze Nacht aufpaßt – in Uniform und mit einer Schußwaffe. Wenn er sie benützen müßte, würde er sich vermutlich selbst in den Fuß schießen, aber vielleicht schreckt er wenigstens die Einbrecher und die Sittenstrolche ab, verstehen Sie?«

»Was ist mit Dawsons Tochter?« fragte Dave.

»Sie muß verreist sein.« Sylvia Katzman schüttelte den Kopf. »Ich habe sie seit Tagen nicht gesehen.«

»Es ist ja immerhin eine ziemlich große Wohnanlage. Vielleicht haben Sie sie einfach zufällig nicht gesehen. Sie spielen hier doch nicht die Concierge oder?«

»Wenn Sie damit meinen, ob ich die Mieter beobachte, beim Kommen und beim Gehen – nein, natürlich nicht. Jeder soll sein eigenes Leben haben. Die Menschen sind schließlich frei. Wir sind hier nicht in Europa, Gott sei Dank. Das hier ist nicht Rußland. Wohin sie gehen und wann sie zurückkommen, ist ihre Sache.«

»Was hat Gerald Dawsons Tochter für eine Apartmentnummer?« fragte Dave.

»Sechsunddreißig. Im dritten Stock dieses Hauses. Schöne Aussicht.«

»Und – wer besucht sie, außer Gerald Dawson? Die Mieter müssen doch persönlich herunterkommen, um Gäste einzulassen oder?«

»Es sei denn, sie leihen die Schlüssel aus«, erwiderte sie. »Das ist zwar nicht erlaubt, aber wer kümmert sich schon um die Hausordnung? Übrigens kann ich mal Ihren Ausweis sehen?«

Er nahm seine Brieftasche heraus und klappte sie auf, so daß sie seine Konzession lesen konnte. »Man sollte ihr wenigstens sagen, daß ihr Vater tot ist«, erklärte Dave. »Das Begräbnis findet morgen statt. Außer ihm weiß niemand in der Familie, daß sie hier wohnt.«

»Sie geht ja doch nicht zur Beerdigung«, entgegnete Sylvia Katzman. »Ich glaube, es macht ihr auch nichts aus, daß ihr Vater tot ist. Höchstens, daß er jetzt nicht mehr die Miete zahlt. Er war sehr gut zu ihr, und sie hat ihn wie den letzten Dreck behandelt. Wissen Sie – Mütter kennen sich aus mit den Mädchen. Väter lassen sich um den Finger wickeln. Ihre Mutter hatte natürlich recht.«

Irgendwo in einiger Entfernung klingelte ein Telefon. Sylvia Katzman watschelte auf die teppichbelegte Treppe zu. »Gehen Sie meinetwegen rauf – vielleicht ist sie zu Hause.« Sie eilte in Richtung auf das klingelnde Telefon, und ihre Hinterbacken wabbelten in der engen Shorts. »Sie sind der Richtige, der es ihr beibringt – ein netter Mann; aber Sie verschwenden nur Ihre –« Eine Tür fiel ins Schloß und schnitt das letzte Wort ab. Vorausgesetzt, es gab jemals ein letztes Wort bei Sylvia Katzman.

Dave ging in der durch Klimaanlagen gekühlten Stille hinauf in den dritten Stock und kam zu einem Laubengang, vorbei an fünf Glasfronten bis er die Nummer sechsunddreißig erreichte. Sylvia Katzman hatte recht gehabt: Es war ein schöner Blick von hier oben. Er wäre noch besser gewesen ohne den bräunlichen Dunst. Aber unter dem Laubengang erstreckte sich Los Angeles meilenweit bis hinunter zum Ozean. In einer klaren Nacht würde man von hier aus einen Lichterteppich sehen, an einem klaren Tag ein Meer von Baumwipfeln. Im Apartment Nummer sechsunddreißig waren die Vorhänge zugezogen. Dave drückte auf einen Klingelknopf. Drinnen ertönte ein Summer, aber niemand kam an die Tür. Der Verkehr unten auf dem Sunset Strip hörte sich an wie Brandungsgeräusche. Ein Blauhäher kreischte. Dave drückte noch einmal auf den Klingelknopf. Wieder rührte sich nichts. Schließlich nahm er ein ledernes Schlüsselfutteral aus der Tasche, öffnete es mit einer Hand und steckte einen kleinen Nachschlüssel ins Schloß. Es ließ sich drehen.

Die Wände waren kahl und melonengelb gestrichen. Dave stand auf einem braunen Plüschteppich. Braune, veloursbezogene Couches bildeten ein Hufeisen um einen Couchtisch, wo vertrocknete Blumen in einer braunen Keramikvase standen. Es roch nach verfaulenden Lebensmitteln. Auf einer braunen Eßtheke mit Plastiküberzug standen zwei Fertigmenüs in Aluminiumtabletts. Die Hokker vor der Theke waren melonengelb. Auf den Nahrungsresten wuchs der Schimmel, und die Flüssigkeit in den Gläsern war schon halb eingetrocknet. Neben einer bemerkenswert sauberen Edelstahlspüle standen Stapel von ungespülten Tellern. Als Dave die Tür unter der Spüle öffnete, fielen unordentlich eingeräumte, leere Getränkedosen, Kartons und Taco-Verpackungen auf den fleckenlos sauberen, hochglanzpolierten Boden. Auch dies bemerkenswert, dachte Dave. Er öffnete das Fenster über der Spüle, damit der Müllgeruch abziehen konnte. Vor dem Fenster, fast so nahe, daß man mit der Hand hinfassen konnte, stieg der Hügel an; weiter unten war er mit einer Betonmauer befestigt. Am oberen Rand, fünf Meter höher, war eine kurvenreiche Straße. Auf der diesseitigen Böschung befand sich eine eingedrückte Leitplanke. Der Kühlschrank summte. Im Schlafzimmer stand das Möbelstück, auf dem man schlafen konnte: ein kreisrundes Bett. Das Laken war aus Satin oder irgendeinem Wunder-der-modernen-Technik-Stoff. Melonenfarben und halb vom Bett gerissen, als hätte darauf ein Ringkampf stattgefunden. Ein Kissen, das halb aus dem melonenfarbenen Überzug gerutscht war, lag in einer Ecke. Dave öffnete die Türen des Kleiderschranks, die auf Rollen liefen. Es hing nicht viel darin, und das wenige roch nach abgestandenem Schweiß. In Kommodenschubladen befanden sich Blue jeans und T-Shirts und Rollkragenpullis. Es gab Strumpfhosen, kleine, saubere Slips, kleine saubere Söckchen. Er schob die Schubladen zu. Im Bad war ein Hängeschrank mit Aspirin, einem Erkältungsmittel, Deodorant, Zahnpasta, Zahnbürste und Wegwerf-Rasierapparat. Über dem Waschbecken hatte sich jemand das Haar geschnitten. Dunkle, kleine Büschel lagen auf der Seifenablage und verstopften den Abfluß.

Dave ging zurück ins Wohnzimmer und schaute sich um. Was fehlte, war irgendeine Jacke für kühlere Nächte. Im Schrank hatte er Mützen, Hüte, ein paar dünne Schals und ein Durcheinander von Schuhen gesehen. Jetzt blinzelte er. An der Wand über dem Bett war ein Poster mit Klebeband befestigt. Ein nackter junger Mann kniete auf dem Boden und preßte den Kopf gegen den Bauch eines nackten Mädchens, das vor ihm stand und den Kopf nach hinten geworfen hatte, mit geschlossenen Augen und offenen Lippen. Die Hände des Mannes umfaßten die Hinterbacken des Mädchens. Die Schrift vor dem schwarzen Hintergrund war leuchtend rot. SCHLUCK RUNTER. Das stand oben. Und unten: EINE

SPENCE-ODUM-PRODUKTION. Das Mädchen hatte große Brüste und war offensichtlich nicht blond.

Draußen im Wohnraum mit der schönen Aussicht betrachtete Dave noch einmal die Gläser auf der Eßtheke. In jedem der stehengelassenen Drinks steckte ein Plastikquirl, der eine widerlich gelb, der andere nicht weniger widerlich blau. Dave beugte sich näher hin, aber das Licht war schlecht. Er fand einen Schalter, und die Birnen hinter dem braunen Lampenschirm an den Wänden leuchteten auf. Sie spendeten nur schwaches Licht, aber es reichte. Auf den Cocktailquirlen befanden sich Buchstaben. Dave setzte seine Brille auf und beugte sich noch einmal darüber, wobei er den Atem anhielt, um nicht den Gestank des verschimmelten Essens riechen zu müssen. Auf den Quirlen stand THE STRIP JOINT mit einer Adresse am Sunset Strip.

Er steckte die Brille ein, wischte den Türgriff samt Umgebung mit dem Taschentuch ab, öffnete die Tür mit dem Taschentuch, trat hinaus auf den Laubengang und zog die Tür, wiederum mit dem Taschentuch, am Griff zu. Das Schloß schnappte ein. Dann steckte er das Taschentuch in seine Hosentasche und drückte auf die Klingel von Nummer fünfunddreißig. Niemand kam an die Tür. Das gleiche erlebte er bei den anderen Türen des Laubengangs. Alle Apartments schauten blind, taub und leblos hinaus auf den umweltverseuchten Horizont. Auch egal, dachte Dave. Er hatte fast schon zu viele Antworten. Was er jetzt brauchte, waren die dazugehörigen Fragen.

Kapitel 7

CINZANO stand auf den rotblauen Schirmen über den Tischen vor dem »Strip Joint«. Unter den Schirmen saßen Jugendliche in Bikinis und Badehosen, mit Schlapphüten aus Stroh und ärmellosen T-Shirts, atmeten die Auspuffgase des dichten Feierabendverkehrs ein und spülten sie mit Cola, Seven-Up und Perrier hinunter. Einer der sonnengebräunten jungen Burschen hatte seine Taucherbrille ins Haar hochgeschoben. Als Dave sich einen Weg bahnte zwischen den Tischen, stolperte er über Schwimmflossen. Es roch nach Kokosnuß-Hautöl.

Drinnen roch es nach Bourbon und Zigarettenrauch – das heißt, nicht unbedingt nur nach dem Rauch von Tabak. Die Beleuchtung, falls es eine gab, war noch nicht eingeschaltet. Wenn man etwas sehen wollte, mußte man sich mit dem Licht begnügen, das durch die von Bambusstangen verdunkelten Fenster hereinfiel. Die Gäste sahen älter aus, und hier plärrte auch nicht Peter Frempton aus den Lautsprechern wie draußen. Dave stellte sich vor einen Bambushokker neben einen fetten, gesprächigen Mann in einer karierten Leinenjacke und sagte zu einem kaum wahrnehmbaren Schatten hinter der Theke, der einen hautengen Overall anhatte, daß er einen Gin mit Tonic wollte. Im Dunkeln am Ende des Raums standen zwei hagere Burschen mit Mikrofonen, Verstärkern und Lautsprechern auf einer kleinen Bühne. Rückkoppelungsgeräusche heulten durch den Raum. Daraufhin schaute jeder in der Bar nach hinten, und das ohrenbetäubende Heulen verstummte. Der Barkeeper stellte das Glas mit Gin und Tonic vor Dave auf die Theke und blieb stehen, wo er war. Er stützte sich mit den Händen gegen die Theke.

»Wollen Sie noch was?«

»Was könnte ich sonst noch wollen?«

»Da gäbe es alles mögliche«, sagte der Barkeeper. »Worum geht's denn diesmal? Welcher von den Gästen ist ein Dealer? Oder wer treibt sich in der Herrentoilette herum?«

»Ich bin kein Polizist«, erklärte Dave.

»Aber so was ähnliches«, erwiderte der Barkeeper. Er hatte einen herabhängenden, maisfarbenen Schnauzbart, und sein Haar wurde schütter, aber seine Haut wirkte jugendlich straff und seine Augen waren klar und gesund. Sie blinzelten. »Vielleicht sind Sie einer von den Deprogrammierern, aber eigentlich riechen Sie nicht nach Geldgier. Vielleicht sind Sie Privatdetektiv. Aber die gibt's schon nicht mehr. Und als es sie noch gab, haben sie ganz anders ausgesehen als Sie.«

»Versicherung«, sagte Dave. »Haben Sie ein mageres Mädchen, fast noch ein Kind, namens Charleen gesehen? Blond, einssechzig, Busen nicht der Rede wert. Hüften ebenfalls, aber möglicherweise in Begleitung eines nicht allzu großen, dunkelhaarigen Typs Mitte Vierzig, der so aussieht wie ein Meßdiener?«

»Die Jüngeren kommen tagsüber nicht hier rein«, sagte der Barkeeper, »und da ich nur tagsüber hier arbeite, habe ich auch nichts gesehen.« Er schaute an Dave vorbei. Dann rief er: »He, Priss!«

Eine junge Frau, die den gleichen, babyblauen Overall trug wie der Barkeeper, blieb stehen und drehte sich um. Sie hatte eine lose Pudelfrisur wie die Sekretärin bei Fullbright und lächelte freundlich, aber kühl und professionell. Der Barkeeper fragte sie nach Charleen.

»Sie muß hier gewesen sein«, sagte Dave. »Sie hatte Cocktailstäbchen, auf denen der Name dieses Lokals steht.«

»Ach du meine Güte.« Das Mädchen legte die gespreizte Hand gegen die Stirn. »Die kommen bündelweise her. Wissen Sie nicht mehr über sie? Haben Sie vielleicht ein Foto?«

»Sie kam vermutlich mit einem Mann hierher – ein sonderbares Paar.« Dann beschrieb er ihr Dawson.

»Was ist daran so sonderbar?« Priss wiegte den Kopf und zeigte ein verlorenes Lächeln. »Mein Lieber, und wenn die Mädchen mit zweizehigen Faultieren hierherkämen, würde das keinen wundern.«

»Aber die Jüngeren kommen abends doch auch herein, oder?« fragte Dave den Barkeeper. »Ihr habt eine Band hier. Das ist sicher nicht so ganz das richtige für uns taubstumme, alte Süffel. Also wird hier auch getanzt, oder?«

»Die Wand wird weggeschoben, da drüben, auf der anderen Seite. Aber es gibt nur alkoholfreie Getränke dann. Ab halb neun. Außerdem gibt es Hamburger und Hot Dogs.«

»War das alles?« fragte Priss.

Dave hob sein Glas und zwinkerte ihr zu. »Bestellen Sie den zweizehigen Faultieren schöne Grüße.«

Sie ging weg, der Barkeeper ebenfalls. Dave arbeitete sich durch Gruppen von kahlwerdenden Männern, die über neue Talente, LPs, Verträge und Projekte sprachen, auf das Podium zu. Einer der mageren jungen Burschen war weggegangen, der andere saß an der Elektronikorgel und fummelte an Schaltern und Drehknöpfen herum. Dave ging hinauf auf das Podium. Auf der Trommel lagen die Stöcke. Dave nahm einen und tippte damit gegen das Becken. Der Junge an der Orgel drehte sich herum und zuckte dabei zusammen. »Nicht anfassen«, sagte er.

Dave legte den Stock vorsichtig auf die Bespannung der Trommel und fragte ihn dann nach Charleen und Gerald Dawson.

»Er ist ein miserabler Tänzer«, sagte der magere Junge. »Der schlimmste, den sie je mitgebracht hat. Die anderen hat sie allerdings nur einmal hergeschleift. Denen hat es gefallen, aber er muß es gehaßt haben. Ich dachte mir: Aus Strafe schleppt sie ihn immer wieder hierher.«

»Sie war also auch für andere empfänglich, was?« fragte Dave.

»Er ist ein Idiot. Aber er hat es nicht anders verdient. Was muß er sich mit so einer abgeben? Sie war wie eine Zehnjährige. Keine Titten, nichts. Aber er war ganz Feuer und Flamme. Wenn sie wollte, tat er alles für sie. Dabei war sie nicht mal besonders schlau.«

»Das hört sich so an, als ob Sie sie kennen«, sagte Dave.

Sein Haar war schwarz, glanzlos und ungekämmt. Als er den Kopf schüttelte, verfing es sich an seinem fettigen Hemdkragen. Er fuhr sich mit langen, knochigen Fingern über den Nacken, um es wieder nach hinten zu streichen. »Wissen Sie, man sitzt Abend für Abend hier. Es ist immer das gleiche, und nach einiger Zeit wird es einem langweilig«, sagte er. »Also beobachtete ich die Kunden, klar? Man sieht hier drinnen natürlich keinen Aldrich und keinen Coppola und keinen Scorsese, und außerdem sind es ja nur ganz kurze Szenen, aber ich spinne mir den Rest des Drehbuchs zusammen. Sie ist die Landpomeranze aus dieser Truthahn-Ranch, nicht wahr? Sie reißt aus, es drängt sie von der Ranch im Gobbler Gulch nach dem Licht, nach Hollywood, und der Pfarrer aus ihrem Kaff kommt hierher, um sie zurückzuholen, wie in *Miss Sadie Thompson*. Kennen Sie den alten Joan-Crawford-Film? John Hustons Vater hat da eine Rolle gespielt, hätten Sie das gedacht? Und John Huston ist selbst schon so alt wie Gottvater. Das ist lange her; Mann, ist das lange her!«

»Das haben Sie sich zusammengereimt«, sagte Dave. »Aber gesprochen haben Sie nicht mit ihr?«

»Hab' ich das behauptet?« Die knochigen Finger klimperten ein paar Takte aus *The Maid with the Flaxen Hair*. Die elektronischen Töne klangen silbrig und fein. »Natürlich hab' ich mit ihr geredet. Sie redete gern. Und mit jedem, der ihr zuhörte. Sie wollte zum Film. Den ganzen Abend hat sie mit ihrem kleinen Arsch gewackelt, den Strip rauf und runter. Und die Kerle, die sie aufgerissen hat, erzählten ihr alle dieselbe Geschichte. Sie waren Agenten, Regisseure, Produzenten. Sie würden sie zum Film bringen. Und sie hat ihnen geglaubt. Sie sagten ihr, sie hätte eine fotogene Visage – na wenn schon!« Aus dem Gerät war ein sanftes Säuseln zu hören: »Mirroirs« von Ravel. Was seine Finger produzierten, war sanft und sehnsüchtig. Es widersprach der resignierten Härte seiner Worte.

»Was haben Sie ihr gesagt?« fragte Dave. »Daß sie von Ihnen einen Schallplattenvertrag bekommt?«

»Wissen Sie, ich müßte viel öfter mal die Hemden wechseln«, sagte er. »Mein Zimmer ist dekoriert mit schmutziger Wäsche. Mein Schwanz hat ihr gefallen, aber ich glaube kaum, daß mein Lebensstil sie überzeugte. Sie war nicht schlau, aber auch nicht so dumm, zu glauben, ich könnte ihr bei ihrer Karriere behilflich sein.« Er stieß ein Lachen aus, das ziemlich gleichgültig klang, doch die Töne, die er anschlug, waren sentimental.

»Dawson war weder Agent noch Regisseur oder Produzent«, erklärte Dave. »Er konnte sie nicht zum Film bringen.«

»Was weiß ich?« Die Schultern hoben und senkten sich, ohne daß sich an den sanften Tönen etwas veränderte. »Ausgesehen hat er jedenfalls nicht so. Ich dachte mir, der zahlt ihr wohl die Miete oder was. Aber als ich sie zum ersten Mal mit ihm sah – es ist noch gar nicht so lang her –, da hat sie gesagt, daß sie es geschafft hat. Sie hatte eine Rolle. Eine große Rolle. Sie würde ein großer Filmstar werden. Sie hatte sogar schon mit dem Produzenten gesprochen.«

»Hat sie seinen Namen genannt?« fragte Dave.

»Wie hätte sie das tun können? Da fährt einer in einem neuen Cadillac langsam draußen vorbei und läßt die kleinen Mädchen einsteigen – glauben Sie, daß so einer seinen richtigen Namen sagt?« Das Stück von Ravel war zu Ende. Er schaute Dave an. »Wer sind Sie, und was wollen Sie von ihr?«

»Sie sagten, der Mann hätte alles für sie getan. Ich nehme an, er ist sogar für sie gestorben. Gestorben ist er jedenfalls – das steht fest. Wenn ich sie finde, könnte sie mir vielleicht sagen, warum.«

»Sie war schon einige Zeit nicht mehr hier«, antwortete der Musiker.

»Seit wann?« Dave nannte ihm das Datum von Gerald Dawsons Tod. »Paßt das ungefähr zusammen?«

»Glauben Sie, daß sie auch tot ist?« Seine Haut hatte nicht viel Sonnenlicht abbekommen. Zu dem dunklen Haar und dem Schnauzbart und in dem schwachen Licht, das von dem Instrument auf sein Gesicht fiel, wirkte sie wie Elfenbein. Aber jetzt war sie weiß wie Kalk. »Mein Gott, sie war erst sechzehn.«

»Kann das mit dem Datum stimmen?« fragte Dave.

»Ja. Nein. Ich weiß es nicht. Wer schaut schon auf den Kalender? Hier drinnen sind jeder Tag und jede Nacht dasselbe.« Seine Lippen zitterten. Seine Stimme klang so, als wenn er gleich heulen würde. »Mein Gott – ja, natürlich. Vor zehn Tagen, wie? Ja, ungefähr so lang ist sie nicht mehr hiergewesen.«

»Sie war auch schon seit einiger Zeit nicht mehr in ihrer Wohnung«, sagte Dave. »Wo könnte sie sich verkrochen haben?«

»Keine Ahnung. Mann. Sie hat mal hier und mal da geschlafen. Für ein paar Bissen. Ich meine, so einer reicht doch kein Mensch die gläsernen Schuhe. Für die wird ein Kürbis immer ein Kürbis sein. Was für ein dummes, verrücktes Kind.«

»Schreiben Sie auch Ihre eigenen Texte?« fragte Dave.

Er grinste schwach. »Das ist aus irgendeinem Film.« Aber unter seinen Fingern entstand jetzt »Pavane für eine tote Prinzessin«. Mit dem silbrigen Celesta-Register hörte es sich wie aus dem Spielzeugladen an. »Wer weiß? Fragen Sie doch mal, wer in letzter Zeit einen Millionen-Dollar-Vertrag abgeschlossen hat und nach Beverly Hills gezogen ist.«

»Ich fürchte, das mit dem Millionenvertrag wird für sie immer ein Traum bleiben«, sagte Dave. »Haben Sie mal von einem Produzenten namens Odum gehört? Spence Odum?«

»Die drehen diese albernen Sexfilme. Die schlimmen kleinen Mädchen. Vielleicht hat sie eine Hauptrolle im nächsten Film. Die schlimmen kleinen Mädchen und die schmutzigen alten Böcke.«

»Hat sie Ihnen nicht gesagt, daß der Produzent, bei dem sie den Vertrag abgeschlossen hat, Spence Odum heißt?«

»Sie hat keinen Namen genannt«, antwortete er. »Als ich sie danach fragte, hat sie mir die Zunge rausgestreckt. Albern. Frag mich nicht, und ich lüge dich nicht an«, sagte er mit hoher Stimme. Seine Hände betätigten ein paar Schalter. Dann klagte Debussy. Und verstummte. Der Bursche klappte den Deckel zu. »Ich muß jetzt was essen.«

Dave reichte ihm eine Geschäftskarte. »Wenn Ihnen etwas einfällt, was mir helfen könnte – rufen Sie mich an, ja?«

Die Karte verschwand in einer Hemdtasche, in der bereits ein Kugelschreiber und eine Zigarettenschachtel steckten. »Später«, sagte er, stieg mit seinen mageren Beinen hinunter vom Podium, stakte an der Bar vorbei, setzte sich eine dunkle Sonnenbrille auf und trat hinaus in das allmählich schwächer werdende Tageslicht. Dave stellte sein Glas an der Theke ab und folgte ihm. Draußen wurde noch gegessen und getrunken, und auch Peter Frempton heulte noch aus den Lautsprechern. Es war kühler geworden, und die jungen Leute hatten sich Hemden über die öligen, sonnengebräunten Schultern gezogen. Priss kam auf Dave zu und hatte ihr leeres Tablett unter den Arm geklemmt.

»Charleen Sims«, sagte sie. »Ein großer, blöder Junge war hier, mit einem Foto. Er hatte es aus einem Highschool-Jahrbuch irgendeiner miesen kleinen Schule draußen in der Provinz. Er hat das Foto überall rumgezeigt. ›Hat jemand Charleen gesehen?‹ Ist mir grade wieder eingefallen.«

»Genau im richtigen Augenblick«, sagte Dave. »Wie sieht dieser große, blöde Junge aus? Hat er vielleicht auch einen Namen? Und was war das für ein mieser Ort draußen in der Provinz? Hat das nicht auf dem Jahrbuch gestanden?«

»Sie wissen wahrscheinlich schon, womit man ihn verwechseln könnte?« fragte sie.

»Mit einem zweizehigen Faultier?«

»Nein. Mit Großfuß. Das ist das Monster, das sich in den Wäldern von Oregon oder Washington herumtreibt. Haben Sie keinen von den blöden Filmen gesehen? Böse, körnige Achtmillimeterstreifen von einem nackten Kerl mit viel Haaren, der wie ein Elefant durchs Unterholz trompetet. Es sind nicht mal Tonfilme, aber man hört ihn richtig grunzen.«

»Hat er nicht wenigstens einen Namen für Sie gegrunzt?«

»Er litt anscheinend an Verfolgungswahn. Keine Namen, verstehen Sie?« Jetzt hielt sie das Tablett mit gekreuzten Armen vor die Brust, wie ein Schild. »Er hat das Buch so festgehalten, damit niemand den Umschlag sehen kann, nur ihr Foto. Er wollte keine Fragen, sondern Antworten. ›Wo ist sie?‹ Eine Woche später kam er wieder. Todtraurig. Er hatte das Buch verloren. Typisch. Charleen war auch ziemlich blöde, aber sie ist hier wenigstens ein bißchen schlauer geworden. Er dagegen war kindisch. Natürlich hat ihn jemand überfallen. Er hat Glück gehabt, daß sie ihm die Unterhose gelassen haben. Er weinte über den Verlust des Buches, ich meine, er weinte wirklich, wie ein Kind. Es war das einzige Bild von Charleen, das er besessen hatte.« Sie schaute an Dave vorbei, zog die Stirn in Falten und nickte. »Ich muß eine Bestellung aufnehmen. Tut mir leid, daß es mir vorhin nicht eingefallen ist.«

»Nur noch einen Augenblick«, sagte Dave. »Haben Sie ihn in letzter Zeit gesehen? Ich meine Großfuß?«

»Nein – das ist jetzt, sagen wir, zwei Wochen her. Er war völlig außer sich wegen dem Buch. Dachte, er hätte es vielleicht hier liegengelassen. Aber keine Rede davon.« Sie wollte hineingehen. Dave trat ihr in den Weg.

»Aber Sie haben die beiden nie zusammen gesehen? Er hat sie also nicht gefunden?«

»Es gibt neun Millionen Menschen in dieser Stadt. Wie hätte er sie da finden sollen?« Sie versuchte, sich an ihm vorbeizudrücken. »Hören Sie, ich muß jetzt wirklich –«

»Und was ist mit Spence Odum? Haben Sie sie mit ihm gesehen?«

»Was ist ein Spence Odum?«

»Ein Filmproduzent. Hier kommen doch auch Filmleute her.«

»Hat er Ihnen gesagt, daß er Produzent ist?« fragte sie. »Die lügen, wenn sie den Mund aufmachen.«

»Ich weiß es von einem Poster«, entgegnete Dave. »Es hängt in Charleens Apartment. Er produziert die Art von Filmen, wo es vielleicht eine Rolle für sie gibt.«

»Ich kümmere mich nicht um die Namen.« Jemand rief aus dem dunklen Innenraum nach draußen. »Tut mir leid, aber jetzt muß ich –«, sagte sie, und diesmal ließ er sie gehen.

Kinder und Jugendliche mit Cola-Dosen saßen auf der Motorhaube seines Triumph, dort, wo er ihn geparkt hatte. Skateboardfahrer kurvten die Straße herunter. Er sagte kein Wort zu den Kindern. Als er stehenblieb und die Schlüssel aus der Tasche zog, gingen sie wortlos weg.

Kapitel 8

Am Himmel war noch ein Rest von Tageslicht, als er den Triumph den Horseshoe Canyon hinaufsteuerte, aber die hohen Bäume machten bereits finstere Nacht daraus. Auf dem Beifahrersitz hatte er große, braune Einkaufstüten stehen. Beim Aussteigen mußte er sie mit den Knien balancieren, um sie sich unter die Arme klemmen zu können. Auf dem Weg hinauf zum Haus und zur Küchentür streiften Zweige an seinen Beinen. Dann stellte er die Tüten ab, um die Tür aufzusperren. Es dauerte eine Weile, bis er den Lichtschalter ertastete. Die Birne, die danach aufleuchtete, war schwächlich.

Er trug die Tüten hinein und stellte sie auf eine Theke neben der Spüle, die gesprungene weiße Kacheln hatte und von Amanda bereits zum Abbruch verdammt worden war.

Sie hatte auch die Küchenschränke verdammt – aus fettigem, lackiertem Kiefernholz und mit Türen, die nicht zubleiben wollten. Der Herd und der Kühlschrank, beide weiß emailliert, würden vermutlich noch an die zehn Jahre gute Dienste leisten, aber Amanda hatte ihn überredet, auch hier neue Geräte zu kaufen. Er fragte sich, was für eine Farbe sie wohl auswählen würde. Kupfer, Zinnober, Heliotrop? Er packte die Sachen aus, verstaute sie in den Schränken und im Kühlschrank, dessen Innenbeleuchtung nicht brannte, der sich aber kalt anfühlte. Er hatte auch einen Plastikbeutel mit Eiswürfeln besorgt. Jetzt packte er ein solides Trinkglas aus – er hatte sechs davon aus dem Supermarkt mitgenommen –, warf ein paar Eiswürfel hinein und bereitete sich einen Martini-Cocktail.

Er ließ ihn stehen, damit er abkühlte, und ging über den unebenen, plattenbelegten Innenhof mit dem Pergola-Dach, von dem Trompetenblumen an langen Ranken herunterhingen, auf das dritte Gebäude zu, wo Fechtmasken und Florette an rauhen Kiefernholzwänden lehnten und vor sich hinrosteten. Seine Stereoanlage stand auf dem Fußboden. Er hatte sie bereits zusammengesteckt und angeschlossen, nachdem er sie aus seinem ehemaligen Zimmer über Dougs Galerie heraufgebracht hatte. Jetzt nahm er die oberste Platte von einem der Stapel und legte sie auf den Plattenteller, ohne nachzusehen, was es war. Dann schaltete er das Gerät ein. Mozarts Klarinettenquintett. Er drehte die Lautstärke auf, ließ die Tür zum Innenhof offen und ging zurück zur Küche.

Er hatte vergessen, sich einen Dosenöffner zu besorgen, aber dann entdeckte er einen, der an einem Haken zwischen den beiden Fenstern über der Spüle hing. Jahrealte Speisereste klebten am dunkel gewordenen Stahl der Schneide, aber er übersah es und schnitt damit eine Dose Chili auf. Dann gab er den Inhalt in eine seiner neuen Supermarkt-Kasserolen und putzte, während das Chili warm wurde, den Salat mit einem Supermarktmesser auf einem Supermarktteller. Danach hackte er eine halbe Zwiebel klein. Er wußte nicht, was er mit der anderen Hälfte machen sollte, ließ sie einfach liegen und schnitt dann schmale Scheiben von einem Block weichem Monterey-Jack-Käse, setzte sich schließlich auf den Boden, lehnte sich gegen die losen Schranktüren, trank seinen Martini, hörte die Musik und roch das allmählich heiß werdende Chili.

»Du Schweinehund!« Johnny Delgado stand in der Tür. Er hatte dringend eine Rasur nötig. Außerdem mußte er seine Kleidung wechseln; er sah so aus, als sei das schon seit mehreren Tagen überfällig. Sein Haar, mit wesentlich mehr Grau darin, als Dave sich zu erinnern glaubte, war strähnig und fiel ihm in die Augen. Und die Augen funkelten schwarz im schwachen Licht der Küche. Er war unsicher auf den Beinen, hielt sich am Türrahmen fest und schwankte. »Du Scheiß-Aasgeier sitzt einfach in den Bäumen, wartest, bis sie mich gefesselt haben, und dann stößt du herunter, um mir das Gerippe abzunagen.«

Dave stand auf. »Also, ich habe sogar Mühe, das Haus bei Tageslicht zu finden.« Das Chili kochte. Er stellte sein Glas ab, drehte die Herdplatte kleiner und rührte das Chili um, mit einem glänzenden, neuen Plastikkochlöffel aus dem Supermarkt. »Und wenn ich nüchtern bin. Was hast du bloß für einen fabelhaften Leitstrahl eingebaut!« Er öffnete eine Dose Kaffee, spülte den Kaffeekrug aus, den er ebenfalls im Supermarkt gekauft hatte, und füllte Kaffeemehl mit einem gelben Plastikmeßbecher in den Filter. Dann stellte er einen Topf mit Wasser auf eine Kochplatte. »Kein Mensch hat dich gefesselt, Johnny. Du selbst bist daran schuld.«

»Du hast mir meinen Job weggenommen«, sagte Delgado.

»Von wegen.« Dave nahm den Salat aus dem Gemüsefach im Kühlschrank, zupfte einen zweiten Teller Blätter ab und legte den ziemlich zerrupften Salatkopf dann zurück. »Du hast den Job an die Sequioa zurückgegeben, und sie wußten nicht, was sie damit anfangen sollten. Also haben sie sich entschlossen, einzelne Aufträge an freie Mitarbeiter zu vergeben. Ich habe den Auftrag bekommen, für den ich am besten geeignet bin – ein Mordfall, bei dem nichts, aber auch gar nichts so ist, wie es scheint.«

»Sie haben nicht einmal versucht, mich zu erreichen.« Delgado fand einen niedrigen Küchenhocker und setzte sich darauf. »Sie haben immerhin meine Telefonnummer.«

»Sie hatten sie.« Dave gab das heiße Chili über den Salat. »Aber du bist dort längst ausgezogen. Ohne eine neue Adresse anzugeben.« Dann streute er eine Handvoll gehackten Käse über das Chili, der sofort zu schmelzen begann. »Außerdem hast du die Telefonrechnung schon eine Weile nicht bezahlt.« Jetzt gab er die Zwiebelwürfel darüber. »Das hat die Sequioa von der Telefongesellschaft erfahren.« Er riß das Zellophan von einer Schachtel, die billiges rostfreies Besteck enthielt: Messer, Gabeln und Löffel. Jedes einzelne Stück war noch einmal in Plastik verpackt. Er riß die Hüllen von zwei Gabeln ab, legte eine Gabel auf den fertigen Teller und reichte ihn dann Delgado. »Das hat keinen guten Eindruck gemacht. Ebensowenig wie die Meldung, daß du die ganze Zeit betrunken bist.«

Delgado schnitt eine Grimasse, als er den Teller mit Chili sah. »Ich will nichts essen. Was machst du denn da? Mann, du hast vielleicht Nerven! Klaust mir den Job, und dann lädst du mich zum Essen ein.«

»Ich lade dich zum Essen ein«, sagte Dave, »weil du mein Freund bist, ein Gast in meinem Haus, weil ich gerade das Essen zubereitet habe, und weil du was im Magen haben mußt, außer Bourbon. Iß erst mal, Johnny – sonst schmier' ich dir das Zeug ins Haar.« Er schob Delgado den Teller hin, und Delgado knurrte verbittert, nahm ihn aber entgegen. Dann fummelte er ungeschickt mit der Gabel herum.

»Das ist ein verrücktes Haus«, sagte er.

»Ja, und so was spricht sich schnell herum.« Dave stand an der Theke und aß.

»Ich war erst da drüben.« Delgado neigte den Kopf. »Wo die Musik herkommt. Was ist das für ein Raum?«

»Ein früherer Besitzer hat hier Fechtunterricht gegeben«, sagte Dave. »Iß jetzt.«

»Wenn ich kotze, hast du es nicht anders verdient.« Delgado stopfte sich eine Gabel voll Chili in den Mund – riß dann den Mund rasch wieder auf, und ein Teil von dem Chili lief ihm übers Kinn. Seine Augen waren groß und rund. »Mein Gott! Heiß!«

»Kaltes Chili schmeckt mir nicht«, sagte Dave.

Delgado hielt seinen Teller gefährlich schief, stand von seinem Hocker auf, stieß ihn mit dem Fuß zur Seite und riß die Kühlschranktür auf. In einem Regal in der Tür standen mehrere Flaschen mit Dos Equis. Er langte nach einer. »Bier! Ja!«

»Bier? Nein!« Dave schloß die Kühlschranktür. Dann schob er den Hocker davor und drückte Delgado darauf. Delgado stieß einen verächtlichen Laut aus. Dave hatte ihn bisher nur in makellosen weißen Hemden mit ordentlich gebundenen Krawatten gesehen. Aber die Krawatte war verschwunden, und das Hemd war alles andere als weiß und makellos. »Du wirst jetzt erst einmal essen. Hier ist Wasser, wenn du das Zeug hinunterspülen willst.« Er trank den Rest seines Cocktails aus, spülte das Glas, füllte es mit Wasser und schob es Delgado hin, der sehnsüchtig auf die Flaschen mit Bourbon, Scotch und Gin starrte, die auf der Theke standen. Dave hielt Delgado das Glas vor die Augen. »Trink.«

Delgado machte eine Abwehrbewegung mit der Hand. Dann neigte er den Kopf über den Teller und begann, das Chili in sich hineinzuschaufeln. »Nimm das Scheiß-Wasser weg. Ich kann das nicht trinken. Jetzt esse ich. Ich frage mich allerdings, wie ich in eine solche Situation geraten bin.«

»Weil du herumläufst und versuchst, andere für das Chaos verantwortlich zu machen, in dem du dich befindest«, sagte Dave. »Dabei bist du ganz allein dafür verantwortlich.«

»Marie«, sagte Delgado mit vollem Mund. »Sie hat schuld.« Dann lachte er rauh und spuckte dabei Chili, Zwiebeln und Käse aus. »Warum nicht? Sie hat ja auch sonst alles – das Haus, den Wagen, das Bankkonto. Also kann sie auch daran schuld haben.« Er tastete nach den Flecken auf seiner Hose und auf seinem Hemd. »Mein Gott, ich sehe schon wie ein Penner aus.« Er stand auf und stellte den Teller auf die Theke. Zitternd, so daß der Teller laut klapperte. Er war noch halb voll. Dann schaute er Dave in die Augen. »Du sollst nicht Essen in mich stopfen, hörst du? Du sollst mich in Ruhe lassen.«

»Ich bin schließlich nicht zu dir gekommen.« Das Wasser im Topf kochte. Dave goß es in den Kaffeefilter. »Du bist zu mir gekommen, erinnerst du dich? Also setz dich, du brauchst nicht mehr zu essen. Aber du kannst jetzt etwas anderes als Wasser trinken. Kaffee. Eine Menge starken, schwarzen Kaffee.«

Delgado starrte zur Tür und wollte gehen. Dave ließ den Topf in die Spüle fallen, war mit zwei Schritten bei ihm und packte ihn am Arm. Delgado versuchte sich freizumachen. Seine Bewegungen wirkten widerspenstig, aber er hatte kaum noch Kraft in den Armen. Seine Arme unter dem verdreckten Jackett fühlten sich schlapp an wie die Arme eines alten Mannes, dabei war er noch keine vierzig. Dave drehte ihn zu sich her und drückte ihn wieder nach unten auf den Hocker. Delgado funkelte ihn wütend an.

»Und was kommt dann?« sagte er. »Du steckst mich unter die Dusche, wie? Und ich bin noch nicht nüchtern genug, um fahren zu können. Also legst du mich ins Bett, damit ich erst einmal ein paar Stunden schlafen kann. Und irgendwann in der Nacht liegst du dann neben mir im Bett – ja, ja!« Er nickte, und sein Mund verzog sich zu einem spöttischen Grinsen. Er rieb sich die Stoppeln am Kinn. Ein Fleischstückchen war zwischen seinen Fingern; er schnippte es fort. »Du weißt, was du bist, und ich weiß es auch, und das ist das Drehbuch für die kommende Nacht – habe ich recht?«

»Du hast es geschrieben«, erwiderte Dave. »Also mußt du es mir auch erklären.« Mozart hatte sich inzwischen abgeschaltet. Das einzige Geräusch war das Tropfen des Wassers durch den gemahlenen Kaffee in den Glaskrug und das Zirpen der Grillen draußen in der schwülen Dunkelheit des Canyons. »Du hast eine Dusche nötig. Du brauchst was Sauberes zum Anziehen. Ich kann dir ein Sweatshirt und eine Jeans leihen. Und du bist zu betrunken, um fahren zu können. Aber das wäre kein Problem. Ich kann dich nach Hause fahren. Wo wohnst du?«

»In einem schäbigen Motel in Santa Monica«, murmelte Delgado. »Wenn sie mich da nicht schon rausgeschmissen haben.«

Dave betrachtete ihn. »Du willst also hierbleiben, nicht wahr? Deshalb bist du nämlich überhaupt hergekommen. Nicht um mir Vorwürfe zu machen, weil ich dir den Job weggeschnappt hätte. Nein, du bist hier, um eine Bleibe für die Nacht zu haben.« Er packte eine große Kaffeetasse aus dem Einwickelpapier, spülte sie unter fließendem, heißem Wasser ab und füllte sie mit Kaffee. »Du bist pleite. Und du fühlst dich einsam und verlassen.« Er hielt Delgado die Tasse hin, der ihn mit leeren Blicken aus seinen blutunterlaufenen Augen anglotzte. »Und obendrein bist du wahrscheinlich auch noch geil. Du bietest dich selbst an, als Belohnung für das, was ich für dich tun kann, aber in erster Linie kommt es dir darauf an, deine Geilheit abzureagieren.«

Delgado stieß einen seltsamen Laut aus und warf dann die Tasse quer durch die Küche. Kaffee spritzte gegen die Schranktüren und lief daran herunter. Aber die Tasse blieb ganz. Delgado erhob sich mühsam von seinem Hocker und torkelte zur Tür. Kaum, daß er draußen war, sank er in die Knie, stützte sich auf die Arme und übergab sich. Die Geräusche, die er dabei machte, waren sehr laut und klangen sehr erbärmlich. Dave stand unter der Tür und schaute hinüber zu einem Stapel von Gartenmöbeln und zerbrochenen Surfbrettern, ob es irgendwo einen Gartenschlauch gab. Delgados

Würgen ließ allmählich nach. Dann wischte er sich mit dem Ärmel über den Mund. »Ich hab' dich gewarnt«, stöhnte er. »Du hast mich ja unbedingt füttern müssen. Unbedingt.«

»Trink jetzt noch einen Schluck Kaffee«, sagte Dave.

»Glaubst du, ich könnte jetzt noch irgendwas von dir annehmen?« Delgado hatte sich mühsam erhoben. Dann spuckte er aus. »Jetzt, wo ich weiß, was du von mir denkst?«

»Ist das, was ich denke, wesentlich häßlicher als das, was du denkst? Ach komm, vergessen wir's.« Er führte Delgado zurück in die Küche. Vor der Spüle blieben sie stehen. Wasch dir das Gesicht.« Delgado spritzte sich Wasser ins Gesicht, mit Händen, die schon seit einiger Zeit kein Wasser mehr gesehen hatten. Dann reichte ihm Dave ein Geschirrtuch aus dem Supermarkt. Er hob die am Boden liegende Tasse auf und füllte sie wieder mit Kaffee. »Trink das. Und dusch dich. Und dann – schlaf darüber.«

Schweigend und mürrisch tat Delgado, was man ihm sagte. Dave führte ihn hinüber in den Raum mit den Fechtmasken. Er nahm eine zusammengelegte Jeans und das versprochene Sweatshirt aus einem Karton, der am Boden stand. Dann steuerte er Delgado ins Bad, wo bei jedem Schritt feiner Sand auf den Bodenfliesen knirschte. Als Delgado drinnen war, schloß er von außen die Tür, und während die Dusche lief, stellte er den Rahmen des Betts zusammen, legte die Sprungfedermatratze darauf, die an der Wand lehnte, dann die obere Matratze darüber. Er nahm Bettwäsche und ein Kissen aus einem anderen Karton und machte das Bett zurecht. Inzwischen war drinnen die Dusche abgestellt worden.

»Du brauchst dich heute abend nicht mehr zu rasieren«, rief Dave hinein. »Es reicht auch morgen früh.«

Er nahm sich eine Decke aus dem Karton, ging dann hinaus und schloß die Tür hinter sich. Dann ging er über den Hof hinüber zum großen Hauptgebäude, öffnete die Tür, warf die Decke hinein und betätigte mehrere Schalter, bis irgendwo draußen ein Schein hinter einem Busch aufleuchtete. Danach ging er wieder hinaus. Irgendwo hatte er einen Gartenschlauch gesehen. Er ging auf das Licht zu, und bei jedem seiner Schritte knackten seine Schuhsohlen auf getrockneten Eichenblättern und Eukalytussamen. Der Eukalyptusgeruch war stark in der Hitze der Nacht. Schließlich fand er den Schlauch und schloß ihn an. Als er den Hahn aufdrehte, spritzte ihm Wasser ins Gesicht. Er zerrte den Schlauch um die Hausecke herum auf den Patio und hielt den Daumen vor das Ende des Schlauchs, um den Strahl zu verstärken und das Erbrochene von den Fliesen zu spülen, hinüber in die Erde unter den Büschen.

»Sieh da, der Mitternachtsgärtner«, sagte eine Stimme.

Dave drehte sich herum. Er erkannte die Gestalt: schlank, muskulös, eine Silhouette im Licht der schwachen Außenbeleuchtung. Es war Doug, mit dem er drei Jahre zusammengewohnt und von dem er sich eben erst getrennt hatte. »Links von dir ist der Hahn«, sagte er. »Könntest du ihn abdrehen?«

Doug verschwand im Dunkel. Dann stieß er einen unterdrückten Schrei aus; der undichte Schlauch hatte ihm eine Dusche verpaßt. Sekunden später hörte der Schlauch auf zu laufen, und Dave ließ ihn fallen. Doug kam zu ihm. Er trug eine Safarijacke aus Rohleinen; die Ärmel hatte er bis knapp unter die Ellbogen aufgekrempelt. Er klopfte sich das Wasser von Jacke und Hose. Dave fragte: »Und was führt dich hierher? Hat sich Christian vielleicht in einen Vulkan gestürzt?«

»Ich wollte nur sehen, ob bei dir alles in Ordnung ist«, sagte Doug.

Die Tür des Raums mit den Fechtmasken ging auf. Delgado stand da, in frischer Kleidung. Das Licht hinter ihm glitzerte auf seinem nassen Haar. »Hör mal«, sagte er, »ich möchte mich bei dir bedanken. Es geht mir jetzt viel besser.«

»Deine Stimme klingt auch so«, sagte Dave. »Auf dem Boden im Badezimmer ist ein Karton mit Medikamenten. Nimm zwei oder drei Aspirin. Dann wachst du morgen nicht mit Kopfschmerzen auf.«

»Aber ich nehme dir dein Bett weg«, sagte Delgado. Erst jetzt sah er Doug, und das gab ihm einen Ruck. »Oh, entschuldige. Wer ist das?«

»Kümmern Sie sich nicht um mich«, erwiderte Doug. »Verhalten Sie sich einfach so, als ob ich gar nicht hier wäre. Es wäre vielleicht auch besser gewesen.«

»Ach, du meine Güte«, sagte Delgado. »Dave, tut mir leid.«

»Das braucht dir nicht leidzutun«, erwiderte Dave. »Schlaf gut.«

Delgado zögerte, dann drehte er sich um, ging mit hängenden Schultern hinein und schloß die Tür.

»Es gelingt dir immer noch, mich zu überraschen«, sagte Doug.

»Möchtest du Kaffee?« fragte Dave.

Kapitel
9

Ein Klopfen weckte ihn. Als er die Augen öffnete und sah, daß er in dem strahlenden Licht des großen, leeren Raums lag, zuckte er zusammen und überlegte sich, ob zusätzliche Oberlichte nicht doch übertrieben wären. Stöhnend rollte er sich auf den Rücken in der Gartenliege, die er von draußen hereingezerrt hatte – eine schlappe Matratze auf einem Aluminiumrahmen. Er schlang sich die Decke um seinen nackten Körper und setzte sich auf. Tap-tap-tap. Dave warf einen Blick auf die Terrassentüren. Dort, wo Amanda tags zuvor einen Kreis in die verdreckte Scheibe gewischt hatte, lächelte sie jetzt zu ihm herein. Er hob seine Hand, um ihr zu winken, und hatte dabei das Gefühl, als sei ihm der Arm abgestorben. Es war noch zu früh zum Lächeln, aber sein Versuch gelang doch einigermaßen.

»Du mußt sehen, daß du fertig wirst«, rief sie. »Gleich kommen alle möglichen wilden, muskulösen Typen mit Brechstangen, um das Haus aus den Angeln zu heben.«

Er zeigte auf die Tür, sprang in die Hose und ging barfuß nach draußen, um Amanda einzulassen. Unterwegs strich er sich mit den Fingern durchs Haar. Dave spürte einen säuerlichen Geschmack im Mund; er hatte noch lange mit Doug dagesessen und Dos Equis getrunken, und dazu hatten sie Tortilla-Chips geknabbert – er wußte nicht, wie spät es geworden war. Das Gespräch war zurückhaltend und freundlich gewesen; dennoch hoffte Dave, daß Doug nicht so oft wiederkommen würde. Es gab nicht mehr viel Gemeinsames, und das wenige hatte eigentlich von Anfang an unter einem ungünstigen Stern gestanden. Daves Freund Rog war an Krebs gestorben, und Doug hatte Jean-Paul bei einem Verkehrsunfall verloren. Sie hatten danach versucht, sich gegenseitig das Verlorengegangene zu ersetzen – aber das Leben war nun einmal nicht so geradlinig. Und die Liebe erst recht nicht – wenn es sie überhaupt gab. Womit würzte man eigentlich diese Tortilla-Chips? Es war ein rötlichbrauner Staub. Und Knoblauch, das war der Geschmack, den er im Mund hatte. Er fuhr sich mit der Zunge über die Zähne und öffnete Amanda die Tür. Ihr T-Shirt hatte die Aufschrift MEINE ZWEI, dazu trug sie eine Neunzig-Dollar-Jeans. Sie war arbeitsbereit.

»Jemand ist in deiner Küche«, bemerkte sie. »Ein reizender hagerer Mittelmeertyp mit langen, schwarzen Augenwimpern. Er hat mir mit schwüler Stimme Kaffee angeboten. Aber ich war auf der Hut. Der Kaffee hätte ja vergiftet sein können. Vielleicht wäre ich betäubt worden und in einem Bordell in Turin gelandet.«

»Oder in einem Motel in Santa Monica«, sagte Dave, »was vermutlich noch schlimmer gewesen wäre. Geh jetzt hinein und hilf ihm mit den Rühreiern und dem Schinken. Wenn er irgendeine falsche Bewegung macht, brauchst du nur um Hilfe zu schreien, und ich bin bei dir. Voller Seife und pudelnackt, aber bereit, dir beizustehen.«

»Lauter leere Versprechungen«, sagte sie und ging hinüber zur Küche.

Dave hoppelte und balancierte zum Arbeitszimmer mit dem Fechtgerät. Barfuß dorthinzukommen, war alles andere als angenehm. Im Radio hatte gerade ein Kontratenor seine liebe Mühe mit Monteverdi. Dave durchwühlte mehrere Kartons mit Kleidungsstücken, fand schließlich, wonach er suchte, und ging damit ins Bad. Als er herauskam, geduscht und frisch rasiert, erklang ein Stück für Violine und Klavier, eine Komposition aus dem zwanzigsten Jahrhundert. Delgado und Amanda saßen auf der Bettkante und aßen von Tellern, die sie sich auf die Knie gestellt hatten. Neben ihren Füßen dampften Kaffeetassen. Delgado sprang auf, um Dave zu bedienen, aber Dave war mit ein paar Schritten drüben in der Küche, holte sich seinen Teller mit Rührei und Schinken aus der Bratröhre, die eingeschaltet war, schenkte sich eine Tasse Kaffee ein und kam damit wieder zu den beiden herüber. Dann setzte er sich auf die andere Seite des Betts, trank einen Schluck Kaffee, um sich den Pfefferminzgeschmack der Zahnpasta aus dem Mund zu spülen, und verschlang danach ein paar Gabeln Rührei.

»Der Wagen ist voller Kataloge, die du anschauen mußt«, sagte Amanda. »Musterbücher, Stoffe, Teppiche, Möbel. Hoffentlich hast du heute nicht viel vor.«

»Ich kann für ihn einspringen«, bot sich Delgado an. Er blickte über die Schulter zu Dave hinüber. »Mit wem soll ich mich unterhalten?«

»Mit Spence Odum. Vielleicht weiß er, wo Charleen Sims sich aufhält. Aber du mußt ihn zuerst finden. Ich habe schon in den Telefonbüchern nachgeschaut. Er hat keine Geschäftsadresse und erst recht keine private Adresse oder Telefonnummer im Buch. Er produziert Soft-Pornos.«

»Den finde ich schon«, sagte Delgado. »Und was willst du mit dieser Charleen Sowieso?«

»Ich nehme an, sie war Zeuge bei einem Mord.«

Dave fühlte sich schuldbewußt gegenüber Delgado; er hatte in der Küche nachgesehen, ob die Schnapsflaschen okay waren. Dave kannte Alkoholiker. Delgado mußte sich schrecklich gefühlt haben, als er heute morgen erwachte. Das beste Mittel dagegen wäre ein Schluck Alkohol gewesen. Um das Zittern, die Angst zu ersticken. Dave hatte lediglich die Ginflasche geöffnet. Sie schien nicht leerer zu sein als am Abend zuvor, nach seinem Martini. Und die Siegel an der Jack-Daniels-Flasche und am Glenlivet waren unversehrt. Jetzt sagte er: »Du brauchst es aber nicht zu tun.«

»Ich tu's gern«, erwiderte Delgado. »Wenn ich es gut mache, kannst du ja bei de Sequioa ein gutes Wort einlegen für mich.«

»Du machst es bestimmt gut«, sagte Dave. »Aber paß auf: Vielleicht nennt sie sich nicht Sims. Vielleicht nennt sie sich Dawson. Und wenn ich mich nicht sehr täusche, gehört Odum keiner Innung an. Ich bezweifle sogar, daß er bei der Motion Picture Academy ist.«

»Aber ich bezweifle nicht, daß er einen Wagen fährt«, erwiderte Delgado.

»Du hast zweihundert pro Tag plus Spesen«, sagte Dave.

»Ausgeschlossen.« Delgado trank den letzten Schluck Kaffee aus. »Zwanzig Dollar für Benzin und Essen. Und auch die würde ich nicht annehmen, wenn ich nicht pleite wäre.« Er stellte die Tasse auf den Teller und stand auf. »Ich wasche jetzt das Geschirr, und dann mach' ich mich auf den Weg.«

»Ich nehme an, die lassen dich nicht mehr rein in dein Motelzimmer«, erinnerte ihn Dave.

»Das ist nicht dein Problem.« Delgado nahm Amandas Teller und Tasse und ging zur Tür. »Vielleicht habe ich gestern abend versucht, dir meine Probleme aufzuhalsen, aber jetzt ist das nicht mehr nötig.«

»Mach dir keine Sorgen wegen dem Geschirr«, sagte Dave. »Du hast das Frühstück zubereitet, also bin ich mit dem Abspülen dran. Meine Brieftasche liegt im vorderen Raum auf dem Boden, neben dem Ding, auf dem ich geschlafen habe. Nimm dir lieber einen Fünfziger. Es wird immer teurer, als man denkt. Du willst doch nicht, daß dir im entscheidenden Moment das Geld ausgeht.«

»Laß mich um das Geschirr kümmern.« Amanda nahm Delgado die Teller ab und ging mit den beiden Männern hinaus in den Hof, wo das Sonnenlicht durch die Blätter der Eiche drang und den Boden hell sprenkelte. Auf halbem Weg zur Küche rief sie zurück: »Und viel Glück!« Dann betrat sie die Küche, und gleich danach hörte man das Wasser laufen.

Dave blieb noch sitzen und beendete sein Frühstück. Er hörte, wie die Tür des vorderen, großen Studios geschlossen wurde, hörte, wie Delgado um das Haus herumging, bis seine Schritte in Richtung auf seinen Wagen verhallten. Aber er hörte nicht, wie der Wagen angelassen wurde. Dave schlang den Rest des Rühreis hinunter und sprang auf. In der Küche stellte er den Teller auf die Spüle, zwinkerte Amanda zu und ging dann mit seiner Kaffeetasse hinaus zur Vorderfront des Hauses. Delgado beugte sich unter die geöffnete Motorhaube eines ziemlich ramponierten, alten Pontiacs. In der Hand hatte er ein Taschenmesser. Er versuchte, es als Schraubenzieher zu benützen, um irgendwelche Drähte zu befestigen. Als er Dave sah, wollte er sich aufrichten und stieß sich dabei den Kopf an. Er zuckte zusammen und rieb sich die Augen. Aber das ließ seinen schuldbewußten Blick nicht verschwinden.

»Immer mit der Ruhe«, sagte Dave. »Du hast das nur gemacht, damit du wie ein Wütender davonstampfen konntest, im Falle eines Falles – und dann hättest du den Wagen nicht anlassen können. Du hättest bleiben müssen. Ehrlich gesagt, ich hab' den Trick auch schon angewendet.«

Delgado starrte ihn an und überlegte sich, ob er sauer werden sollte oder nicht. Dann beugte er sich wieder unter die Motorhaube und arbeitete an den Kontakten. »Man weiß im Grunde gar nichts über die Menschen«, sagte er. »Es muß wohl so sein.« Dabei stöhnte er, weil er sich so anstrengte, die Drähte wieder richtig zu befestigen. Gleich danach streckte er sich und ließ die Motorhaube zufallen. »Fertig.« Dann klappte er das Taschenmesser zusammen und steckte es in die Tasche der Jeans, die Dave ihm geborgt hatte.

»Wenn die Menschen nicht mehr genügend glaubwürdige Dinge zu tun haben, dann versuchen sie es eben mit den unglaubwürdigen«, erklärte Dave. »So einfach ist das. Und alles andere als wunderbar.«

Delgado riß die Tür auf der Fahrerseite auf und stieg ein. Die Tür quietschte. Aus den Sitzen quoll an einigen Stellen die Baumwolle der Polsterung. Delgado ließ den Motor an und zog die Tür zu. »Aber dich kann nichts mehr überraschen«, sagte er.

»O doch«, erwiderte Dave. »Ein- oder zweimal ist das schon passiert. Aber es ist gefährlich. Und es paßt mir nicht. Trotzdem weiß ich, daß es wieder mal passieren wird. Sagen wir, die Chance ist groß. Ich kenne noch nicht alle Menschen auf dieser Welt – auch wenn ich manchmal das Gefühl habe.«

Delgado hatte seine schmutzige Kleidung zu einem Bündel geknotet; es lag auf dem Beifahrersitz. Er mußte es gleich nach dem Aufstehen heruntergebracht haben. Jetzt sagte er: »Ich weiß schon, was du meinst.«

»Der Trick besteht darin, daß man sich bewußt ist: Die Menschen und die Situationen scheinen ähnlich, ja gleich zu sein, aber sie sind es nicht. Und immer wartet einer von ihnen nur darauf, mich zu überraschen.«

»Hoffentlich bin ich nicht derjenige«, sagte Delgado.

Dave lachte, packte Delgados Arm und trat dann zurück. »Ruf mich an, sobald du Spence Odum ausfindig gemacht hast. Moment – ich hab' dir noch gar nicht meine Nummer gegeben.«

Delgado grinste. »Ich hab' dir eine Geschäftskarte aus der Brieftasche geklaut.« Er stieß mit dem Wagen zurück. Staub wirbelte auf. Der alte Motor hatte einige Mühe, die Klapperkiste über die gewundene Auffahrt hinaus zur Straße zu bewegen. Als er die Einfahrt erreicht hatte, winkte Delgado und ließ den Pontiac hinausrollen auf die von Schlaglöchern übersäte Teerstraße. Der Wagen gab einige Fehlzündungen von sich. Dave wollte nicht daran denken, wieviel Drinks man für fünfzig Dollar bekommen konnte. Er ging zurück in die Küche, um Amanda beim Geschirrspülen zu helfen.

Danach saßen sie mit gekreuzten Beinen in dem großen Raum auf dem Boden und betrachteten Hochglanzfotos von Dingen, auf denen man sitzen, und Dingen, von denen man essen konnte, strichen mit den Fingern über Teppichmuster, betrachteten und befühlten Stoffe, mit denen man die Sessel überziehen und Gardinen herstellen konnte. Ein knorriger Mann mit nur einem Arm, aber zwei wortkargen Söhnen fuhr in einem Ranchero-Wagen vor und trampelte herum, wobei er das Werk betrachtete, das es zu tun gab. Er addierte und summierte auf dem Rücken eines Briefkuverts: Ziegel, Balken, Holz für Wandverkleidungen, Arbeitsstunden, elektrische Leitungen, Fliesen und Kacheln. Ein klapperiger Kombiwagen schwankte bis zum Rand des Innenhofs, und ein altes japanisches Paar lud Gartenwerkzeuge aus. Eine Kettensäge begann zu kreischen. Als die alte Frau mit dem Männerhut sie eine Minute lang abstellte, hörte Dave das Telefon klingeln. Der Apparat stand im Fechtzimmer. Er lief rasch hin.

»Hier ist Mitternacht«, sagte die Stimme am anderen Ende.

»Bei uns ist Mittag«, erwiderte Dave. Er warf einen Blick auf seine Armbanduhr. »Genau gesagt, zehn vor eins.«

»Nein, Mann – Ritchie Mitternacht.« Im Hintergrund hörte man Restaurantgeräusche. »So heiße ich da, wo ich herkomme – in Wisconsin; aber wie könnte ein Discjockey das aussprechen? Und wie würde das auf einem Plattencover aussehen? Deshalb nenne ich mich hier Midnight.«

»Es gibt immerhin auch Engelbert Humperdinck«, sagte Dave. »Aber lassen wir das. Sie haben Charleen gesehen, wie? Was hat sie gemacht? Ist sie wieder zum Tanzen gekommen?«

»Sie ist nicht gekommen, und ich hab' sie nicht gesehen. Sie ist tot, Mann, muß einfach tot sein. Sie ist verschwunden, als Dawson umgebracht wurde, dieser alte Trottel, mit dem sie rumgezogen ist. Seitdem hat keiner sie gesehen. Dabei hat sie jeder am Strip gekannt. So jemand kann nur verschwinden, wenn er tot ist.«

»Ihre Freundin Priss schätzt, daß in Los Angeles neun Millionen Menschen herumlaufen«, gab Dave zu bedenken, »und daß es viel wahrscheinlicher ist, sie hat sich eben – wie sagt man? Ein paar Tage verlaufen.«

»Das ist geschmacklos«, antwortete Mitternacht.

»Nun heulen Sie bloß nicht gleich los«, erklärte Dave. »Ich weiß nicht, wie oft Sie jemanden sterben gesehen haben, aber es ist nicht romantisch, falls Sie das meinen.«

»Ich war in Vietnam«, sagte Mitternacht.

»Hat man Ihnen dort beigebracht, wie man einem das Genick bricht?« fragte Dave.

»Dort hat man mir beigebracht, wie man Pferde pflegt. Und daß man nicht den Mund aufreißen darf, wenn das Klavier verstimmt ist, auf dem man spielen soll.«

»Aber das ist alles nicht der Grund, weshalb Sie hier anrufen«, sagte Dave. »Warum rufen Sie an?«

»Da ist dieser Kerl, den ich getroffen habe. Er treibt sich die meiste Zeit auf dem Strip rum. Ich meine, ich kenne ihn und kenne ihn nicht. Verstehen Sie, was ich meine? Er ist kein enger Freund, nur so ein Bekannter. Ein Schauspieler. Und er wird nur aus einem einzigen Grund immer wieder engagiert: Er hat ein unwahrscheinlich großes Fortpflanzungsorgan, klar? Und deshalb –«

»Deshalb arbeitete er vermutlich für Spence Odum«, sagte Dave.

»Kapiert. Und er weiß zufällig, wo Odum gerade dreht.«

»Erzählen Sie!« sagte Dave.

Kapitel 10

Das Haus mit der Adresse, die Mitternacht ihm gegeben hatte, stand direkt am Sunset Strip und sah geradezu grotesk aus. Die Fassade war Kolonialstil – weiße Säulen, grüne Läden. Ein Schild verkündete, daß hinter der grünen Tür mit dem blankpolierten Messingklopfring Immobilien vermittelt würden. Dave wartete auf eine Lücke im Verkehr, dann lenkte er den Triumph um eine Ecke in eine Seitenstraße, die steil abfiel. An den Rückwänden der Häuser waren Parkplätze mit den Nummern der Fahrzeuge, für die sie reserviert waren. Die vergitterten Lieferanten- und Angestellteneingänge waren überwiegend unnumeriert. Aber neben einer Tür stand in großen weißen Ziffern die Nummer, die mit der Immobilienfirma vorne übereinstimmte. Auf der Treppe vor dieser Tür stand ein großes Mädchen mit starkem Make-up und in einem Kostüm aus mehreren, übereinandergehenden, verschieden langen Röcken in Rosa, Rot und Orange, und rauchte eine Zigarette unter ihrem gelben Turban mit kirschroter Feder. Dave parkte den Triumph neben einen weißen Karavan ohne Aufschrift, der nicht nach Ferienauto aussah, sondern nach Geschäft – nach einem anonymen Geschäft. Das Mädchen trug riesige, goldglänzende Ohrringe und hatte eine rauhe, tiefe Stimme. Sie musterte Dave von den Sohlen bis zum Scheitel mit hungrigen Augen und sagte dann mit bedauerndem Lächeln: »Tut mir leid. Hier kommt niemand rein.«

Die Tür ging auf. Ein College-Boy mit Brille und einem hervorstehende Adamsapfel sagte: »Okay, jetzt braucht er dich.«

»Entschuldigen Sie mich«, sagte das große Mädchen. »Jetzt kommt mein großer Augenblick in der Folterkammer.« Sie ließ die

Zigarette fallen, trat mit dem Absatz ihrer Goldsandalen darauf, die mit Flitter beklebte Zehennägel sehen ließ, und ging hinein. Dave folgte ihr.

Bevor die Tür zufiel, sah Dave im Tageslicht Garderoben mit Perücken, Schminktöpfen, Schachteln mit dunklem Hautpuder und zerknüllte Papiertaschentücher mit Lippenstiftabdrücken. Auf einem Schild stand RAUCHEN VERBOTEN. Dann war die Tür zu, und das einzige Licht kam aus einem großen Raum mit kahlen Wänden. Scheinwerferlicht; es fiel hart auf einen nackten, weiblichen Teenager, der sich in einen aufrechtstehenden Mumienschrein aus goldenem und scharlachrotem Papiermaché zwängte. Das Mädchen hatte chromblitzende Fesseln an Händen und Füßen, und von diesen gingen Ketten zu Befestigungen im Inneren des Sarges. Der gewölbte Deckel des Sargs war gespalten, die beiden Hälften standen offen. Das große Mädchen stellte sich auf die eine Seite des Sargs, ein anderes, das genauso gekleidet war, auf die andere Seite. Im Gegenlicht nur als Silhouetten zu erkennen waren zwei Männer, die an der auf einem Stativ angebrachten Kamera hantierten. Das einzige Geräusch war das Summen des Kameramotors. Das Mädchen stieß einen leisen Schrei aus und versuchte sich nicht sehr überzeugend aus den viel zu lose hängenden Fesseln zu befreien, während die bunten Vögel zu beiden Seiten versuchten, den Schrein zu schließen.

»Einfrieren in dieser Stellung!« Der Mann, der das rief, hatte eine Afrofrisur. Er war groß und kräftig, aber weich. Jetzt trat er in das harte Scheinwerferlicht – schwarzer Anzug, schwarzes Cape, ein angeklebter Mandarin-Schnurrbart. Er löste die Fesseln. Das nackte Mädchen trat aus dem Sarg. Ihr Haar war lohfarben, ihre Haut war lohfarben und faltenlos über einer Schicht von Babyspeck. Sie trat in den Schatten. Die beiden bunten Mädchen standen wie festgefroren da. Der Mann mit der Afrofrisur kehrte zur Kamera zurück. »Gut.« Er zog den Kopf ein und fummelte an seinem Gesicht herum. »Einen Augenblick, mein Make-up ... Jetzt! Kamera? Action!« Der Motor summte wieder. Und die beiden bunten Mädchen schlossen den Sargdeckel.

Im letzten Augenblick tauchte der Mann mit wehendem Cape ins Licht, einen Schlapphut auf dem Kopf mit der verrückten Frisur. Er warf sich gegen die Deckelhälften und drückte sie zu. Dann drehte er sich zur Kamera um. Vor den Augen hatte er eine schwarze Dominomaske. Er ballte die Faust, drohte damit der Kamera, warf dann den Kopf in den Nacken und lachte in wahnwitzigem Triumph. Er hatte sich Dracula-Zähne aus dem Scherzartikelgeschäft angeklebt. Jetzt hielt er die Pose. Und hielt die Pose. Schweiß lief ihm unter der Maske hervor. Aber er hielt die Pose. Und endlich –

»Du sollst zoomen, du Arschloch!« brüllte er. »Zoomen – oder hast du das vergessen?«

»Ach, Scheiße. Entschuldige, Spence«, sagte der Kameramann.

Spence warf einen Blick zur Decke. »O Herman, warum hast du mich verlassen, wo ich dich doch so dringend brauche!« Er seufzte und wischte sich übers Gesicht. »Okay. Aber paß das nächste Mal besser auf.« Er wandte sich wieder dem Mumienschrein zu, lehnte sich mit den Händen dagegen, drehte sich herum, wiederholte das Ballen der Fäuste, das verrückte Lachen. Dann hielt er die Pose. Der Kameramann zoomte. Spence hielt die Pose. Dann löste er sich.

»Schnitt.« Er machte das Cape los und ließ es fallen, schnitt eine Grimasse und nahm die Dracula-Zähne heraus. »Das war's.« Er steckte die Zähne in eine Tasche. »Damit ist die Einstellung mit dem Mumienschrein gestorben.«

»Wolltest du nicht noch Blut herauslaufen lassen?« Der Junge mit dem Adamsapfel kam ins Licht und hielt ein zerfleddertes Manuskript mit blauem Einband hoch. »Das ist die nächste Einstellung.«

»Nicht, solange hier Schauspieler rumsitzen, für die ich bezahlen muß«, sagte Spence.

Aus dem Dunkeln war spöttisches Lachen zu hören.

»Außerdem haben wir den Ketchup nicht hier«, fügte Spence hinzu. »Nach dem Essen klau ich ein paar Flaschen aus dem Fettburger nebenan.«

»Billig, billig!« sagten die Stimmen im Dunkeln.

Spence nahm die Dominomaske ab. »Jetzt raus hier. Aber laßt einen Scheinwerfer an, damit man was sieht.«

Jemand, der nackt, glatt und warm war, huschte an Dave vorbei. Lichtschalter klickten. Der große Raum hatte Wände mit verschiedenen Farben. Vor einem roten Abschnitt hockte ein Dummy in einem antiken Friseursessel. Die Kehle des Dummys war durchschnitten, der Kopf nach hinten gekippt. Dave fiel irgendein dämonischer Barbier aus der Fleet Street ein. Vor einem blauen Abschnitt stand ein Foltergestell aus Balken, mit Fesseln und Ketten, Stricken und einem großen Rad. Davor stand ein Grill mit falschen glühenden Kohlen, in dem rotlackierte Eisenstangen steckten.

Der Lichteinschalter huschte wieder an Dave vorbei. Er war etwa zwanzig, blond und mit glatten Muskeln wie eine römische Marmorstatue. Er trug seine junge Haut so unerotisch wie ein Kleidungsstück. Jetzt setzte er sich auf ein Sprungfeder-Sofa, das mit schwarzem Samt ausgeschlagen war. Das Mädchen aus dem Mumienschrein saß auch dort, rauchte eine Zigarette und hatte die Beine übereinandergeschlagen. Der Junge nahm eine Cola-Dose vom Zementboden und trank einen Schluck. Dann stellten der Bursche mit dem Adamsapfel und ein noch jüngerer Bursche mit Kopfhörern den Mumienschrein auf einen zweirädrigen Wagen und karrten die Requisite aus dem Weg. Spence rief ihnen zu: »Vorsicht, macht nichts kaputt. Ich brauche das Ding für meinen nächsten Milliarden-Kassenhit. Als Badewanne, gefüllt mit Champagner.«

»Ginger Ale«, sagte eines der Mädchen.

»Wie wär's mal mit 'nem Sportwagen?« schlug der nackte Junge vor. »Wir könnten dem Ding doch Scheinwerfer und einen Kühlergrill malen. Dann stellen wir es auf vier Räder, lassen es über 'ne Klippe rollen und explodieren. Wie im Fernsehen. Sensationell.«

Spence studierte das Drehbuch. Er blätterte ein paar Seiten weiter. »Okay, wo ist Inspektor Hartschwanz vom CID?«

Ein Mann in mittleren Jahren sagte »Ha!« und kam aus einer Ecke, wo ein Messingbett vor einer purpurgefleckten Tapete schimmerte. Er klemmte sich sein Manuskript unter den Arm, setzte sich eine Schirmmütze auf den kahlen Kopf und steckte sich eine Meerschaumpfeife zwischen die Zähne. Er hatte einen Tweedanzug mit Knickerbockers an und trug einen schmalen Schnurrbart. Jetzt kicherte er.

»Das ist faszinierend. Aber warum drehen Sie nicht der Reihe nach?«

»Ich kann von Glück sagen«, erwiderte Spence, »wenn ich nachher beim Schneiden die Reihenfolge wieder zusammenbringe. Wo ist die Pistole? Oder hab' ich sie dir noch gar nicht gegeben?« Er ging an der Couch vorbei, wo die beiden nackten jungen Leuten saßen, und kramte in einer Truhe, die mit Goldverschlägen und Glasjuwelen verziert war. Schließlich fand er eine Blechpistole und warf sie dem Mann in mittlerem Alter zu. Dann ging er zu einer hohen

Zimmerkulisse mit einer Tür. »Du kommst hier rein. Platzt herein, klar? Aber sei vorsichtig. Das ist alles nur Leim und Pappe.« Er warf einen Blick auf zwei große Scheinwerfer, zu beiden Seiten der Tür. Dann schaute er sich um. »Randy? Tust du mir einen Gefallen, Baby? Schmeiß die zwei Dinger raus. Hinten raus, klar? Ich hab' keine Lust, sie bei jeder Einstellung hin und her zu schleifen.«

Das Mädchen, mit dem Dave hereingekommen war, nahm einen der Scheinwerfer. Sie war offensichtlich ziemlich kräftig, denn die Dinger mußten schwer sein. Sie schleppte sie an Dave vorbei. Als sie ihn sah, riß sie die Augen weit auf und murmelte: »Wie sind Sie reingekommen, verdammt noch mal? Da werden Sie aber Ärger kriegen.«

»Dem kann keiner entgehen«, sagte Dave und machte ihr die Tür auf. Draußen war die Sonne klar und heiß. Randy kämpfte in ihrem Kostüm mit dem schweren Scheinwerfer. An Gestänge und an den Reflektoren waren Schilder angebracht. Und auf den Schildern stand SUPERSTAR FILM- UND TV-VERLEIH. Dave ließ die Tür zufallen. Spence informierte gerade den Mann im Tweedanzug über die nächste Einstellung.

»Du hast endlich das Schreckenskabinett des Doktor Furchtbar gefunden. Du bist die ganze Zeit durch den Nebel von Soho gerannt. Schaust dich um, bist entsetzt – klar? Wir schneiden Einstellungen vom Mumienschrein, von den Folterwerkzeugen, von dem toten Dummy und so weiter dazwischen. Also laß dir ruhig Zeit. Dann siehst du sie – die beiden Kinder, die du schützen wolltest. Du reißt die Augen auf, bist wirklich geschockt, ja? Dir wird klar, daß du zu spät gekommen bist.« Er drehte sich um. »Junie? Harold?«

»Ach, Scheiße, ich bin dran.« Harold stellte die Cola-Dose auf den Boden und stieß sich hoch. Er wirkte traurig und nachdenklich. »Jetzt muß ich das fette Ding herumschleppen.«

»Das ist gemein von dir!« Das Mädchen namens Junie bückte sich und drückte den Zigarettenstummel auf dem Zementboden aus. »Du weißt genau, wie ich hungere und meine Diät einhalte.« Sie stand auf und schüttelte sich das Haar in den Nacken.

»Du kommst von den Garderoben herüber«, sagte Spence, »und trägst sie auf den Armen. Etwa hier erfaßt dich die Kamera – kapiert? An der Stelle, die mit dem Klebeband auf dem Boden markiert ist, bleibst du stehen. Aber schau, wenn die Kamera läuft, nicht auf den Boden, klar? Du kannst es ja mit den Zehen fühlen. Du bist wie gebannt – also keine Reaktion. Das müßte dir eigentlich leicht fallen. Du brauchst nur den Inspektor anzustarren. Und du, Junie, bist vor Schmerzen ohnmächtig, erinnerst du dich? Also laß den Kopf nach hinten hängen. Du mußt tote Last auf seinen Armen sein, klar?«

»Ach, du meine Güte, Spence.« Der nackte Junge trottete zurück in die Nähe von Dave.

»Es ist vorbei, bevor du es auch nur merkst«, sagte Spence.

»Hoffentlich hast du auch ein Bruchband in deiner Kiste«, sagte Harold.

»Das sähe besonders in den Sexszenen reizvoll aus, ja«, erwiderte Spence. »Wenn du sie anhebst, beugst du die Knie. Das geht ohne weiteres.«

Junie grinste. »Sei froh, daß er alles nur einmal dreht.«

»Sag das bloß nicht nochmal, wenn ich dabei bin«, zischte Spence.

»Muß ich sie jetzt schon aufheben?« fragte Harold.

»Nur einmal, zum Üben«, erklärte Spence. »Du brauchst sie erst dann hochzuheben, wenn Hartschwanz reinkommt und sich umschaut.«

»Ja, wenn er sich *langsam* umschaut«, sagte Harold. Er stieß die Luft durch die Nase aus. Angewidert duckte er sich und streckte die Arme aus. »Komm schon, Dickerle.«

Aber Junie sah Dave. »Da ist ein Fremder!«

»Was?« Jetzt erblickte auch Spence den Eindringling. Er kam zu ihm herüber. »Geschlossene Gesellschaft«, sagte er. »Was wollen Sie?«

»Ich will wissen, wo Charleen Sims ist.« Dave nahm seine Brieftasche heraus und zückte den Dienstausweis. »Sie hat überall herumerzählt, daß sie einen Job beim Film hat. Sie sind Spence Odum, nicht wahr? Sie hat ein Poster von einer Ihrer Produktionen an der Wand in ihrer Wohnung. In einer Wohnung, die sie vor etwa zehn Tagen übereilt verlassen und seither nicht mehr betreten hat. Ich glaube kaum, daß Ihre Poster eine allzu große Verbreitung haben.«

»Wir sind berühmt – in Possum Stew in Arkansas«, sagte Spence Odum. »Und in Gopher Hole, Nebraska. Aber nicht in Ninive und Tyrus.« Er warf einen gequälten Blick auf seine Armbanduhr. »Hören Sie, ich habe ein verdammt knappes Budget. Ich kann es mir nicht leisten, Zeit mit netten Plaudereien zu vergeuden. Von wem sprachen Sie?«

»Von Charleen Sims«, sagte Dave. »Aber vielleicht nennt sie sich auch Charleen Dawson.«

»Nie gehört«, erwiderte Spence Odum.

»Ich ersticke hier hinten.« Der Mann in mittleren Jahren öffnete die Pappdeckeltür der Pappdeckelwohnung. »Wenn ich den Knopf drehen soll, brauche ich meine rechte Hand. Also muß ich die Pistole mit der linken Hand halten.«

»Wir proben das gleich mal«, rief Odum, ohne sich umzudrehen.

»Blond, klein, schlank«, sagte Dave. »Vermutlich um die sechzehn, sieht aber wie zwölf aus.«

Odum markierte den Schockierten, riß die Augen weit auf und hielt sich entsetzt die Hand vor den Mund. »Aber – aber ...«, stammelte er. »Das – das ist ja – pervers!« Er streckte den beiden nackten jungen Leuten die Handflächen entgegen. Die beiden lachten. »Sehe ich aus wie so einer?« Er drehte sich einmal um die eigene Achse, mit ausgestreckten Armen. Der Kameramann grinste, genau wie die Burschen, die den Mumienschrein in einer Ecke verstauten. »Sehen Sie irgend etwas Dekadentes hier, etwas Perverses?« Er wandte sich wieder an Dave, nahm den Schlapphut ab und hielt sich eine Hand aufs Herz. »Hoffentlich verbreiten Sie das nicht. Das könnte meine Zukunft bei der Walt-Disney-Produktion ruinieren.«

Junie kicherte, Harold und die anderen lachten schallend.

»Mir geht es mehr um Charleens Zukunft«, sagte Dave. »Sie steckt in einer Mordsache drin. Vielleicht ist sie selbst auch ein Mordopfer. Was wissen Sie über Charleen?«

Das Gelächter hörte abrupt auf. Odum schaute plötzlich sehr nüchtern drein. »Ich weiß nichts. Ich habe sie nie getroffen, habe nie von ihr gehört. Ich weiß nicht, wo sie das Poster her hat. Aber heutzutage klaut doch jeder, was nicht niet- und nagelfest ist. Das wissen Sie so gut wie ich. Nein, ich hätte sie auch nicht engagiert. Zu jung. Wirklich.« Er wandte sich ab, dann drehte er sich wieder zu Dave. »Warum sollte jemand sie ermordet haben?«

»Weil sie gesehen hat, wie Gerald Dawson ermordet wurde«, sagte Dave.

Odum leckte sich die Lippen. »Von der Firma Superstar?«

»Genau – wo Sie die Ausrüstung ausleihen.«

»Ich kenne das Mädchen trotzdem nicht«, sagte Odum. »Glauben Sie mir.« Dann schaute er wieder auf die Armbanduhr. »Hören Sie, Sie müssen jetzt raus hier, klar?«

»Aber ich komme wieder«, sagte Dave und ging.

Geblendet vom Sonnenlicht, saß er in seinem Triumph, bevor er bemerkte, daß Randy sich bereits auf dem Beifahrersitz niedergelassen hatte, mit ihren riesigen Ohrringen und den falschen Augenwimpern. Sie strömte einen penetranten Duft aus. »Wollen Sie mich zu einem Drink einladen?« fragte sie mit ihrer rauhen, tiefen Stimme. »Oder soll ich Sie zu einem Drink einladen? Emanzipation, und so! Wir könnten auch zum Essen fahren. Es ist nie zu früh und selten zu spät.« Dave konnte noch immer kaum etwas sehen, daher streckte er den Arm aus und berührte ihr Gesicht mit den Fingerspitzen. Unter dem dicken Make-up sprossen Bartstoppeln. Er lachte und drehte dann den Zündschlüssel. Der Triumph startete mit klappernden Ventilen. Dann fuhr Dave aus dem Schatten des weißen Karavans. »Ich bin mit jemandem unten am Marina verabredet«, sagte er. »Möchten Sie am Marina essen?«

»Ich möchte im ›Lagerhaus‹ sitzen und ›Mai Tais‹ trinken und zusehen, wie die kleinen Boote im Westen untergehen.«

»Ist das da, wo sie einem die Schirmchen auf die ›Mai Tais‹ stecken?« Der Triumph raste hinaus auf die Straße. »Arme Butterfly, und so weiter?«

». . . muß warten unter den Kirschblüten . . .« Randy seufzte.

Die Dekoration des »Lagerhauses« bestand aus Fässern und Fischernetzen. Auf den Holzterrassen standen große Blumenkübel aus teerbeschmierten Bohlen. Es war drei, die Lunchtische fast alle frei. Die Touristen waren verschwunden samt ihren Minoltas voll unscharfem Wasser und noch unschärferen weißen Booten. Die Boote, die in der langen, schmalen Bucht dümpelten, hatten rot und orange gestreifte Segel. Die verankerten Boote waren mit blauer Persenningleinwand überzogen. Keines davon gehörte Fullbright. Fullbrights Boot war auf der anderen Seite. Er wollte es sich danach genauer ansehen.

»Nein«, sagte Randy Van. »Spence läßt sich nicht beschummeln. Er weiß, daß ich ein Transi bin. Na klar! Wenn er wüßte, wie, dann würde er am liebsten nur Transis nehmen. Aber aus naheliegenden Gründen muß wenigstens eines der Mädchen echt sein.« Er drehte den Schirm aus dünnen Stäbchen und Serviettenpapier zwischen den Fingern mit den langen, scharlachroten Nägeln. Den Turban und den Schal hatte er im Triumph gelassen, draußen auf dem Parkplatz neben den großen, hölzernen Fischtanks. Jetzt lächelte er Dave an. »Die Wirklichkeit verpatzt mir immer das Leben.«

»Das kann doch keine Karriere sein«, sagte Dave. »Spence macht doch kein großes Geld, zahlt also auch bestimmt keine Gewerkschaftsbeiträge.«

»Lachhaft.« Randy nippte an dem riesigen Glas, dessen Inhalt wie Blut für Laboruntersuchungen aussah. »Er zahlt achtzig pro Tag, aber selbst wenn er die Beiträge zahlen würde – er dreht ja in zwei Tagen ab. Dann hat er Monate nichts zu tun. Meine Karriere besteht aus einer Doppelnadel-Nähmaschine in einem Schuppen voll weiblicher, mexikanischer Einwanderer. Die halten sich für eine verfolgte Minderheit – ha!«

»Er behauptet, er hat nie mit einer mageren, kleinen Blondine namens Charleen gearbeitet. Vierzehn, fünfzehn. Stimmt das?«

»Ja.« Randy nickte mit dem Kopf. Dabei lockerte sich seine Perücke mit den glänzenden, schwarzen Medusalöckchen. Er setzte sie mit beiden Händen zurecht. »Ich habe in jedem Streifen mitgemacht, den er gedreht hat. Also muß ich es wissen. Er könnte gar nicht, selbst wenn er es wollte. Die Spießer in Iowa, die am Wochenende vor den Pornokinos Schlange stehen, wären entrüstet. Und in Alabama würden sie die Kinos anzünden.« Randy nippte an seinem Mai Tai. Am Glasrand klebte eine dicke Schicht Lippenstift. »Sicher, er mag mich, aber meistens engagiert er große Titten und dicke, körnergefütterte Ärsche. Wie diese Junie.«

»Sie sieht wie ein CollegeGirl aus«, sagte Dave.

Randy nickte. »Sie macht es aus Spaß.« Er zog eine Augenbraue hoch. »Sie glauben doch nicht, daß Spence harte Pornos macht, oder? O nein! Junie und Harold wälzen sich ein bißchen herum auf dem Messingbett und küssen sich und stöhnen dabei, aber das ist auch schon alles. Den Spießern würde ja die Schlagader platzen, wenn sie mehr zu sehen bekämen. Das ist das Geschäft mit der Haut: Was man sieht, ist nicht das, was man denkt; aber man denkt, man sieht es.«

»Und er dreht diese Filme in zwei Tagen?« fragte Dave.

»Für ein großzügiges Budget von zehntausend Eiern. Kann ich eine Zigarette haben?« Dave zündete sich und Randy eine Zigarette an. »Danke«, sagte Randy. »Das meiste von dem Geld geht für Beleuchtung, Ausrüstung und Studiomiete drauf. Musik? Er schmuggelt Tonbandgeräte in Jazzklubs. Das Aufnahmeteam? College-Filmstudenten, die Erfahrung sammeln wollen und sich um jede Chance reißen. Bezahlung? Was heißt schon Bezahlung?«

»Gilt das auch für den Kameramann?« fragte Dave.

»Jetzt schon. Früher war es immer Herman.«

»Was heißt früher? Odum scheint ihn zu vermissen. Wo ist er denn?«

»Tot. Herman Ludwig. Irgendein Flüchtling, er stammte aus der Gegend hinter dem Eisernen Vorhang.« Randy zuckte zusammen. »Bei dem Ausdruck tun mir immer die Zähne weh. Er soll in Europa berühmt gewesen sein. Vor vielen Jahren.« Randy schaute hinaus auf die Boote, das funkelnde Wasser. Dann blies er Rauch in die Luft. »Er wurde erschossen. Auf dem Parkplatz hinter einem der Studios. Spät nachts. Wenn Spence zwei Tage dreht, geht es meistens rund um die Uhr. Spence hatte eine neue Szene durchgeprobt. Herman ging hinaus, um Kaffee zu holen. Ja, und da hat ihm jemand mit einem Gewehr den Kopf weggeblasen.«

»Wer?« fragte Dave. »Und wann?«

»Wer? Das weiß niemand. Sie haben ihn einfach abgeknallt und sind weggefahren. Wir haben nichts gehört. Da drinnen ist es schalldicht. Der Sheriff fand heraus, daß die Nachbarn den Schuß hörten, aber niemand hat es gemeldet. Ich wurde hinausgeschickt, weil er nicht zurückkam. Und da bin ich über ihn gestolpert. Mein Gott.« Unsicher kippte Randy den Rest seines Mai Tai hinunter. »Bei so was kann einem leicht in einer einzigen Nacht das Haar weiß werden.«

»Wann war das?« fragte Dave noch einmal.

»Ach so – vor zehn Tagen. Spence vermißt ihn wirklich sehr.«

Kapitel
11

Lieutenant Ken Barker von der Kriminalpolizei in Los Angeles sagte: »Der Strip gehört nicht einmal zum Stadtgebiet, das weißt du doch. Das ist Countygebiet. Du mußt dich an den Sheriff wenden.« Er saß hinter einem grünen Metallschreibtisch, der von Aktenordnern, Formblättern und Fotos überhäuft war. Das Büro war ein mit

Glaswänden abgetrennter Raum, der Teil eines weiteren Raums mit Glaswänden war, wo Telefone klingelten, Schreibmaschinen ratterten, Männer lachten, husteten und schimpften. Barkers Nase war mehrmals gebrochen. Seine Schultern waren so breit, daß sie die Nähte seines Hemdes zu sprengen drohten. Er hatte den obersten Kragenknopf offen, die Krawatte gelockert, die Manschetten hochgekrempelt und schwitzte. Er trank aus einem Pappbecher, auf den orangefarbene Kringel gedruckt waren. Im Becher klapperten Eiswürfel. Er stellte ihn ab. »Mein Gott, hört dieses Wetter denn überhaupt nicht mehr auf?«

»Es ist mir einfach ein Zufall zuviel«, sagte Dave.

»Zwei Morde in einer Nacht? Das ist hier schon fast normal. Abgesehen davon – könnten sie verschiedener sein? Ein Genickbruch in Hillcrest, eine Gewehrsalve auf einem Parkplatz im Westen?«

»Es gibt immerhin eine Verbindung«, sagte Dave. »Spence Odum mietet Scheinwerfer und Kameras und sonstige Filmausrüstung bei der Firma, die Dawson zur Hälfte gehört hat.«

»Aber das tun viele von den kleinen Filmproduktionen«, sagte Barker. »Und wie viele solche Ausstattungsfirmen gibt es in Los Angeles? Nach dem, was du mir über Odums Produktion erzählst, brauchen sie sehr viele Kunden, um sich über Wasser halten zu können.«

»Odum war aber ihr einziger Kunde, dessen Kameramann in derselben Nacht wie Dawson ermordet wurde«, sagte Dave stur. »Und das ist noch nicht alles. Dawson schlief mit einem Teenager, einer kleinen Amateurnutte namens Charleen Sowieso, die überall auf dem Strip herumerzählte, daß sie zum Film gehen würde, und die ein Poster von Odums Filmproduktion an der Wand in ihrer Wohnung hängen hat. Außerdem ist sie seit der Nacht, als Dawson und Ludwig starben, spurlos verschwunden.«

»Sie kommen und sie gehen«, sagte Barker. »Die Streifenwagen sehen sie jede Nacht, wie Streichhölzer im Dunkeln. Und dann sieht man sie auf einmal nicht mehr. Irgendein besserer Buchhalter in mittleren Jahren fliegt mit ihnen auf Geschäftsspesen nach Las Vegas, und läßt sie dort sitzen. Sitzen in einem Kasino, einen abgestandenen Drink in der einen und einen Silberdollar in der anderen Hand, bis ihnen der nächste Kerl zwanzig Dollar anbietet, dazu Bett und Frühstück – und dann der nächste und der nächste.«

»Und dann lernen sie einen kennen, der verrückt ist«, fuhr Dave fort, »der sie in Stücke schneidet und die Teile in einen Plastiksack steckt und irgendwo hinschickt. Daran habe ich auch gedacht.«

Barkers Augen hatten das Grau von Gewehrläufen. Sie musterten Dave ein paar Sekunden lang. »Du bist ein schrecklicher Mensch«, sagte er. »Hast du das gewußt?«

»Mit anderen Worten – du hast grade eine da«, sagte Dave.

Barker stand auf und schob den Stuhl zurück. »Mager, klein, blond. Seit einer Woche. Bisher nicht identifiziert.«

Der Körper wirkte erstaunlich flach unter dem Laken. Er benötigte nicht einmal die Hälfte des Raums, den die Schublade gewährte. Jetzt schlug Barker das Laken zurück. Das Mädchen hatte fast keine Brüste. Sie war grünlich bleich bis auf die große Narbe, die ihr bei der Autopsie zugefügt worden war, und bis auf den Schnitt, wo man die Kopfhaut abgetrennt und danach wieder nach vorn geklappt hatte. Ihr Haar hatte die Farbe sonnengebleichter, hitzeverdörrter Hügel – zwischen gelb und weiß. An ihrem Hals waren dunkle Flecken und Kratzer zu erkennen.

»Erdrosselt«, sagte Dave.

Barker öffnete einen Aktenordner. »Richtig. Dazu eine Schädelfraktur. Außerdem Spuren einer Vergewaltigung. Und –«, er zog das Laken ganz von dem kleinen Körper, »– sie hatte mal Kinderlähmung. Ein Bein ist kürzer als das andere.« Dave schaute darauf. Es war dünn wie ein Stock, das Knie ein häßlicher, übertrieben großer Knubbel. Barker deckte die Tote wieder zu.

»Ich glaube nicht, daß es die ist«, sagte Dave. »Keiner hat erwähnt, daß sie hinkt oder humpelt. Im Gegenteil: Einer meiner Zeugen hat gesagt, daß sie gut tanzt. Diese hier hat vielleicht auch getanzt – hoffentlich –, aber bestimmt nicht gut.« Er bedankte sich beim Aufseher der Leichenhalle.

Im Lift fragte Barker: »Hat Odum dir gesagt, daß er dieses Mädchen engagiert hat – diese Charleen?«

»Er ist nur nervös geworden«, erwiderte Dave, »und hat erklärt, er hätte keine Zeit mehr.«

Sie stiegen aus dem Lift. »Hast du ihn nach Ludwig gefragt?«

»Nein – zu dem Zeitpunkt wußte ich noch nichts von Ludwig«, sagte Dave.

»Und jetzt weißt du auch noch nichts von ihm.« Als sie wieder an seinem Schreibtisch saßen, leerte Barker einen schweren Glasaschenbecher mit scharfen Kanten in einen Abfalleimer aus Metall.

»Er war illegal in dieses Land eingewandert. Außerdem hieß er eigentlich gar nicht Ludwig. Aber er hatte Angst, unter seinem richtigen Namen aufzutreten. Er hatte sogar Angst, dort zu arbeiten, wo man ihn vermutet hätte – bei der Columbia oder der Paramount.«

»Ich hörte, er hatte einen großen Namen in Europa«, sagte Dave.

»Ach, das weißt du also?«

»Ja, das weiß ich. Was gibt es sonst noch?«

»Die kommunistische Partei Ungarns war hinter ihm her. Er selbst erzählte jedenfalls, sie würden ihn überall auf der Welt jagen und versuchen, ihn umzulegen.« Das Telefon auf Barkers Schreibtisch klingelte. Er nahm den Hörer ab, lauschte eine Minute lang, knurrte dann »Danke« und legte auf. Danach schaute er Dave an. »Und sie haben ihn gefunden und getötet.«

»Warum ist er illegal eingewandert? Als prominenter Künstler hätte er doch keine großen Schwierigkeiten bekommen.«

»Aber es hätte Schlagzeilen gemacht, und dann wäre es für seine Feinde um so leichter gewesen, ihn zu schnappen.«

»Das klingt irgendwie nach Verfolgungswahn«, sagte Dave.

»Einer von der Art, die tödlich ist«, erwiderte Barker.

»Möglich.« Dave schüttelte den Kopf. »Eine klare Sache – aber vielleicht allzu klar.« Er stand auf. »An wen soll ich mich wenden, im Büro des Sheriffs? Du weißt doch alles über den Fall. Also hast du ihn dir genauer angesehen. Vielleicht denkst du sogar, ebenso wie ich – daß es da eine Verbindung geben könnte. Mit wem soll ich sprechen?«

»Mit Salazar«, sagte Barker. »Aber es ist schon so, wie ich dir sage. Frag doch Ludwigs Witwe, wenn du es bestätigt haben willst. Salazar kann dir ihre Adresse geben.«

Dave nahm den Hörer von Barkers Telefon ab. »Wie bekomme ich ein Amt?« fragte er.

Die Wohnung war in einem alten, ausgebleichten Ziegelhaus in einer Seitenstraße von Melrose in Hollywood. Die Fenster waren klein. Am Eingang standen gesprungene ägyptische Säulen aus Beton. Durch die Tür kam man in einen Korridor, der bis zum hinteren Eingang führte. Auf der einen Seite wand sich eine Treppe nach oben. Es mußte früher eine Freitreppe gewesen sein, aber jetzt war sie verschalt und hatte unten eine Tür aus Metall. Neue Feuerbestimmungen. Es roch nach frischem Holz, und der Geruch übertönte den säuerlichen Gestank von zu vielen Jahren, der durch die frischen Tapeten an den Wänden sickerte, durch den frischen Teppich auf der Treppe.

Nummer sechs war die letzte Tür am unteren Korridor. Nachdem er auf die Klingel gedrückt hatte, schaute er durch die verschlossene Hintertür hinaus. Zwei Katzen lagen zusammengerollt in der Sonne und schliefen auf dem grünen Deckel eines großen Mülleimers, der mit den übrigen durch Ketten verbunden war. Davor wuchsen Ringelblumen. Rechts daneben war die Mauer der Garagenwand ... Das Klicken eines Riegels war zu vernehmen. Der frische Lack an der Tür von Nummer sechs überlagerte fünfzig Jahre alten Lack und war fast schwarz. Die Tür öffnete sich zehn Zentimeter. Das Gesicht, das herausschaute, war fast fleischlos, weiß wie Knochen, mit kräftigen Flecken von Rouge auf den Wangen. Um die Augen waren dunkle Lidschatten gemalt – aber die Augen selbst wirkten eher ärgerlich als verängstigt.

»Was wollen Sie?« Sie sprach mit starkem Akzent, und ihre Stimme klang asthmatisch. »Wer sind Sie?«

»Mein Name ist Brandstetter.« Er klappte seine Brieftasche auf, so daß sie seinen Dienstausweis sehen konnte. »Ich bin Ermittler bei einer Versicherungsgesellschaft.«

»Mein Mann war nicht versichert.« Sie versuchte, die Tür zu schließen. Er hatte den Fuß in den Spalt gesteckt. »Bitte. Ich habe keine Zeit.«

»Ein anderer Mann wurde in derselben Nacht wie Ihr Mann ermordet«, erklärte Dave. »Ich möchte mit Ihnen über die Ereignisse bei seinem Tod reden. Es könnte sein, daß die beiden Morde miteinander in Verbindung stehen. Wenn ich die Angelegenheit nicht aufklären kann, wird ein Unschuldiger darunter leiden müssen.«

Ihr Lachen war rauh und ging in ein Husten über. »Ein Unschuldiger muß leiden? Das wäre mal was ganz Neues auf dieser Welt.« Ihre Augen funkelten zornig, ihre Stimme klang wütend. »Es sind doch immer die Unschuldigen, die leiden müssen. Was sind Sie für ein Mensch, wenn Sie das nicht wissen?«

»Das hab' ich Ihnen bereits gesagt«, entgegnete Dave. »Ich gehöre zu denen, die das verhindern wollen. Wenn ich kann. Wollen Sie mir nun helfen oder nicht?«

Sie schloß die Tür. Eine Kette ratterte. Dann wurde sie wieder geöffnet, diesmal wesentlich weiter. Der Körper der Frau sah so verwüstet aus wie ihr Gesicht. Sie drückte sich einen Arm voll Kleidungsstücke gegen den flachen Busen unter einer ausgebleichten Bluse. Um das Haar hatte sie sich ein grünes Geschirrtuch gebunden. Soweit Dave das sehen konnte, hatte sie schütteres Haar mit einem weit nach hinten gerutschten Haaransatz. Sie trug eine Jeans, die lose an ihren knochigen Hüften hing. Nicht, daß die Jeans zu groß war – die Frau darunter schien geschrumpft zu sein. Er nahm an, daß sie früher einmal sehr schön gewesen war und jetzt sehr krank sein mußte. Sie ordnete die Kleidungsstücke in einen großen, abgewetzten Lederkoffer auf einer Couch, deren Holzteile zerkratzt und deren Bezug zerschlissen war. Auf einem Sessel daneben lag ein kleinerer Koffer.

»Wer war der andere unglückliche Mensch?« fragte sie.

»Gerald Dawson. Er vermietete Filmausrüstungen. Zum Beispiel die Kamera, die Ihr Mann benützte, für die Aufnahmen bei Spence Odum.«

»Ich kenne ihn nicht.« Sie zündete sich eine Zigarette an, eine von der altmodischen Sorte, kurz, oval und dick, ohne Filter. Beim ersten Lungenzug begann sie zu husten. Sie schien nicht mehr aufhören zu können, mußte sich nach vorne beugen. Während sie die Zigarette zwischen den viel zu stark geschminkten Lippen hielt, warf sie sich über eine Stuhllehne, bis der Hustenanfall nachließ. Dann flüsterte sie: »Er hat den Namen nie erwähnt. War er Ungar? Dawson – das klingt eigentlich nicht ungarisch.«

»Er war ein Amerikaner, der fast sein ganzes Leben einer Kirchengemeinde widmete.«

Ihr scheues Lächeln zeigte überraschend weiße und gleichmäßige Zähne. Dave schätzte die Frau auf fünfzig, aber die Zähne sahen aus wie bei einer Dreißigjährigen. »Dann dürften die zwei nicht gerade gute Freunde gewesen sein«, sagte sie. »Mein Mann war Künstler, ein Intellektueller. Er hielt Religion für eine Form von Aberglauben.« Die Zigarette wippte auf und ab, während sie sprach. Rauch stieg nach oben, direkt in ihr eines Auge. Sie zwickte es zusammen. »Er mißtraute allen Denksystemen. Er fand, daß sie das Denken selbst einengen und aus den Menschen Marionetten machen.« Sie ging in einen Nebenraum und kam wieder mit einer Ladung Kleidungsstücken herein. »Er sagte immer, Religionen erzeugen nur Haß und Blutvergießen. Er war ein intelligenter und ein begabter Mann. Sie dürfen nicht glauben, daß er nur Sexfilme gedreht hat, für Gesindel wie diesen Spence Odum.«

»Das glaube ich auch nicht«, sagte Dave. »Aber warum hat er es überhaupt getan?«

Sie kniete sich hin, um Kleidungsstücke in einen dritten, auf dem Boden liegenden, aufgeklappten Metallkoffer zu packen. »Er hatte sich Feinde gemacht, daheim in Ungarn. Er wollte nicht schweigen über die Schreckenstaten des Regimes. Als sie einen Freund, einen Schriftsteller aburteilten und ins Gefängnis steckten, hat er ausgepackt. Wenn er nicht geflohen wäre, hätten sie ihn umgebracht.«

»Aber im Westen ist er nie gegen das Regime aufgetreten«, sagte Dave. »Und er kam auch nicht als Dissident hierher. Er hat nie ein Wort über diesen Schriftsteller verloren.«

»Meinetwegen«, erklärte sie. »Und um meiner und seiner Angehörigen willen, die wir in Ungarn zurückgelassen haben.«

»Aber er war auf diese Weise doch aus dem Weg und konnte dem Regime nicht mehr schaden«, meinte Dave. »Warum hätten sie hierherkommen und ihn töten sollen?«

Sie zuckte mit den Schultern und erhob sich. So krank sie aussah, bewegte sie sich doch geschmeidig wie ein Mädchen, ein junges Mädchen, das gelernt hatte, sich elegant und würdevoll zu bewegen. Vielleicht war sie früher Schauspielerin gewesen. »Er wollte mir nicht sagen, was wirklich seine Angst verursachte. Er wollte nicht, daß ich darüber Bescheid wußte, für den Fall, daß man mich erwischte und folterte.«

»Sind Sie nie auf den Gedanken gekommen, daß er sich das alles vielleicht nur eingebildet hat?«

»Seinen Tod hat er sich jedenfalls nicht nur eingebildet«, entgegnete sie. »Der war Realität – die letzte und schlimmste, die es für einen Menschen gibt.«

»Ja, aber der Täter ist bis jetzt nicht gefaßt«, sagte Dave. »Vielleicht war es niemand aus Ungarn. Und vielleicht hat es dennoch etwas mit dem Mord an Gerald Dawson zu tun.«

»Nein.« Sie schüttelte entschieden den Kopf. »Sie haben ihn verfolgt. Immer. Er hat sie gesehen, in Portugal, dann in Brasilien und in Kanada. Es waren immer dieselben.«

»Er hat sie gesehen«, wiederholte Dave nachdenklich. »Haben Sie sie auch gesehen?«

»Nein – aber das hat nicht viel zu besagen.« Sie schaute Dave scharf in die Augen. »Er war nicht verrückt. Wie können Sie so etwas denken, wo Sie doch wissen, was geschehen ist?«

»Und wie war es hier?« fragte Dave. »Hat er sie hier auch gesehen – hat er es jemals Ihnen gegenüber erwähnt?«

»Nein. Er sagte mir, jetzt seien wir ihnen endlich entkommen.« Sie drückte ihre Zigarette in einem Aschenbecher aus, der auf einem billigen, teakfurnierten Beistelltisch stand. Eine Stehlampe, deren weißer Schirm im Lauf der Jahre vom Zigarettenrauch gelb geworden war, stand daneben, und darunter ein Sechs-mal-neun-Foto in einem billigen Rahmen. Sie nahm den Fotorahmen und betrachtete das Bild. »Und dann haben sie ihn auf einem Parkplatz zehntausend Kilometer von Budapest entfernt getötet.« Mit dem Ärmel ihrer alten Hemdbluse wischte sie über das Glas des Fotorahmens und legte ihn auf die zusammengefalteten Kleidungsstücke im Metallkoffer. Danach starrte sie bewegungslos darauf hinunter. »Und jetzt kann ich nach Hause fliegen.« Sie wandte sich Dave zu und zeigte wieder das scheue Lächeln. »Ich habe es ihm natürlich nie gesagt, aber ich bin fast gestorben vor Heimweh.« Ein humorloses Lachen entstand tief in ihrer Kehle. »Jetzt kehre ich nach Hause zurück, um zu sterben. Ist das nicht komisch?«

Dave gab ihr keine Antwort. Er war hinübergegangen, stand jetzt direkt vor dem Metallkoffer und schaute ebenfalls hinunter auf das Foto. Ein Schwarzweiß-Abzug: Vor einer Brücke und einem Fluß ein Mann und eine Frau. Die Frau war schön. Ein Windzug ließ die Bänder ihres Hutes flattern. Sie hielt den Hut fest und lächelte in die Kamera. Und mit dem anderen Arm umfaßte sie einen großen, muskulösen, grinsenden Mann mit offenen, weichen Gesichtszügen. Den Kopf des Mannes bedeckte eine Überfülle blonden, lockigen Haars.

Kapitel 12

Die Sonne blähte sich auf, als sie sich dem Horizont am Rand des Ozeans näherte. Sie war geschwollen und rauchig rot. Dave stand am Ende des langen, weißgestrichenen Piers und schaute zu, wie sie sank. Segel- und Motorboote glitten vorüber, kamen herein in den Jachthafen, um hier vertäut zu werden. Geräusche drangen von den Booten zu ihm herüber: hohe Kinderstimmen, das Lachen eines

Mannes, talentloses Geklimper auf einer Gitarre. Ein paar dickbäuchige Pelikane klatschten unelegant auf das rote Wasser. Die Flügel der kreisenden Möwen waren wie aus Porzellan; das rote Licht schien sie zu durchdringen. In der Nähe klirrten Eiswürfel in einem Mixbecher mit Martinis. Von irgendwo drang der Geruch von Gegrilltem in seine Nase. Er wünschte sich einen Drink. Er wollte etwas essen. Er war müde. Aber als er zuvor mit Randy Van hiergewesen war, hatte der 260 Z mit dem Flammenmuster noch nicht auf dem bewachten Parkplatz des Piers gestanden. Jetzt parkte er dort. Also mußte Dave das tun, was er ohnehin vorhatte.

Er kletterte an Bord eines schimmernd-weißen Kabinenkreuzers aus Fiberglas. Es war nicht das größte und auffallendste Boot in der näheren Umgebung, aber es war groß und auffallend genug: fünfzehn bis achtzehn Meter lang. Das Achterdeck, auf dem er jetzt stand, war aus warm schimmerndem Teakholz. Die Messingbeschläge funkelten. Dave öffnete eine lackierte Doppeltür und kam über eine teakfurnierte Kajütentreppe in eine teakfurnierte Kabine mit Messinglaternen, rindslederbezogenen Couches und einem dikken Teppich. Irgendwo spielte leise eine Stereoanlage. Dies, der Wagen und die Tatsache, daß die Kabinentür nicht abgesperrt war, besagten, daß der Besitzer eigentlich hier sein mußte. Aber er konnte auch kurz in ein Restaurant gegangen sein. Das wäre natürlich am angenehmsten gewesen. Dave öffnete eine Tür am entgegengesetzten Ende der Kabine. Dahinter war ein Schlafraum mit Betten – keine Schlafkojen, sondern richtige Betten. Er hörte das Plätschern einer Dusche.

Über den Betten befanden sich Wandschränke. Dave stieg auf eines der Betten und schaute in die Schränke. Laken, Decken, eine Schwimmweste – aber kein Pappkarton. Er trat auf das andere Bett – aber auch in den Schränken darüber befanden sich keine Kartons. Jetzt bückte er sich öffnete die Schubladen unter den Betten. Kleidungsstücke, Bootsgerät. Er richtete sich auf und stieß mit dem Schädel gegen eine Tür von einem der Hängeschränke, die sich geöffnet hatte. Hinter der Tür zum Bad war eine Männerstimme zu vernehmen. Sie rief über das Rauschen der Dusche heraus: »Mach dir inzwischen einen Drink, Baby. Und für mich einen Gin mit Tonic, ja? Ich bin gleich fertig.«

Dave ging wieder in die vordere Kabine und durchsuchte die Schubladen unter den Couches. Kameras. Taucherausrüstungen.

Kein Karton. Er schloß die Schubladen, schaute sich um, trat hinter eine kleine Hausbar. Der Karton stand dahinter, auf dem Fußboden. Er hob ihn hoch, stellte ihn auf die Bartheke, setzte seine Lesebrille auf. Die Klappen des Kartons waren ineinandergesteckt. Er öffnete sie. Der Aufschrift nach sollte unentwickeltes Filmmaterial im Karton sein. Aber statt dessen enthielt er ein Hauptbuch. Er nahm es heraus und schlug es auf. Die Eintragungen gingen mehr als fünf Jahre zurück. Die Handschrift war immer dieselbe, nur der Stift wechselte. Es handelte sich nicht um eine besonders ausführliche Buchführung – nur eine Aufstellung der eingehenden Beträge, und von wem sie bezahlt wurden, aber nie wofür. Und die Namen der Kunden sagten Dave nicht viel – ausgenommen der Name Spence Odum. Das Licht, das durch die Luken hereindrang, war schwach. Die Musik flüsterte. Kleine Wellen schlugen gegen den Bug. Das Boot schaukelte sacht. Dave legte das Hauptbuch auf die Bar.

Als nächstes entdeckte er Schnellordner im Karton. In alphabetischer Ordnung, nach den Namen der Kunden, die sich mit denen im Hauptbuch deckten. Die Ordner enthielten Rechnungskopien. Handgeschrieben, nicht mit der Maschine. Von derselben Hand, die die Eintragungen ins Hauptbuch gemacht hatte. Auf den Rechnungen befand sich kein Aufdruck der Firma SUPERSTAR. Sie wiesen überhaupt keinen Aufdruck auf, nicht einmal eine Adresse. Und sie waren mit »Jack Fullbright« unterzeichnet. Sie führten die einzelnen Geräte auf, die ausgeliehen wurden, mit den entsprechenden Seriennummern. Rechts unten wurden die Einzelbeträge addiert. Auf allen befand sich die handschriftliche Bemerkung »Bezahlt«. Dave nahm ein paar Rechnungen aus verschiedenen Ordnern, faltete sie zusammen und steckte sie ein.

»Wer, zum Teufel, sind Sie?«

Er drehte sich um und nahm die Brille ab. Ein mageres Mädchen im Bikini kam die Kajütentreppe herunter, eine Hand auf dem Messinggeländer. Selbt im schwächer werdenden, roten Licht der untergehenden Sonne konnte man erkennen, daß sie blond war. Sie hatte dichtes Haar, das das Gesicht verdunkelte. Jetzt nahm sie die Sonnenbrille mit den großen, runden Gläsern ab und kam die letzten Stufen herunter. Dabei legte sie die Stirn in tiefe Falten.

»Was machen Sie hier? Was ist das für ein Zeug? Wo ist Jack?«

»In der Dusche«, antwortete Dave. »Sind Sie Charleen Sims?«

Sie gab keine Antwort, sondern lief an der Bar vorbei hinüber in die Schlafkabine. »Jack!« rief sie. »Da ist ein Kerl draußen, der in deinen Sachen herumschnüffelt.«

»Was?« Eine Tür wurde aufgerissen. Fullbright erschien unter der Tür der Hauptkabine. Er war nackt und tropfnaß. Ein weißer Streifen um die Hüften unterbrach die Sonnenbräune seines Körpers. Er stand eine Sekunde lang erstarrt da, die Hände gegen den Türrahmen gestützt, und starrte erst Dave, dann den Karton an. Das Mädchen wirkte erschreckt. Dann holte Fullbright aus. Ein Schwinger wischte den Karton, das Hauptbuch, die Ordner von der Theke. Er hechtete auf die Bar zu, versuchte Dave zu fassen. Dave trat hinter der Theke hervor. Fullbrights lange Arme schlugen Flaschen vom Regal hinter der Theke. Die Flaschen stießen gegeneinander und zersplitterten, fielen in Scherben auf den dicken Teppich. Es roch nach Gin und Whisky. Dave steckte gelassen seine Lesebrille ein.

»Immer mit der Ruhe«, sagte er zu Fullbright.

Doch der gab keine Antwort. Statt dessen holte er erneut aus. Dave trat rasch zur Seite und stellte Fullbright ein Bein. Fullbright stolperte darüber. Durch den Schwung stürzte er bis auf die Kajütentreppe, schlug hart gegen die Stufen. Der Krach war erstaunlich laut. Ein paar Sekunden lang blieb er mit dem Gesicht nach unten liegen und bewegte sich nicht.

»Jack!« Das Mädchen lief auf ihn zu, bückte sich neben ihn, legte ihre zerbrechlich wirkenden Hände auf seinen Kopf. »Jack? Ist dir was passiert?«

Fullbright stöhnte. Langsam stieß er sich hoch. Dann drehte er sich benommen um und starrte Dave wild an. Blut lief ihm aus der Nase auf den Schnauzbart, übers Kinn in sein Brusthaar. Er legte vorsichtig eine Hand auf die Nase.

»O mein Gott!« sagte das Mädchen.

»Bringen Sie ihm ein Handtuch!« befahl Dave.

»Er verblutet ja«, jammerte das Mädchen.

Dave packte sie an ihren mageren Armen und zerrte sie hoch. Sie war leicht wie ein Vogel. Er schubste sie in Richtung auf die Schlafkabine. »Aber machen Sie es mit kaltem Wasser naß.«

Sie ging und stieß dabei wimmernde Laute aus. Eine kühle, salzige Brise drang die Kajütentreppe herunter; ein Zeichen dafür, daß es Nacht wurde. Dave sagte zu Fullbright: »Das war töricht und überflüssig. Ich habe den Karton bereits durchgesehen.«

»Aber warum?« Es klang gedämpft durch die vorgehaltene Hand.

»Ich fand es ziemlich seltsam, daß Sie gleich, nachdem ich bei Ihnen war, den Karton zu Ihrem Wagen schleppten. Ich mußte annehmen, daß mein Besuch der Grund dafür war. Natürlich interessierte mich daraufhin, was sich in dem Karton befand. Sie machen sich da einen kleinen Nebenverdienst, wie?«

Fullbright nahm die Hand weg, um zu sprechen; jetzt lief ihm wieder das Blut aus der Nase auf die Brust. »Ribbons, verdammt noch mal!« brüllte er.

»Ich komm' ja schon.« Ihre Stimme klang entsetzt.

»Mit Pornofilmen, wie?« sagte Dave.

Fullbright schloß die Augen und nickte. Er lehnte sich gegen die Wand. Seine Brust hob und senkte sich, als ob er eine Meile gejoggt wäre. Sein Gesicht war gelblich-weiß. Ribbons kam mit einem großen Badehandtuch. Sie drückte es sich gegen die Brust, und das Wasser tropfte ihr auf die hübschen Beine. Es durchnäßte die Papiere, die auf dem Teppich lagen. Sie setzte sich neben Fullbright auf die Treppe und begann, ihm das Blut abzutupfen. Er nahm eine Ecke des nassen Handtuchs und drückte es sich gegen das Gesicht; dabei stöhnte er wieder. Er öffnete die Augen und funkelte Dave an. Das Badetuch dämpfte seine Worte noch mehr als die Hand zuvor.

»Sie hätten mich umbringen können«, sagte er.

»Sie sind gestolpert«, entgegnete Dave. »Es ist gefährlich, auf einem Boot so zu rennen.« Während er zusah, wie Ribbons ungeschickt, aber tränenreich erste Hilfe spendete, fand Dave eine Zigarette und zündete sie sich an. Dann sagte er zu Fullbright: »Ich habe ja volles Verständnis dafür, wenn sie sich einen Nebenverdienst schaffen wollten, den Sie vor Ihrem Partner geheimhielten. Er war ein religiöser Fanatiker. Ihm wäre es sicher nicht recht gewesen. Aber er war auch ein guter Geschäftsmann und hätte es nicht geduldet, daß Sie als sein Partner einen Teil der Gewinne in die eigene Tasche stecken.« Fullbright begann zu zittern. Dave ging in die Schlafkabine und nahm eine Decke von einem Bett. Er brachte sie herüber und warf sie Ribbons zu. »Ihm ist kalt. Wickeln Sie ihn ein.«

»Warum verschwinden Sie nicht endlich?« fragte sie. Aber sie nahm die Decke und schlang sie Fullbright ungeschickt um den Körper. »Haben Sie nicht schon genug angerichtet?«

»Ich habe noch nicht genug herausgefunden«, sagte Dave, der hinter die Bar getreten war, wobei er einen Bogen um die Glasscherben machte. Er fand eine Flasche Courvoisier, die Fullbright in seiner Hysterie nicht kaputtgeschlagen hatte. Über der Bar hingen Gläser in einem Gestell. Er nahm eines davon herunter und füllte es zur Hälfte mit Cognac. Dann ging er zu Fullbright hinüber, bückte sich vor ihm, zog sachte die Hand mit dem Badetuch weg und flößte ihm vorsichtig den Cognac ein. Fullbright hatte die Lider geschlossen. Er hustete, riß die Augen auf, stieß das Glas weg. »Trinken Sie«, sagte Dave. »Dann fühlen Sie sich gleich besser. Garantiert.«

»Er stirbt«, wimmerte Ribbon.

»Kein Mensch stirbt an einer gebrochenen Nase«, sagte Dave. Fullbright hatte jetzt das Glas in der Hand und trank den Cognac. Dave erhob sich. »Ich verstehe nur nicht, warum Sie es auch vor mir geheimgehalten haben.«

»Wegen der Steuerfahndung«, erklärte Fullbright. »Ich habe keine Steuern dafür bezahlt.«

»Und Sie dachten, ich laufe schnurstracks zum Finanzamt«, sagte Dave.

»Warum nicht? Ich kenne Sie ja nicht. Ich weiß nicht, warum Sie hier herumschnüffeln. Ja, sicher, ich hatte Angst. Ich dachte, der Mord an Jerry sei längst aufgeklärt. Dann kommen Sie daher, und das Ganze geht von vorne los.« Er schaute mit betrübtem Blick auf seine verwüstete Buchhaltung. »Ich wollte die Belege morgen aufs Meer hinausnehmen und versenken.«

»Es gibt also keine Verbindung zwischen Dawson und Spence Odum«, sagte Dave.

»Nein. Dawsons Kunden waren Firmen wie die ›Produktion vom Heiligen Kreuz‹. Er verhandelte mit der Heilsarmee, der Überseemission der Methodisten, der Baptistensynode, den christlichen Frauenverbänden.«

Auf einem Couchtisch stand ein Aschenbecher. Dave tippte die Asche seiner Zigarette ab. Dann schaute er das weinende Mädchen an. »Und Sie heißen nicht Ribbons. Wie heißen Sie wirklich? Charleen?«

»Ich brauche Ihnen gar nichts zu sagen.« Sie warf einen Blick auf

Fullbright. »Oder muß ich?«

»Nur, wenn Sie Charleen heißen«, sagte Dave. »Und wenn Sie mir wirklich helfen wollen, können Sie mir verraten, woher Sie stammen.«

»Aus Santa Monica.« Sie warf den Kopf in den Nacken. »Zwei Meilen von hier. Ich bin hier geboren. Und ich heiße nicht Charleen.« Sie schnitt eine Grimasse. »Wirklich. Ich heiße auch nicht Ribbons, klar? Was glauben Sie, wie ich heiße? Scarlet Ribbons. Das war der Titel eines alten Schlagers von Harry Belafonte, den meine Mutter liebte, als sie zehn oder was weiß ich war. Und später, als sie ein Kind bekommen hatte, ließ sie es auf Scarlet Ribbons taufen, ob Sie's glauben oder nicht. Dann heiratete sie einen Mann namens Schultz. Als ob es ganz egal wäre. Sie selbst hieß Hathaway. Das wäre noch einigermaßen gegangen, oder? Aber Scarlet Ribbons Schultz? Das ist doch unmöglich, klar?«

Dave lächelte. »Es ist wirklich ein bißchen albern.« Er fragte Fullbright: »Geht es besser?«

Fullbright warf das Handtuch in den Schoß von Ribbons und stand auf, wobei er mit der einen Hand die Decke festhielt, mit der anderen das leere Glas. »Es ist mir besser gegangen, bevor Sie hier aufgetaucht sind. Und jetzt, verdammt, möchte ich wissen, was Sie von mir wollen.«

»Dawson hat mit einem Mädchen wie diesem hier geschlafen.« Dave nickte in Richtung auf Ribbons. »In einem Apartment oberhalb des Sunset Strip. Sie ist verschwunden. Ich versuche herauszufinden, wo sie ist.«

»Jerry? Mit einem Teenager?« Fullbright lachte. »Sie haben den Verstand verloren.«

»Ich glaube nicht, daß er in der Straße vor seinem Haus ermordet wurde«, fuhr Dave fort. »Meiner Ansicht nach ist er in diesem Apartment umgebracht und danach quer durch die Stadt transportiert worden. Man hat ihn vor sein Haus gelegt, damit seine Frau ihn am nächsten Morgen finden sollte. Seine Frau und sein Sohn.«

»Und Sie glauben, diese Charleen – so heißt doch das Mädchen, oder? Sie dachten, daß ich sie hier bei mir versteckt halte?«

Fullbright nahm die Cognacflasche von der Theke und schenkte sich noch ein Glas ein. Dazu mußte er die Decke fallen lassen, aber es war ihm egal. Er trank erst einen Schluck, dann hob er die Decke wieder auf und schlang sie sich um den nackten Körper. »Ich habe sie nicht hier. Hatte sie nicht hier. Habe nie von ihr gehört. Wenn Jerry wirklich mit ihr geschlafen hat, dann hätte er das keinem verraten, am wenigsten mir. Er mußte schließlich seine moralische Überlegenheit bewahren.« Er grinste. Dann tastete er sehr vorsichtig nach seiner Nase. Die Blutung hatte aufgehört, aber jetzt schwoll die Nase an, und auch die Haut um die Augen wurde dunkelrot. »Das ist ein verrückter Gedanke. Der verrückteste von allen.«

»Aber jemand muß sie bei sich versteckt haben«, sagte Dave. »Es sei denn, sie ist in derselben Nacht umgebracht worden, wie Dawson und Ludwig.«

»Ludwig?« Fullbrights Kopf schnellte nach vorn. Er hatte die Stirn gefurcht. »Meinen Sie Herman Ludwig, den Kameramann?«

»Mit einem Gewehr erschossen«, sagte Dave. »Wußten Sie das nicht?«

Fullbright war verblüfft. Er schüttelte den Kopf. »Dann haben sie ihn endlich doch erwischt, diese Kommunisten?«

»Das jedenfalls glaubt seine Frau.«

»Mein Gott«, sagte Fullbright leise und trank noch einen Schluck Cognac.

Ribbons brachte das nasse, blutige Handtuch hinüber in die Schlafkabine.

»Und was ist mit Spence Odum?« fragte Dave. »Hat er Ihnen nie von der kleinen Charleen erzählt?«

»Mein Gott, ich habe mit Spence seit – wie lange hab' ich nicht mehr mit ihm gesprochen? Ich spreche nur mit ihm, wenn er mal die Rechnungen nicht bezahlt. Das ist alles, was ich dazu sagen kann.«

»Passen Sie gut auf sich auf«, sagte Dave und ging über die Kajütentreppe hinaus in die Dämmerung.

Kapitel 13

Das Licht der Scheinwerfer fiel auf die Haufen geschnittener Zweige zu beiden Seiten der Einfahrt. Gleich danach hielt der Triumph vor dem Haus. Wo dicke Äste abgesägt worden waren, leuchteten die Stümpfe weiß wie böse Wunden. Unter den jetzt nackt wirkenden Bäumen war Sand aufgehäuft, daneben lagen Stapel von Zementsäcken und Gebinde mit Holzschindeln. Das Licht wurde von den Glasscheiben der Terrassentüren reflektiert. Dave wünschte, er hätte nicht zugelassen, daß man so brutal ausholzte.

Als er den Wagen wendete, fiel das Scheinwerferlicht auf ein gelbes Motorrad. Ein Junge saß davor auf dem Boden, hatte sich gegen das Motorrad gelehnt. Jetzt blinzelte er und erhob sich. Dabei schien er immer länger zu werden, mußte an die einsneunzig groß sein. Mager, nur Knochen und klobige Gelenke und darüber wenig Muskeln. Er kam auf den Wagen zu. Saubere, weiße Jeans, sauberes, weißes T-Shirt, ordentlicher Haarschnitt. Dave schaltete den Motor ab. Die Grillen zirpten. Der Junge bückte sich, um in den Wagen zu schauen. Er machte einen bekümmerten Eindruck.

»Mr. Brandstetter? Kann ich mit Ihnen sprechen, Sir?«

»Wenn Sie mir keine Zeitschriften verkaufen wollen, gern«, erwiderte Dave.

»Was?« Der Junge schien den Tränen nahe zu sein. »O nein. Nein, es ist wichtig. Es geht – über den Fall, an dem Sie arbeiten. Bucky Dawsons Vater. Der ermordet wurde, wissen Sie?«

»Wie heißt du?« Dave stieß die Wagentür auf, und der Junge trat einen Schritt zurück. Dann stieg Dave aus dem Triumph.

»Engstrom«, sagte der Junge. »Dwight.« Im Dunkeln klang seine Stimme zu jung für einen Kerl von seiner Größe. »Ich habe Sie gestern gesehen, als Sie Bucky besuchten, und ich habe gehört, wie Sie mit seiner Mutter gesprochen haben. Ich wohne gegenüber, in der selben Straße.«

»Aha, in dem Haus mit den quietschenden Terrassentüren«, sagte Dave. »Komm rein.« Er ging auf den Küchentrakt zu. Im Atriumhof unter der Eiche lagerten Ziegel. »Wie hast du mich gefunden?«

»Ich habe mir Sorgen gemacht. Also habe ich Bucky gefragt. Er sagt, es war was mit der Versicherung, und wenn Sie mich danach fragen, soll ich Ihnen das gleiche sagen wie der Polizei.«

Diesmal fand Dave den Lichtschalter auf Anhieb. »Dann gehörst du also auch zum Basketballteam der Kirche von Bethel, wie?« Er öffnete den Kühlschrank und schaute hinein. »Das einzige Nichtalkoholische, was ich hier habe, ist Milch.« Er blickte hoch in die angsterfüllten blauen Augen des hochgeschossenen Jungen. »Möchtest du ein Glas Milch?«

»Danke. Sehr nett von Ihnen.« Engstrom schaute sich um. Die

Küche sah in seinen Augen sicherlich höchst seltsam aus. Er fühlte sich unwohl, war aber nicht imstande, einen Rückzieher zu machen. »Ja, ich gehöre zum Team. Ich bin kein besonders guter Sportler, aber ich bin groß.«

»Das ist mir schon aufgefallen.« Dave packte ein Glas aus, spülte es ab und füllte es dann mit Milch. Engstrom nahm es, trank, und die Milch hinterließ einen weißen Streifen auf seiner Oberlippe. Dann sagte er: »Bucky hat gesagt, es ist die Sequoia-Versicherung, also habe ich dort angerufen, und man hat mir diese Adresse gegeben. Sie haben mir auch die Telefonnummer gegeben, aber es hat sich niemand gemeldet.«

Die in Plastik verpackten Eiswürfel im Tiefkühlfach waren zusammengefroren. Dave nahm den ganzen Sack heraus und schlug ihn gegen die Küchentheke. Dann gab er ein paar Eiswürfel in ein Glas und legte den Beutel wieder zurück. »Und was hast du der Polizei gesagt?« Er schenkte etwas Gin auf die Eiswürfel, dann gab er einen winzigen Schuß Wermut dazu. »Daß Bucky mit euch unten im Trainingsraum war, bis gegen halb zwölf oder zwölf – in der Nacht, als sein Vater getötet wurde?« Er holte Oliven aus dem Kühlschrank, warf zwei in seinen Drink, schloß das kleine Fläschchen und stellte es wieder hinein. Dann schwenkte er das Glas mehrmals und wandte sich mit gefurchter Stirn dem Jungen zu.

»Bucky sagte, das wäre das beste. Es würde niemandem schaden. Die Polizei hätte den Mann schon, der es getan hat. Wenn ich etwas anderes sagte, würde es nur alles durcheinanderbringen und seiner Mutter unnütz Kummer machen.«

»Aber es war nicht die Wahrheit?« Dave nippte an seinem Drink. Noch zu warm.

»Reverend Shumate kam herunter und sagte, jemand wollte Bucky am Telefon sprechen. Das war um neun. Bucky ging und ist nicht zurückgekommen. Ich – mir war es sehr unangenehm, zu lügen. Ich habe mir viele Gedanken gemacht. Dann, als Sie gekommen sind und alles mögliche fragten, und als Bucky es mit der Angst zu tun bekam und mich gebettelt hat, ich sollte nichts anderes sagen – nun ja, da dachte ich, es wäre besser, wenn ich Ihnen sage, wie es wirklich gewesen ist.«

»Warum mir – nicht der Polizei?« Dave zündete sich eine Zigarette an. »Wenn du schon dein Gewissen erleichtern wolltest –

schließlich hast du ja nicht mich, sondern die Polizei angelogen.«

Dwight Engstroms kindliches Gesicht lief dunkelrot an. »Muß ich das wirklich? Es wäre scheußlich, wenn ich ihnen jetzt sagen müßte, daß ich sie zuvor angelogen habe.«

»Lügen bringen einen meistens nicht weiter«, sagte Dave.

»Ich tu's auch nie wieder«, erklärte Engstrom ernst. »Nie mehr, in meinem ganzen Leben. Ich hätte es auch nicht getan, ich meine, für irgend jemanden. Aber Bucky – ich nehme an, Sie kennen ihn nicht gut. Aber Bucky würde nie etwas Falsches tun.«

»Es gibt keinen Menschen, der nicht hier und da Fehler macht«, sagte Dave.

»Er wollte nur seine Mutter schützen«, erklärte Engstrom. »Sie hat schon genug Kummer gehabt, oder nicht?«

»Wieviel ist genug?« fragte Dave. »Was hat Bucky in den drei Stunden gemacht?«

»Ich weiß es nicht. Ich hab' ihn gefragt, und er hat gesagt, es sei nicht so wichtig.«

»Es ist aber wichtig.« Dave nahm etwas Käse aus dem Kühlschrank und schnitt ihn in kleine Würfel. Dann streckte er dem Jungen das neue Holzbrett hin. »Da, iß. Und – bist du um Mitternacht nach Hause gekommen?« In Engstroms großen Händen sahen die Käsestückchen noch kleiner aus; er stopfte sich ein paar davon in den Mund. »Hast du Gerald Dawson tot vor seiner Garagentür liegen gesehen?«

Engstrom schluckte. »Nein. Ich bin hinten herum gegangen.«

Dave aß ein Häppchen Käse. Es waren kleine Stücke *jalapeño* darin, heiß wie Feuer und scharf wie die Hölle. Er reichte dem Jungen das Brett. Engstrom schüttelte den Kopf. Dann stellte Dave das Brett auf die Theke und trank einen Schluck aus seinem Glas. Jetzt war der Martini kalt genug. Er sagte: »Aber du bist sicher, daß es Shumate war, der Bucky geholt hat?«

»Er war nach zehn Minuten zurück. Reverend Shumate, meine ich. Deshalb haben wir ja danach noch so lange trainiert.« Engstrom lächelte schüchtern. »Er ist ein Basketball-Narr. Er kann nie aufhören.« Jetzt trank er die Milch aus, stellte das Glas auf die Theke und schaute Dave fragend an. »Es kommt doch in Ordnung, oder? Sie brauchen der Polizei doch nicht zu sagen, daß ich gelogen habe, oder?«

»Es kommt natürlich nicht in Ordnung«, sagte Dave, »und das ist dir schon lange klar. Aber ich danke dir trotzdem, daß du zu mir gekommen bist und es mir gesagt hast. Das hilft. Wenn auch nicht Bucky Dawson und seiner Mutter. Aber es hilft mir.« Er legte Engstrom eine Hand auf den Rücken und steuerte ihn zur Küchentür. »Vielleicht brauche ich es der Polizei nicht zu sagen. Aber wenn, dann brauchst du dir auch keine allzugroßen Sorgen zu machen.«

»O doch, Sir, das muß ich«, sagte Engstrom, und es klang wieder so, als ob er im nächsten Augenblick losheulen würde. Er ging drei Schritte hinaus ins Dunkel und drehte sich dann um. »Warum sollte ich mir keine Sorgen machen?«

»Weil du nur einer von vielen bist, die in dieser Angelegenheit die Polizei belogen haben«, antwortete Dave.

Seine Beine schmerzten, weil er so lange im »Noguchi« auf dem Boden gesessen hatte. Außerdem war er ein wenig angeheitert vom gewärmten Sake. Aber die schwarzlackierte Umgebung war angenehm und das Essen gut gewesen. Er hatte nichts bestellt, was mit Essig oder rohem Fisch zubereitet wurde. Mel Fleischer war reizend gewesen, und sein junger Freund Makoto war hübsch anzusehen. Er hatte keine verrückte Jacke angehabt, sondern eine abgewetzte Levi und ein T-Shirt mit dem Trojanerhelm des USC. Im Kerzenlicht hatte er ausgesehen wie aus feinem, braunem Holz geschnitzt. Er sprach mit fürchterlichem Akzent, aber sein Lächeln entschädigte dafür. Dave hoffte, daß er so wenig Englisch verstand wie er sprach, denn Mel hatte fast nur von seinen jungen Freunden gesprochen, den Vorgängern Makotos. Die Geschichten waren witzig gewesen, selbst wenn man sie schon kannte, und Dave kannte sie gut. Aber er zweifelte daran, daß sie die Treue des neuen Liebhabers bestärken würden.

Jetzt klingelte er wieder einmal am Apartment Nummer sechsunddreißig, aber drinnen rührte sich nichts; also mußte er auch diesmal mit dem Nachschlüssel arbeiten. Er schob die Glastür leise auf, schaltete aber drinnen kein Licht an. Danach zog er mit der Kordel die Vorhänge zu und durchsuchte die Wohnung mit einer kleinen Taschenlampe. Niemand war inzwischen hiergewesen. Es war alles so, wie beim letztenmal. Er überprüfte wieder den Schrank und schaute sich vor allem am Boden um, bei den kleinen Schuhen. Dave wunderte sich, daß sie so viel Dreck an den Sohlen hatten. Beim Spazierengehen auf den Gehsteigen und im Strip Joint machte man sich nicht so schmutzig. Es war auch nicht Sand von irgendeinem Strand. Es war Lehm, verkrustete Erde. Sie ließ sich zwischen den Fingern zerkrümeln.

Danach ging er zurück in den Wohnraum und zog die Vorhänge auf. Draußen breiteten sich die Lichter von Los Angeles aus wie ein Teppich, der sich glitzernd bis an den Rand des Ozeans erstreckte. Wieder hörte er das Brandungsgeräusch des Verkehrsstroms auf dem Strip, und dazu vernahm er Musik aus einer Stereoanlage von einer der Nachbarwohnungen. Nicht nur das dumpfe Dröhnen des Basses – er konnte sogar die Melodie erkennen. Er legte das Ohr an die Wand. Es war eine der letzten Billy-Holliday-Platten, die mit dem alles überdröhnenden Orchester. Damals hatte sie schon fast keine Stimme mehr gehabt. *I'll hold out my hand, and my heart will be in it . . .*

Danach klingelte er an der Nachbarwohnung. Die Glastür stand offen, und die Musik drang heraus, klar, deutlich und unendlich traurig. Eine Stimme bellte. Er nahm an, das war eine Aufforderung, hereinzukommen, also ging er hinein. Die Wohnung war genauso geschnitten wie die von Sechsunddreißig, aber hier stand eines von diesen wuchtigen Fernsehgeräten, die das Bild gegen eine Projektionswand werfen, dazu gab es üppige Stereokomponenten, Verstärker, Reciever, Spulen- und Kassettengeräte, Plattenspieler, Equalizer und das alles in Schwarz und so gut wie neu. Von der melonenfarbenen Decke hingen riesige, schwarze Lautsprechereinheiten mit waffelartigen Fronten. Über dem Rücken einer Couch tauchte der struppige Kopf eines jungen Mannes auf. Das Gesicht war Dave bekannt von Werbespots im Fernsehen: Sparkonten, Deodorants, Hundefutter. Der Mann hatte einen breiten Mund, mit sympathisch nach oben gezogenen Mundwinkeln. Im Fernsehen – aber nicht jetzt. Er zog die Stirn in Falten und erhob sich rasch, trug einen Bademantel mit schmalen Regenbogenstreifen. In der Hand hatte er ein dickes Taschenbuch. Er sagte etwas, was Dave nicht verstand, weil die Musik zu laut war. Dann ging der junge Mann an eines der Regale. Billie Holliday sang gerade *You brought me violets for my furs . . .* Und dann verstummte sie schlagartig.

»War es das, was Sie wollten? War es zu laut?«

»Es geht mir nicht darum, wie laut Sie Musik hören«, erwiderte Dave, »und ich wollte mich auch gar nicht beschweren. Ich wollte

Ihnen Fragen stellen über das Mädchen, das nebenan wohnt.« Er ging über den Teppich und zeigte dem jungen Mann seinen Dienstausweis. »Es geht um eine Versicherungssache. Eine Lebensversicherung.«

»Warum? Ist sie tot? Ist es das, was mit ihr passiert ist?«

»Wieso glauben Sie, daß etwas mit ihr passiert sein könnte?«

Er hatte noch immer das Buch in der Hand. Jetzt brachte er es zum Couchtisch, wo ein ganzer Stapel glänzender Taschenbücher aufgebaut war. Er legte es auf den Stapel und nahm sich ein Zigarettenpäckchen und ein Feuerzeug, bot Dave eine Zigarette an und gab ihm Feuer. Dann zuckte er mit den Schultern. »Sie ist seit einiger Zeit nicht mehr hier gewesen. Und ich hab' immer gewußt, wann sie hier ist, das können Sie mir glauben.«

»Die Wände sind dünn«, sagte Dave.

»Ich habe keine Geheimnisse, außerdem gefällt mir die Aussicht.« Er nahm eine leere Tasse vom Tisch. »Sie hat sich nie über meine Stereoanlage beschwert. Und ich hab' mich nie über ihre Besucher beschwert. Ein Drink? Kaffee? Oder was?«

»Kaffee wäre nett«, sagte Dave. »Wenn es Ihnen keine Mühe macht.«

»Setzen Sie sich doch.« Er ging in eine Küche hinter einer Eßtheke, die genauso aussah wie drüben in Charleens Wohnung. Dave setzte sich und hörte, wie er Kaffee einschenkte. »Mein Name ist Cowan, Russ Cowan.« Er kam zurück mit zwei großen Tassen und stellte sie auf den Tisch. Der Kaffee dampfte. »Das muß ein interessanter Job sein.« Er selbst setzte sich nicht.

»Der Ihre sicher auch«, sagte Dave.

Cowan grinste. »Nur, daß ich nie weiß, ob ich einen neuen Auftrag bekomme oder nicht.« Dann ging er zurück zur Theke.

»Bei mir dagegen gibt es immer mal einen neuen Fall«, entgegnete Dave. »Hat sie oft Leute mit hierhergebracht?«

»Sie glauben doch nicht, daß Sylvia ihr das hätte durchgehen lassen, oder?« Cowan schenkte Cognac in kleine Schwenkgläser und kam damit an den Tisch zurück. »Aber Sylvia konzentriert sich vor allem auf ihre Karten. Sie verpaßt vieles, was nicht auf einen achteckigen Tisch geht.« Er reichte Dave eines der Gläser und setzte sich mit dem anderen.

»Danke.« Dave hielt sich das Glas unter die Nase. Es war Martell. »Gut. Wann haben Sie das Mädchen zuletzt gesehen?«

Cowan verdrehte die Augen und schaute zur Decke. »Vor einer Woche?« fragte er sich selbst. »Nein – es muß länger her sein.«

Jetzt schnippte er mit den Fingern und grinste Dave an. »Ich weiß, wann.« Er nannte das Datum. »Das war vor elf Tagen, nicht wahr? Ich erinnere mich deshalb, weil an dem Tag mein Agent angerufen hat. Ich mußte ihn zum Lunch ins Scandia einladen. Er hatte eine große Rolle für mich abgeschlossen, in *Quincy*.«

»Also war das für Sie immerhin ein guter Tag.« Dave stellte den Cognacschwenker ab und nippte am Kaffee. Er war aromatisch und stark. »Und ein schlechter Tag für Gerald Dawson. Jemand hat ihm das Genick gebrochen.«

»Ist das der Fall, den Sie untersuchen?«

»Er hat die Wohnung für das Mädchen gemietet. Wenn Sylvia sich über ihre Besuche ärgerte – was muß er erst darüber gedacht haben! Haben Sie ihn kennengelernt?«

»Ein kleiner, dunkler, drahtiger Mann in den Vierzigern? Ich habe nie mit ihm gesprochen, aber er kam und ging so oft, daß ich annahm, er zahlt die Miete. Wer hat ihn umgebracht, und warum?«

»Ich hoffte, daß Sie mir das sagen könnten.« Dave trank noch einen Schluck Kaffee und spülte mit dem Cognac nach. »Sehr gut. – War es drüben an dem Abend so laut wie üblich? Oder haben Sie Musik gehört?«

»Ich habe geschlafen. Es war ein langes Mittagessen, ging praktisch noch den ganzen Nachmittag. Ich war ziemlich besoffen. Und außerdem hatte ich noch eine Verabredung für später.« Er wiegte den Kopf hin und her und lächelte ein wenig verloren. »Als ich aufwachte, war ich alles andere als frisch und nüchtern. Aber mein Schlafzimmer ist neben dem ihren, und da drüben war buchstäblich die Hölle los. Sie brüllte, er brüllte und eine ältere Frau brüllte.«

»Wann war das?« fragte Dave.

»Sie können sich denken, daß ich auf die Uhr geschaut habe. Wissen Sie, wie man sich fühlt, wenn man zu früh geweckt wird, nachdem man besoffen eingeschlafen ist? Es war früh. Sagen wir acht, oder zehn nach acht.« Er lachte kurz und drückte dann seine Zigarette in einem braunen Keramikaschenbecher aus. »Ich liege da und denke, das wird ja auch mal wieder aufhören. Aber es hörte nicht auf. Also bin ich aufgestanden und habe eine Dusche genommen. Als ich herauskam, hörte ich gerade noch das große Finale.«

»Konnten Sie einzelne Wörter verstehen?« fragte Dave.

Cowan legte den Kopf zur Seite, blinzelte nachdenklich und zwinkerte dazu. »Jetzt, wo Sie es sagen, fällt es mir wieder ein. Es war ein Satz aus der Hochzeitszeremonie. ›In Reichtum und in Armut, in gesunden und in kranken Tagen.‹ Aber es klang ganz anders als auf dem Standesamt. Sie hat es gebrüllt, und sie muß völlig fertig gewesen sein. Sie wissen schon, hysterisch, wütend, rasend – alles.« Er hob beide Hände.

»Das Mädchen? Charleen?«

»Nein, nein. Die alte Frau. Dann klang es so, als ob jemand zu Boden gefallen wäre. Wissen Sie, das hier ist alles ziemlich billig gebaut. Ich habe gefühlt, wie der Boden unter meinen Füßen zitterte. Ich dachte, ich sehe lieber mal nach. Aber ich bin nur bis an die Tür gekommen. Da kam auch schon diese alte Frau heraus. Eine große, alte Frau.«

»Mit einem Stock«, sagte Dave. »Sie zieht ein Bein nach.«

»Genau die.« Cowan nickte. »Danach wurde es ruhig. Ich war zwar geduscht, fühlte mich aber alles andere als wohl. Also bin ich wieder ins Bett gegangen. Ich habe vielleicht eine Stunde geschlafen, dann ging es schon wieder los. Nur, daß es diesmal zwei Männer waren. Und es war nicht ganz so laut. Aber Charleen hat einmal gekreischt: ›Machen Sie, daß Sie rauskommen, und lassen Sie uns gefälligst in Ruhe.‹ Sonst habe ich nichts verstanden. Die Männer haben leiser gesprochen.« Cowan nahm eine Zigarette aus dem Päckchen, das ihm Dave anbot. Dave gab ihm Feuer. Cowan sagte: »Ich glaube, inzwischen habe ich mich schon besser gefühlt. Aber ich war neugierig. Ich hörte, wie ihre Tür ging, und wollte sehen, wer es diesmal war. Ein großer Kerl in einem Anzug, der nach J. C. Penney in Fresno aussah.«

»Aber das Gesicht konnten Sie nicht sehen?«

»Ich habe nur die beiden Rücken gesehen. Sie gingen ja in die andere Richtung zur Treppe.«

Dave trank wieder einen Schluck Kaffee und danach einen Schluck Cognac. »Was ist Ihrer Ansicht nach da drüben vor sich gegangen?«

Cowan zuckte mit den Schultern. »Sie war wahrscheinlich die Alte von Dawson, nicht wahr? Der Mann könnte ihr Anwalt gewesen sein. Um halb zehn ist es dann wieder losgegangen. Männer, die brüllten. Ich schaute nach, und da schmeißt Dawson diesen Jungen raus. Ich meine, er hat ihn richtig rausgeschmissen, mit aller Kraft.

Er fiel gegen das eiserne Geländer, und ich dachte schon, er kippt runter, aber er war ein stämmiger Junge, mit dichten, schwarzen Augenbrauen. Er hat geweint. Er schlug noch eine Weile mit den Fäusten gegen die Tür, aber sie haben ihn nicht mehr hineingelassen, und als ich wieder nachgeschaut hab', da war er weg.« Cowan nickte sich selbst zu, trank Kaffee, trank Cognac, nahm einen Zug aus der Zigarette und blies den Rauch von sich. »Das war vielleicht ein Abend.«

»Und danach ist nichts mehr geschehen?« fragte Dave. »Oder haben Sie das Interesse verloren?«

»Ich hab' mir ein paar Eier in die Pfanne gehauen und ferngesehen. Ich hatte eine späte Verabredung. Meine Freundin war bei Bekannten in Beverly Hills, bewachte dort das Kind und den Hund. Die Leute sollten um Mitternacht zurück sein. Wir wollten danach noch durch die Discos ziehen. Also hab' ich mich gegen elf fertiggemacht. Und da ging es nebenan schon wieder los. Ich habe mich grade rasiert, also konnte ich nicht nachsehen. Aber als ich dann nachsah, war der Junge wieder da. Charleen kam heraus auf den Laubengang, und er kam hinter ihr her und zerrte sie wieder hinein. Sie muß stockbesoffen gewesen sein. Sie konnte kaum noch stehen. Er hat sie praktisch getragen.«

»Und Dawson?« fragte Dave. »Wo war der?«

»Den hab' ich nicht mehr gesehen«, antwortete Cowan.

Kapitel 14

Alte Nägel kreischten, altes Holz knackte. Dave lag mit dem Gesicht nach unten, hatte die Augen geschlossen, wollte wieder einschlafen. Er war gestern viel unterwegs gewesen, und die einzelnen Orte waren weit voneinander entfernt. Es war nicht leicht, sich an den Triumph zu gewöhnen. Er kam sich vor, als hätte er am ganzen Körper blaue Flecken. Aber das wurde vermutlich besser nach einer heißen Dusche. Nicht wegzuwaschen waren die Gesichter, die Stimmen, die traurigen Wahrheiten. Das war das Schlimmste im Leben: Man hatte einfach nicht genügend Zeit zum Proben. Er tastete nach dem Einschaltknopf der Stereoanlage und konnte ihn nicht finden. Dann drehte er den Kopf und öffnete vorsichtig ein Auge.

Astlöcher in der Holzwand starrten ihn an. Er schaltete das Gerät ein. Cembalo, Bach, Wanda Landowska. Er atmete ein, stieß die Luft aus, schlug die schweißgetränkte Decke zurück, setzte sich auf. Dann strich er sich mit der Hand übers Gesicht, kam schwankend auf die Beine, taumelte ins Bad.

»Was für ein reizvoller Anblick!« sagte Amanda, als er herauskam.

Er ging wieder hinein und nahm den alten blauen Kordbademantel von einem Haken an der Tür. Zog ihn an, verknotete den Gürtel und kam heraus. Nahm die große Kaffeetasse, die sie ihm reichte, und sagte: »Du wirst schon deshalb einen Riesenerfolg haben, weil du alles so schnell schaffst. Kein Mensch außer dir kriegt das Baumaterial in zwei Tagen geliefert. Und niemand bekommt so rasch die geeigneten Handwerker.« Dann ging er hinaus in den Innenhof. Die großen stummen Söhne waren auf dem Dach des Vorderhauses, nahmen die Schindeln ab und warfen sie hinunter. Sie trafen fast immer die Dachrinne dabei, und jedesmal ging ein Schauer von trockenem Laub, Eukalyptussamen und Dreck hernieder. Der einarmige Vater saß unter der Eiche und klopfte mit einem Meißel alten Mörtel von den Ziegelsteinen.

»Hättest du es lieber gehabt, wenn sie später anfangen?« fragte Amanda.

»Nur, wenn sie inzwischen eine Methode entdecken, geräuschlos zu arbeiten.«

»Wenn sie nicht früh anfangen, dann fangen sie gar nicht an.« Sie betrachtete ihn über die Kaffeetasse hinweg. »Fühlst du dich nicht wohl? Ich kann sie auch wieder wegschicken.«

»Nein, nein – ich fühle mich ganz wohl.« Aus der Küche kam der Geruch von gebratenem Schinken, und Dave hörte das Zischen von Fett in der Pfanne. Er ging dem Duft und Geräusch nach. »Es ist dieser Fall. Da geht alles drunter und drüber. Ich habe gestern gesagt, wenn ich die Witwe und der Sohn des Mannes wäre, würde ich abhauen.«

»Ich erinnere mich«, sagte Amanda. »Und sind sie abgehauen?«

»Das bezweifle ich.« Dave blieb an der Küchentür stehen. Delgado war drinnen. Er sah ausgeruht und sauber aus. Gerade war er dabei, den Schinken mit einer Gabel zu wenden. Dave roch Kaffee, hörte das Tropfen aus dem Filter in die Kanne. Delgado lächelte ihn an. Das machte Dave unglücklich. Noch unglücklicher. Er hatte

Delgado völlig vergessen. Jetzt sagte er zu Amanda: »Aber nun *weiß* ich, daß das die einzige Lösung für die beiden gewesen wäre.«

Sie starrte ihn an. »Du glaubst doch nicht, daß sie ihn umgebracht haben?«

»Achtbarkeit.« Dave ging hinein in die Küche. »Erinnerst du dich an den Begriff Achtbarkeit? Nein, du bist zu jung. Aber früher hat davon ein jeder gelebt. Es hat schon damals nicht viel bedeutet, und heute bedeutet es gar nichts mehr. Der Begriff hat nichts mit der Realität zu tun. Die meisten haben das inzwischen verstanden. Aber nicht alle. Gerald Dawson hat es zu spät begriffen; das hat ihn das Leben gekostet. Und jetzt wird es seine Frau und seinen Sohn ruinieren.«

»Anstand«, meinte Amanda.

»O nein, nicht Anstand. Achtbarkeit.« Dave schaute zu, wie Delgado die gebratenen Schinkenstreifen zum Abtropfen auf ein Papiertuch legte, schaute zu, wie er verquirlte Eier aus einer Schüssel in die Pfanne mit der zerlassenen Butter schüttete. »Was die Nachbarn von einem denken. Nur, daß es heutzutage so etwas wie Nachbarn kaum noch gibt. Und wenn sie überhaupt denken, dann denken sie nicht an dich, sondern an sich selbst.«

Sie gab ihm eine ihrer langen, dünnen, braunen Zigaretten. Das Päckchen steckte in der Tasche einer »Arbeitsbluse« mit Perlknöpfen. Sie zündete sie ihm an. »Es ist noch mehr verbreitet als du glaubst«, sagte sie. »Die Leute tun nur so, als gäbe es den Begriff nicht mehr – aber das stimmt nicht.«

»Ich hab' ihn gefunden«, sagte Delgado. Er schaute Dave nur kurz an. Dann machte er sich daran, Toastbrot auf Teller zu legen und die Schinkenscheiben und das Rührei darüberzugeben. Dave war nicht entgangen, daß er ihn wie ein Kind angeschaut hatte, das ein Lob hören wollte, das dieses Lob bitter nötig hatte. »Mit der üblichen Routine bin ich nicht weit gekommen. Ich meine, Führerschein, und so weiter.« Er drehte sich herum und reichte Amanda und Dave ihre Teller. »Aber dann hab' ich an seinen Job gedacht und mich bei Entwicklungsanstalten erkundigt. Natürlich nicht bei den großen.«

Sie gingen hinaus in die Hitze und das helle Licht des Vormittags, überquerten den Hof und betraten den ehemaligen Fechtraum. Heute setzten sie sich nicht aufs Bett, sondern auf den Boden, mit dem Rücken zur Wand, alle drei nebeneinander, Amanda in der Mitte. Delgado schaute an ihr vorbei, eifrig, selbstzufrieden. »Ich habe mich bei den kleinen erkundigt. Und unten an der Wilcox, gegenüber dem Park, ist ein versteckter Eingang neben einem Laden, der irgendwas Anständiges verkauft, Lampen, Sandalen, Strickwaren, was weiß ich, und daneben ist eine Tür mit einem Betrieb, wo man Filme schneiden und Tonspuren synchronisieren kann. Zwei, drei Räume, mit allem möglichen Gerät vollgepackt, und der Besitzer des Ganzen ein netter, alter Knabe, der mir nicht nur irgendwelchen Scheißdreck erzählt hat.« Delgado brach ab, errötete und sagte »Entschuldigung« zu Amanda. Dann zu Dave: »Aber da war dieses Poster an der Wand. Eine Spence-Odum-Produktion.«

»*Schluck runter*?« fragte Dave.

»Nein, *Schwestern in Leder*«, sagte Delgado. »Dickliche Mädchen mit Sturzhelmen und hohen Lederstiefeln, ansonsten nackt, auf großen, schwarzen Motorrädern. Sah ziemlich lesbisch aus, die Sache.«

»Kann ich mir gut vorstellen«, sagte Dave.

»Odum arbeitet also dort an seinen Filmen«, berichtete Delgado. »Zu den Aufnahmen fährt er in einem weißen Karavan. Aber das, was er sein Studio nennt, ist draußen am Strip. Rückgebäude eines Immobilienbüros. Nur ein einziger, großer Raum. Ein schöner Produzent!«

»Du bist nicht dort hingefahren?« fragte Dave.

»Doch. Ich hab' an die Tür gehämmert, aber niemand hat aufgemacht. Vorne im Immobilienbüro hat keiner was von Spence Odum gehört. Von wegen Anstand und so.« Er kramte in seiner Tasche und reichte Dave einen Zettel. »Das ist die Adresse.«

»Danke.« Dave lächelte ihn an. »Gute Arbeit.«

»Sonst noch was zu tun?« Delgado klang fast übereifrig.

Dave schüttelte den Kopf. »Es ist vorbei. Der Sohn hat es getan. Mach dir nichts draus. Man jagt immer hinter einer Menge falscher Antworten her, bis man die richtige bekommt. Das weißt du doch.«

»Ja«, sagte Delgado, und es klang irgendwie verloren. »Ich weiß. Und was ist mit dem Mädchen – dieser Charleen?«

»Sie war Zeuge des Geschehens«, sagte Dave, »aber ich fürchte, wir werden sie nicht finden. Als sie zuletzt lebend gesehen wurde – vorausgesetzt, sie lebte noch – da wurde sie von Bucky in ihr Apartment geschleift.«

»Du hast gesagt, daß du deine Arbeit magst«, erklärte Amanda. »Ich finde sie grauenvoll. Wie kannst du das immer und immer wieder erleben wollen?«

»Es ist nicht immer so deprimierend.« Dave stellte den Teller auf den Boden, stieß sich hoch und ging zu seiner Hose, die er über einen der Lautsprecher gehängt hatte. Er kam zurück mit seiner Brieftasche und steckte Delgado einen Fünfzigdollarschein in die Brusttasche. »Zahl erst mal deine Schulden im Motel, damit du eine Adresse hast, unter der ich dich notfalls erreichen kann – okay?«

Delgados Gesicht wurde dunkelrot. Er gab Dave das Geld zurück. »Hör schon auf, dich schuldig zu fühlen. Du hast mir den Job nicht weggenommen. Das war nicht ich, der das behauptet hat, das war Jim Beam.« Dave steckte ihm das Geld wieder in die Tasche. »Ich sage ja nicht, daß ich es dir gebe. Du wirst es dir verdienen müssen.« Er schaute hinunter auf Amanda, die unglücklich wirkte. »Vergiß es«, sagte er. »Tut mir leid, daß ich vor dir darüber rede. Lächle ein bißchen, ja? Und dann mach dich an die Arbeit und zerstöre den Rest meines Hauses.«

»Nur ein paar alte Balken«, sagte sie. »Kein Leben.«

»Ach, komm schon«, sagte er. »Es ist nicht so einfach, wie du denkst.«

»Tut mir leid.« Ihr Lächeln wirkte traurig. »Ich hab' es nicht so gemeint.«

Er kramte in den Kartons nach frischer Kleidung. »Du hast es aber so gemeint, und das heißt, daß du eine sehr nette Lady bist, aber das hab' ich auch zuvor schon gewußt. Ich verspreche dir, mir erst das Blut von den Händen zu waschen, bevor ich mich wieder sehen lasse.«

»O Dave«, sagte sie leise, »ich hab' mich doch entschuldigt.«

Er ging ins Bad, um sich anzuziehen. Bevor er die Tür schloß, sagte er zu Delgado: »Schreib mit deine Adresse und deine Telefonnummer auf und laß sie mir hier, okay?«

»Es war eine Männerstimme«, sagte Mildred Dawson. Sie war nur ein großer Schatten in einem verdunkelten Raum. Die Läden sollten das Licht und die Hitze abhalten, aber es war trotzdem heiß und stickig. Dave hatte ein leichtes, weißblau gestreiftes Strickhemd an, dazu eine blaue Leinenhose, aber er schwitzte trotzdem stark. Ebenso wie Bucky in seiner abgeschnittenen Jeans, dem offenen

Hemd, das seine schwarzbehaarte Brust zeigte. Er war ängstlich und nervös, setzte sich unaufhörlich hin und stand wieder auf. Lyle Shumate redete leise auf ihn ein. Die Frau stützte sich auf ihren Stock und sagte: »Es klang ein bißchen wie Bucky. Ich fragte, wer er sei. Er wollte es nicht sagen. Er sagte nur, daß mein Mann in diesem Apartment sei, mit dem Mädchen. Und daß sie dort Unzucht trieben.« Sie flüsterte das Wort Unzucht.

Dave fragte: »Hat er es so ausgedrückt?«

»Glauben Sie, ich könnte das jemals vergessen?« erwiderte Mildred Dawson. »Er sagte, wenn ich ihn retten wolle, müsse ich kommen und ihn abholen.«

»Retten – wovor?« Dave schaute Bucky an. »Vor dem Tod? Hat der Mann gedroht, ihn zu töten?«

»Vor der ewigen Verdammnis«, sagte sie.

»Das heißt aber doch wohl auch Tod, nicht wahr, Reverend?« Dave schaute zu dem Mann hinüber, der auf der Couch saß. »Ist Ihnen dabei nicht klargeworden, daß Gerald Dawson gewiß nicht von Lon Tooker umgebracht worden ist? Daß er von niemandem hier auf der Straße überfallen wurde? Daß die Stimme am Telefon seinem Mörder gehörte? Und daß Sie es billigten, wenn ein falscher Mann, ein Unschuldiger dafür leiden mußte, vielleicht sogar sterben sollte?«

»Jeder von uns kann sich täglich die ewige Verdammnis auf sein Haupt laden«, sagte Shumate. »Wenn man nicht im Zustand der Gnade ist vor unserem Herrn und Retter Jesus Christus, gibt es nichts als die ewige Verdammnis.«

»Das ist keine Antwort, sondern eine Predigt«, erwiderte Dave. Jetzt wandte er sich wieder an Mildred Dawson. »Also sind Sie hingefahren. Wie?«

»Ich habe selbst einen Wagen«, antwortete sie. »Das wissen Sie. Mit Gangautomatik. Ich komme gut damit zurecht.«

»Und wie kamen Sie mit der Tür des Apartmentkomplexes zurecht?« fragte Dave. »Sie wird automatisch geschlossen. Nur die Mieter haben Schlüssel. Wartete Ihr Mann unten im Foyer, um Sie einzulassen?«

»Nein. Ich drückte gegen die Tür, und sie ging auf.«

»Sie war präpariert«, sagte Bucky. »Das Schloß war nicht eingeschnappt. Ein Gummipolster war über dem Schloß angeklebt, so daß die Tür nicht einschnappte. Es war kaum zu erkennen.«

»Aber du hast es erkannt«, sagte Dave.

»Ich habe mir alles gemerkt, was an diesem Abend geschehen ist«, antwortete Bucky. »So was ist mir ja bis dahin noch nie passiert.«

»Und es wird dir auch nie wieder passieren«, sagte Dave.

»Seien Sie nicht gemein.« Shumate legte seinen Arm um die mächtigen Schultern des Jungen. »Der Junge hat nichts Schlimmes getan.«

»Ihr alle habt Schlimmes getan, und ihr wißt es auch. Das hoffe ich jedenfalls. Wenn nicht, dann sehe ich schwarz für eure Kirchengemeinschaft.« Er wandte sich wieder an Mildred Dawson. »Und dieser anonyme Mann am Telefon hat Ihnen die Apartmentnummer genannt? Also sind Sie direkt hinaufgegangen, ja? Die vielen Treppen, ganz allein?«

»Es war schwer«, sagte sie, »aber der Herr gab mir die Kraft. Nummer sechsunddreißig, ja.«

»Aber die beiden begingen gar nicht Unzucht, als Sie dort ankamen«, fuhr Dave fort. »Sie aßen zu Abend, nicht wahr?«

»Wenn Sie es wissen, warum fragen Sie dann?«

»Gewohnheit«, antwortete Dave. »Manchmal stoße ich dadurch auf die Wahrheit. Sie haben ihm gesagt, er soll nach Hause kommen, nicht wahr?«

»Ich glaube kaum, daß Sie befugt sind, uns auf diese Weise zu verhören«, erklärte Shumate. »Ich nehme an, keiner von uns ist gezwungen, Ihnen irgend etwas zu sagen.«

»Sie können aber bei mir schon ein bißchen üben«, erwiderte Dave, »dann gewöhnen Sie sich daran. Ein Lieutenant namens Salazar vom Büro des Sheriffs wird die Fragen in Kürze wiederholen.«

»Gerald wollte nicht mit mir kommen«, sagte Mildred Dawson. »Er hätte das Glück gefunden und dächte nicht daran, es aufzugeben. Ganz gleich, was es ihn koste. Für ihn, für Bucky, für mich oder sonstwen. Er war ganz verändert. Ich habe ihn kaum noch erkannt.« Sie stieß einen bitteren, spöttischen Laut aus. «Ein kleines, mageres Ding – und sie hat ihn völlig verhext.«

»Hat er Sie geschlagen?« fragte Dave. »Es ist etwas zu Boden gefallen. Mein Zeuge hat es deutlich gehört.«

»Er hätte das niemals getan«, sagte Mildred Dawson. »Es war das Mädchen.«

»Also gingen Sie weg und riefen Shumate an«, fuhr Dave fort.

»Ich wollte verhindern, daß Bucky es erfährt«, sagte Mildred

Dawson. »Ich habe mich so geschämt. Aber ich dachte, Gerald würde Bucky zuliebe nach Hause kommen. Er liebte ihn, und wenn Bucky ihn darum bäte, würde er heimkommen. Also sagte ich dem Reverend, er solle Bucky hinschicken, und Bucky ist hingegangen.«

Dave betrachtete den Jungen mit den dichten schwarzen Augenbrauen. »Als ich hinkam, haben sie nicht gegessen«, sagte Bucky. »Sie haben vergessen, die Tür zuzusperren. Sie lagen nackt miteinander im Bett. Und er hat mich geschlagen. Er hat mich zu Boden geschlagen, hart. Dann hat er mich aufgehoben und rausgeschmissen. Ich habe an die Tür gehämmert und geschrien. Er wollte mich nicht wieder hineinlassen.«

»Aber später hat er dich dann doch hineingelassen«, sagte Dave. »Gegen elf.«

»Was?« Bucky war aufgesprungen. »Und du wolltest ihn mit Gewalt mitnehmen und hast ihm dabei das Genick gebrochen. Mein Zeuge hat nicht gesehen, wie du ihn dort rausgeschafft hast. Aber er hat gesehen, wie Charleen versuchte, wegzulaufen. Er hat gesehen, wie du sie hineingezerrt hast in das Apartment.«

»Er lügt!« brüllte Bucky. »Ich war nicht mehr dort!«

»Er dachte, sie sei betrunken, weil sie taumelte. Aber das war es nicht, oder? Du wolltest sie umbringen. Sie war schon halb tot. Dann, als du sie wieder hineingezerrt hattest, war sie ganz tot – genau wie dein Vater.«

»Nein!« schrie Bucky. »Ich habe niemanden getötet.«

»Aber du konntest sie nicht einfach verbrennen wie die Pornomagazine deines Vaters«, sagte Dave. »Was hast du mit ihr gemacht, Bucky?«

»Sie lebte, als ich wegging. Und mein Vater lebte auch.« Bucky konnte kaum sprechen. Seine Stimme war tränenerstickt. Er streckte beide Hände aus, eine hilflose Geste des Flehens. »Sie müssen mir glauben. Bitte. Bitte!«

»Der Wagen seines Vaters war hier.« Shumate war aufgestanden und hatte Bucky einen Arm um die Schultern gelegt. »Überzeugt Sie das nicht?«

»Nicht, daß er ihn selbst gefahren hat«, erwiderte Dave. »Na schön – Sie müssen nicht mich, sondern Salazar überzeugen.« Er ging zur Tür. Bucky achtete nicht auf Shumate. Er starrte Dave aus weit aufgerissenen Augen an. Und Mildred Dawson starrte ihn ebenfalls an. Dave öffnete die Tür und trat hinaus in die Hitze.

Kapitel 15

Piñatas hingen an den vom Alter geschwärzten Dachbalken über Salazars beeindruckendem Kopf. Sie schienen dort dahinzutreiben wie Tiere auf einem Gemälde von Chagall: Papiermaché-Ziegen, Hühner mit Federn aus zerknülltem Serviettenpapier, in leuchtenden Farben: rot, orange, grün, blau, kaugummirosa. Mit platten Serviettenpapieraugen beobachteten sie die Indios in Bermudashorts und Badeanzügen, die sich zwischen den Huarache-Ständen, den Sombreroständen, den Kaktusbonbonständen und den Korbständen der Olvera Street hindurchzwängten. Marjachi-Musik ertönte aus allen Lautsprechern. Die heiße Luft war erfüllt vom Duft des Chili aus den vielen Taco-Buden. Vier rot bemalte Kinder mit Papierrosen im Haar und Flitter auf den zerknitterten Kleidchen tanzten zur Musik.

Hinter Salazar befand sich der mit einem Perlvorhang versehene Eingang zu einem dunklen Restaurant. Der Lieutenant saß Dave an einem Tisch mit Ginggangholzplatte gegenüber und aß *enchiladas*, genau wie Dave; er spülte sie, ebenfalls wie Dave, mit lauwarmer Orangenlimonade aus einer dicken Flasche hinunter. »Ich kann ihn nicht festnehmen. Wie könnte ich ihn festnehmen? Er wischte sich das Kinn mit einer Papierserviette. Dabei sah er aus wie ein Stummfilmstar – Gilbert Roland? »Ken Barker sagt, er wurde in seiner eigenen Straße ermordet. Ken Barker sagt, dieser Pornoladenbesitzer hat ihn umgebracht. Wie soll ich da auf einmal daherkommen und erklären, daß er in einem Apartment am Strip ermordet wurde? Und daß ihn seine eigene Familie umgebracht hat?«

»Seine eigene Familie gibt immerhin zu, daß sie dortgewesen ist«, sagte Dave. »Und Cowan hat sie gesehen – alle drei.«

»Aber Cowan war nicht der Zeuge eines Mordes«, gab Salazar zu bedenken.

»Immerhin hat keiner Dawson danach noch am Leben gesehen. Der medizinische Sachverständige erklärt, daß Dawson zwischen zehn und Mitternacht gestorben ist. Und Bucky hat Barker belogen.«

Salazar schüttelte den Kopf und stocherte lustlos nach seinen *refritos*. »Deshalb ist es noch lange kein Mordfall, höchstens ein Familienstreit.«

»Kommen Sie«, sagte Dave. »Das glauben Sie doch selbst nicht. Was ist los? Machen Sie sich Gedanken wegen des Wagens? Könnte nicht die Frau später mit Bucky noch einmal hingefahren sein und den Wagen abgeholt haben?«

»In derartigen Situationen werden die Menschen hysterisch. Sie vergessen die kleinen Details.« Salazar trank einen Schluck Orangenlimonade. »Sogar Details wie einen großen Wagen.«

»Einer allein, vielleicht«, sagte Dave. »Oder ein Kind. Aber Bucky war nicht allein. Seine Mutter hat ihm geholfen. Und der Priester ebenfalls. Sie erinnerten sich sogar an solche kleinen Details wie die Schlüssel.«

Salazars Mund war voll von rosafarbenem Reis. Er schaute Dave mit großen, feurig braunen Augen an.

»Wenn Dawson selbst nach Hause gefahren wäre und gerade die Garage hätte aufschließen wollen, als er umgebracht wurde, dann wären die Schlüssel in seiner Hand gewesen. Sie waren aber nicht in seiner Hand. Und auch nicht in seiner Tasche. Oder auf der Straße. Sie waren nirgends. Lon Tooker hätte nicht den geringsten Anlaß gehabt, sie mitzunehmen. Ich schlage vor, Sie lassen Buckys Zimmer durchsuchen.«

»Lächerlich.« Salazar hielt die Gabel voll *enchilada* auf halbem Weg zum Mund an. »Warum sollte er die blöden Schlüssel versteckt haben?«

»Weil zwei davon zum Apartment am Strip gehörten: der Schlüssel für die Tür unten und der Schlüssel für das Apartment sechsunddreißig.«

»Und warum hat er sie dann nicht einfach weggeworfen und nur die Autoschlüssel behalten?«

»Weil er nicht genau wußte, was es für Schlüssel waren. Es hätten auch Schlüssel für die Firma sein können. Abgesehen davon haben Sie selbst vorhin von Hysterie gesprochen.«

Salazar spülte das Essen mit Limonade hinunter. »Und Sie sprachen von Geistesgegenwart. Sie können es nicht einmal so und einmal so auslegen, Brandstetter. Wenn es so war, wie Sie sagten, hätte er alle Schlüssel mit Ausnahme derer für den Wagen wegwerfen können.«

»Aber damit hätte er eine Reihe von Fragen verursacht. Es war in seinen Augen wesentlich besser, es so einzurichten, daß die Polizei annahm, der Mörder hätte die Schlüssel mitgenommen und irgendwo weggeworfen.«

»Und warum soll er das nicht getan haben?« fragte Salazar.

»Weil Bucky den Wagen gefahren hat, und weil er die Schlüssel besitzt.«

Salazar zog eine Augenbraue nach oben, preßte die Lippen zusammen und schüttelte seinen Charakterkopf. »Barker hat mir gesagt, daß Sie sehr, sehr schlau sind. Aber es gibt verschiedene Arten von Schlauheit, nicht wahr? Was ich da höre, ist das Rattern einer Registrierkasse. Sie versuchen, daß Geld der Versicherung zu sparen, die Ihnen das Honorar bezahlt. Tooker kann Ihnen dabei nicht helfen. Aber die Witwe und der Junge können es.«

»Tooker hat mit der ganzen Sache überhaupt nichts zu tun.«

»Und was ist mit dem Pferdedreck an der Kleidung des Opfers?«

»Überprüfen Sie das Apartment sechsunddreißig«, sagte Dave. »Die Schuhe im Schrank, den Schmutz auf dem Boden.«

»Ja, das Apartment sechsunddreißig.« Salazar scheuchte eine Fliege von der Schüssel mit Pfeffersoße. »Was sollten sich die Witwe und der Junge um Apartment sechsunddreißig kümmern?«

»Sie haben sich um nichts anderes gekümmert«, sagte Dave. »Wenn Sie das nicht begreifen, dann wundere ich mich nicht, daß Sie mir nicht glauben. Aber ich will es Ihnen noch einmal erklären. Was sie erreichen wollten, als sie die Schlüssel wegwarfen, als sie den Toten vor die eigene Tür fuhren, als sie den Wagen nachher zurückbrachten, geschah nicht nur aus Angst, wegen vorsätzlichen Mordes angeklagt zu werden. Sie wollten es so darstellen, als hätte Gerald Dawson nie einen Fuß in dieses Apartment gesetzt, geschweige dieses Mädchen auch nur ein einziges Mal berührt. Für sie ist der Strip Sodom und Gomorrha. Gerald Dawson dagegen galt als Heiliger.«

Salazar sagte nichts. Er schaute Dave nur an, tauchte ein Stück Tortilla in Pfeffersoße, steckte es in den Mund und aß. Danach leckte er sich die Finger.

Dave fuhr fort: »Sie wollten, daß die *Times*, der *Examiner*, die Fernsehnachrichten und die ganze Welt dachten, ihr Vater sei zu Lebzeiten wie im Tode der aufrechte und mutige Kämpfer für Christus gewesen, für den sie ihn immer gehalten hatten. Verdammt, das hat mir Bucky deutlich genug gezeigt an dem Morgen, als ich ihn zum ersten Mal sah. Er erklärte mir, die Pornomagazine, die er hinter dem Haus verbrannte, hätten ihm gehört. Aber es waren die

Hefte seines Vaters. Gerald Dawson hatte sie bei dem Überfall auf Lon Tookers Laden mitgehen lassen. Bucky konnte es nicht ertragen, daß sein Vater bloßgestellt wurde. Ganz gleich, was es ihn kosten würde – er war bereit, das Andenken seines Vaters zu schützen.«

»Selbst wenn er dafür hätte töten müssen.« Salazar nahm die Limonadenflasche und stellte sie wieder hin. Er lachte. Es war kein glückliches Lachen, klang eher hoffnungslos und verzweifelt. »Aber das ist verrückt, Brandstetter. Das wissen Sie doch, oder? Verrückt!«

»Wenn Ihre Labortechniker mit ihren kleinen Staubsaugern das Apartment untersuchen, werden Sie sehen, daß es ganz und gar nicht verrückt ist. Es ist Mrs. Dawson nicht gelungen, ihren Mann vor der Hölle zu retten. Lyle Shumate war sein Priester und sein Freund, und ihm ist es auch nicht gelungen. Selbst Buckys Versuch schlug fehl, und er konnte diesen Fehlschlag nicht verkraften. Vielleicht hat er mit seiner Mutter darüber gesprochen, vielleicht auch nicht. Aber er ist noch einmal zurückgekommen und hat es mit Gewalt versucht. Dabei ist irgend etwas schiefgegangen. Bucky hat mir erklärt, sein Vater hätte nicht kämpfen können, aber er scheint es immerhin versucht zu haben. Jedenfalls war er danach tot.«

»Verrückt«, sagte Salazar und schob die Schüssel weg. »Ich meine, selbst wenn man einmal annimmt, es ist ein Unfall gewesen – es wäre immer noch verrückt genug. Und was ist dann mit dem Mädchen? Sie sind in dem Apartment gewesen. Die Leiche ist nicht dort, oder? Wo ist sie?«

»Ich habe keine Ahnung.« Dave stand von dem knarrenden Holzstuhl auf. »Ich kann mir auch nicht vorstellen, daß Bucky sie kaltblütig umgebracht haben soll.« Er nahm die Rechnung, zog dann die Brille heraus und überprüfte die Summe. »Aber wohin ist sie verschwunden? Ich schaue schon jedem Mädchen mit dichtem, blondem Haar nach und hoffe, Charleen zu entdecken. Aber bisher hatte ich kein Glück.« Er steckte die Brille wieder weg. »Es ist nicht ganz leicht, Bucky zu glauben, aber ich werde das Gefühl nicht los, daß sie vielleicht doch noch am Leben ist.«

»Aber nicht, wenn Bucky seinen Vater getötet hat.« Salazar erhob sich ebenfalls und streckte sich. Er stieß mit den Fäusten gegen die *piñatas*. Sie bewegten sich und nickten einander raschelnd zu. »Nicht, wenn sie ihn dabei beobachtet hat.« Er brachte die *piñatas* mit der Hand wieder zum Stillstand.

Dave ging durch den Perlvorhang hinein in die Dunkelheit des Restaurants und bezahlte die Rechnung. Als er wieder nach draußen kam, warf Salazar gerade kleine Münzen zu den tanzenden Kindern hinunter. Dave sagte zu ihm: »Bitte, überprüfen Sie das Apartment.«

»Barker wird darüber nicht begeistert sein.«

»Ach was – der ist froh, wenn er sich um einen Fall weniger zu kümmern hat.«

Hitze und helles Licht drangen durch das offene Dach in den großen Raum. Sägemehl rieselte deutlich sichtbar in den Lichtkegeln nach unten. Darüber bewegten sich die Schatten der wortkargen Söhne. Ihre Schuhe klapperten und schabten. Sägen heulten, Hämmer klopften. Amanda stand da und schaute nach oben, hielt sich die Hand vor die Augen und versuchte sich über den Lärm hinweg verständlich zu machen. Neben ihr stand Ken Barker. Er nickte. Wies auf etwas. Neben seiner großen Gestalt wirkte Amanda sehr klein und zerbrechlich. Beim *homo sapiens* schien die Natur immer noch an den Modellen zu experimentieren. Die beiden hätten zwei verschiedenen Arten angehören können. Dave ging über den sägemehlbedeckten Boden auf die beiden zu. Barker schaute ihn mit säuerlichem Blick an. Über das Geräusch der Zimmermannsarbeit hinweg sagte er: »Du machst dich verdammt unbeliebt.«

»Ich kann nichts verstehen«, log Dave. Er küßte Amanda auf die Stirn und führte Barker dann hinaus in den Innenhof, wo der einarmige Vater immer noch im gesprenkelten Schatten der Eiche saß und Ziegelsteine abklopfte. Amanda ging zu ihm hin, und die beiden unterhielten sich eine Weile. Dave führte Barker in die Küche, holte Bier aus dem Kühlschrank, öffnete die Flaschen und reichte ihm eine davon. »Salazar trinkt Orangenlimonade zu seinem mexikanischen Essen. Ich bin seinem Vorbild nachgekommen, weil ich einen klaren Kopf behalten wollte.«

»Mrs. Dawson hat Klage eingereicht gegen dich«, sagte Barker. »Sie sagte mir und dem Staatsanwalt, daß du sie belästigt und sie und ihren Sohn des Mordes bezichtigt hättest. Ich brauche nicht zu fragen, ob das wahr ist – ich kenne dich.«

Dave lehnte sich gegen die Spüle und berichtete Barker die ganze, lange Geschichte. Allmählich wurde er es leid, sie wiederholen zu müssen. Außerdem empfand er es als äußerst unangenehm. Es lag eine verdrehte, rührende Logik in der Vorstellung, daß Bucky seinen Vater getötet hatte. Außerdem schien es unausweichlich gewesen zu sein. Dawson hatte Lebensregeln aufgestellt, an die er sich selbst nicht zu halten vermochte. Sein Sohn war zu jung, um sie schon in Frage zu stellen. Das Ganze hatte sich zusammengebraut seit dem Tag, als Bucky geboren wurde. Was nicht dazupaßte, war Charleens Tod. Nein, die beiden Morde paßten einfach nicht zusammen. Aber das setzte er Barker gar nicht erst auseinander. Er trank sein »Dos Equis« aus und beendete den Bericht. »Gegen dich kann sie keine Beschwerde einreichen. Durchsucht Buckys Zimmer – ich garantiere dir, daß ihr die Schlüssel finden werdet.«

Barker suchte in seiner Tasche und hielt dann einen Schlüsselring hoch, an dem ein Lederanhänger befestigt war. Dave streckte die Hand danach aus, und Barker ließ ihm den Schlüsselbund auf die Handfläche fallen. In den Lederanhänger waren die Worte JESUS RETTET UNS geprägt. Die Buchstaben waren einmal vergoldet gewesen. Jetzt hatte sich der Golddruck fast völlig abgerieben.

»Wo hast du sie her? Bestimmt nicht von Tooker.«

– Barkers Lächeln war ironisch. »Von Bucky. Heute morgen. Nach deinem Besuch dachte er, daß es Zeit sei, die Wahrheit zu sagen, die ganze Wahrheit. Er und seine Mutter sind noch einmal zum Strip gefahren, um den Wagen von Gerald Dawson abzuholen – aber am Morgen, nachdem sie den Toten gefunden und bevor sie uns angerufen hatten.«

»Heißt das, sie behaupten, bis dahin nicht gewußt zu haben, daß er tot war?«

»Genau.« Barker stellte die leere Flasche auf den Herd, öffnete den Kühlschrank und holte noch zwei Flaschen heraus. Er streckte den Arm nach dem Flaschenöffner aus, der auf der Arbeitsplatte lag. Die Flaschen zischten leise, als er sie öffnete. Dann reichte er eine davon Dave und setzte die andere an seine Lippen.

»Und warum meinst du, daß das nicht eine weitere Lüge ist?« fragte Dave.

»Weil Bucky sich an einen Zeugen erinnert. Ein Schwarzer in einer Uniform, der zu alt ist, um noch viel schlafen zu können, und der deshalb Sylvia Katzmans Tiefgarage bewacht. Er ist nicht mehr gut auf den Beinen.« Barker langte in Daves Hemdtasche nach Zigaretten und Dave zündete ihm eine davon an. »Also parkte er seinen alten Corvair gleich neben der Einfahrt auf der Straße. Und dann setzt er sich hinein und hält Wache, bis einer der Mieter auftaucht. Sobald er ihn sieht, steigt er aus und gibt sich wachsam und schutzbeflissen, mit seinem großen Revolver an der Hüfte – bis der Mieter die Garage verlassen hat. Dann setzt er sich wieder in seinen Wagen. Er sieht eine Menge von dort aus. Nicht nur, wer in die Garage fährt, sondern auch, wer die Treppe hinaufgeht zum Vordereingang. Er sah Mildred Dawson etwa um acht, Lyle Shumate um neun, Bucky um zehn. Sah alle drei kommen und gehen. Dann hat er Bucky wieder gesehen, als er den Wagen seines Vaters abholte, am nächsten Morgen, kurz nach dem Hellwerden. Sie haben sogar kurz miteinander gesprochen.«

»Aber er sah Bucky kein zweites Mal am Abend des Mordes?« Dave zündete sich selbst auch eine Zigarette an. »Um elf, oder kurz danach?«

»Negativ«, sagte Barker. »Und Charleen hat er überhaupt nicht gesehen, zu keiner Zeit. Ebensowenig wie Gerald Dawson – tot oder lebendig.« Barker ging zur Tür, lehnte sich an den Türrahmen, schaute hinaus in den Innenhof, auf die kräftigen, stummen Söhne, die auf dem Dach hockten. Draußen regte sich kein Lüftchen. »Natürlich mußte er zwischendurch auch mal auf die Toilette. Die alte Prostata... Er kann auf diese Weise übersehen haben, wie Bucky zurückkam und zwei Leichen aus dem Haus trug. Aber er hält das für nicht sehr wahrscheinlich. Und mir geht es ebenso.«

»Wir wissen, wohin Dawsons Leiche geschafft wurde«, sagte Dave. »Aber was mit Charleen geschehen ist, wissen wir nicht. Sie war nicht in ihrer Wohnung – ich bin dort gewesen. Cowan hat beobachtet, wie sie versuchte davonzulaufen, und wie Bucky sie wieder hineingezerrt hat in ihr Apartment. Danach hat sie niemand mehr gesehen.« Er zog die Stirn in Falten. »Sie muß verletzt gewesen sein, war sicher nicht betrunken. Ich habe nirgends in der Wohnung angebrochene oder leere Flaschen gefunden.«

Barker drehte sich um, trank einen Schluck Bier und betrachtete Dave. »Du weißt selbst, daß das alles ein bißchen schwach klingt. Normalerweise triffst du fast immer ins Schwarze. Aber diesmal schießt du weit daneben. Woher kommt das? Hast du keinen Boden mehr unter den Füßen? Ich weiß, daß du der Medallion viel bedeutet hast. Doch ich dachte nie, die Medallion hätte dir so viel bedeutet. Du bist auf einmal unsicher oder täusche ich mich?«

»Vergiß es«, sagte Dave angewidert. »Ich mache immer Fehler. Das weißt du genau. Was hat Salazar unternommen – oder hat er sein Versprechen nicht gehalten und sich nicht um das Apartment von Charleen Sims gekümmert?«

»Er hatte ein ganzes Team dort«, sagte Barker. »Ich habe ihn zufällig dort getroffen. Dawson ist nicht in dem Apartment umgebracht worden, und das weißt du genau.« Er neigte den Kopf zur Seite. »Du hast das Apartment gefilzt, und du hättest die Beweise gefunden, nicht wahr? Dawson ist gestorben, weil ihm jemand das Genick gebrochen hat. Beim Genickbruch, beim Erwürgen oder beim Tod durch Ersticken erschlaffen in neunundneunzig Prozent aller Fälle die Muskeln, die die Blase und den Darm schließen. Das hätte Spuren hinterlassen müssen. Und auch bei Dawson war das der Fall.«

»Als man den Leichnam untersuchte, ja«, sagte Dave. »Das war mehr als sechs Stunden nach dem Tod. Bei warmem Wetter ist das ganz normal. Außerdem ist neunundneunzig Prozent keine sehr sichere Zahl.«

Amanda kam an die Tür. »Bekomme ich auch ein Bier?«

»Bei Hinrichtungen durch Erhängen, wobei das Genick bricht, sind es hundert Prozent«, sagte Barker.

»Schön und gut – aber beim Erhängen kommt die Angst hinzu«, entgegnete Dave, »sind die Nerven bereits aufs Äußerste angespannt. Dawson konnte nicht damit rechnen, daß man ihm das Genick brechen würde.«

»Mein Gott!« Amanda ging an Barker vorbei hinein in die Küche, schaute in den Kühlschrank und holte den Karton heraus, in dem die »Dos-Equis«-Flaschen verpackt waren. Der Karton war leer. Sie sagte mit leiser, leicht gequälter Stimme: »Zeit, mal wieder zum Einkaufen zu fahren.«

»Ich fahre.« Dave machte einen Schritt auf sie zu.

»Nein, nein. Bleibt ihr beide mal ruhig hier bei eurem reizenden Gespräch.« Sie sah blaß aus. »Ich glaube, ich will das lieber nicht hören.«

»Es tut mir wirklich sehr leid«, entschuldigte sich Dave.

»Hab' ich was Falsches gesagt?« erkundigte sich Barker.

Amanda schüttelte den Kopf. »Das gehört bei Leuten wie euch nun einmal dazu«, sagte sie und lief hinaus. Aber ein paar Sekunden danach kam sie wieder zurück, atemlos. »Beinahe hätte ich es vergessen. Jemand namens Randy Van hat für dich angerufen, Dave. Komische Stimme. War das ein Junge oder ein Mädchen?«

»Er hat sich noch nicht entschieden«, antwortete Dave. Amanda schaute ihn verständnislos an und ging weg. Dave sagte zu Barker: »Tooker kann jedenfalls zurück zu seinen Pferden, nicht wahr?«

»Nicht, wenn Dawson vor seinem Haus getötet wurde«, erklärte Barker. »Und ich bin immer noch der Meinung, daß es so gewesen sein muß.«

Dave schüttelte den Kopf. »Dieser alte Schwarze hat geschlafen, wenn du mich fragst.«

Kapitel 16

Er trug eine andere Perücke und ein anderes Kostüm. Obwohl »Kostüm« in diesem Fall fast eine unfaire Bezeichnung war. Die Perücke war braun mit blonden Strähnen, das Kleid aus Hemdenstoff, beige, mit achatfarbenen Knöpfen. Die Handtasche, die auf der Bartheke lag, paßte dazu. Genau wie die Schuhe, deren hohe Absätze in den unteren Chromring des Barhockers eingehakt waren. Nagellack und Lippenstift waren diesmal orangerot. Aber das Lächeln war unverändert. Es besagte, daß Dave willkommen war, mehr als willkommen.

Das Sonnenlicht wurde wieder durch die Bambusjalousie gefiltert. Diesmal saßen weniger Künstleragenten, Rechtsanwälte und deren Mandanten in dem Raum, und am anderen Ende fummelte niemand an den Musikinstrumenten auf dem Podium herum. Dave setzte sich auf den Hocker neben Randy und betrachtete das Glas, das er in der Hand hatte.

»Margarita«, sagte Randy. »Wollen Sie auch einen?«

»Dos Equis«, sagte er zum Barkeeper im Overall. Dann zu Randy: »Odum hat also gelogen. Er kennt Charleen.«

»Sie hat nie in einem seiner Filme mitgewirkt«, erklärte Randy, »aber sie sollte.«

»Sollte?« fragte Dave. Die Flasche Bier wurde serviert, zusammen mit einem gekühlten, nassen Glas. »Hat er sein Vorhaben geändert?«

»Also dann ›soll‹«, sagte Randy. »Ich will damit nur sagen, daß es bisher nicht dazu gekommen ist. Er hat mir ihr Foto gezeigt. Ich sagte: ›Warum, in Gottes Namen?‹ Und er meinte, er würde damit einem Freund einen Gefallen tun. Er hätte sich schon Gedanken über das Drehbuch gemacht.«

»Das Foto?« fragte Dave.

Randy kippte den Inhalt der Handtasche auf die Theke. Heraus kamen eine Schachtel Zigaretten, ein Feuerzeug, ein Lippenstift, ein paar Münzen, ein Schlüsselbund. Die große Männerhand mit den gewissenhaft maniküreten, weiblichen Fingernägeln schob ein Foto auf Dave zu. Es sah aus, als wenn es in einem Motelzimmer aufgenommen worden wäre. Irgendwas war sonderbar an der Beleuchtung – er konnte nicht sagen, was. Sie war nackt und sah tatsächlich wie zwölf aus. Die obszöne Pose war irgendwie rührend. Er zog die Augenbrauen hoch und schaute Randy an. »Was ist das für ein Freund?«

»Jack Fullbright«, sagte Randy. »Ich nehme an, er hat das Foto gemacht.«

»Odum teilt offenbar ziemlich viel mit Ihnen«, erklärte Dave. »Fotos und Informationen.«

Randy leckte das Salz vom Rand seines Margarita-Glases. »Wir waren mal sehr eng befreundet. Sind es eigentlich noch, jedenfalls gelegentlich. Er mag Jungs, die Frauenkleider tragen. Das hab' ich Ihnen doch schon gesagt. Er ist warmherzig und fröhlich und gut.«

»Außerdem mag nicht jeder Jungen, die Frauenkleider tragen«, sagte Dave. »Und nicht alle Jungen, die Frauenkleider tragen, mögen fünfzigjährige, verfettete Pornofilmer.«

»Es ist eine Art Symbiose«, erklärte Randy. Er klimperte mit den falschen Wimpern und nippte dann geziert an seinem Drink. »Ist das das richtige Wort? Oder soll ich Ausbeutung sagen?«

»Was sollte Fullbright für ihn tun?« Dave trank einen Schluck Bier. Er kam sich zu groß, zu schwer und zu plump vor. Jede seiner Bewegungen war falsch, war Theater. Seine Stimme klang zu tief. Es konnte nicht Bedauern sein. Er wollte nie ein Kleid tragen, sähe sehr komisch aus ... Er biß sich auf die Lippen, um nicht laut loszulachen. »Oder hat er ihm die Gefälligkeit bereits geleistet?«

»Er läßt Spence die ganze Ausrüstung, die er braucht, umsonst«, erklärte Randy. »Was ist so komisch daran?«

»Wenn ich neben Ihnen sitze, komme ich mir vor wie Jack Youngblood«, sagte Dave.

»Und wer soll das sein?« Randy legte den Kopf zur Seite.

»Ein Mann, der auf Footballplätzen Leute niederschlägt.«

Randy zuckte mit den Schultern. »Wenn man *butch* ist, ist man eben *butch*.« Er lachte perlend und strich sich mit den Händen über die Perücke. »Aber Football wäre nicht unbedingt meine Art von Kontaktsport.«

»Als Sie sich mit Odum darüber unterhielten«, fuhr Dave fort, »hat er Ihnen da gesagt, warum Fullbright ihn um die Gefälligkeit gebeten hat?«

Das Margarita-Glas war leer. Randy schob es bis an den Rand der Theke und hob das Kinn in Richtung auf den Barkeeper. »Vermutlich, um das Kind bei Laune zu halten.« Randy warf einen Blick auf das Foto. »Obwohl ich mir wirklich nicht vorstellen kann, was man an einem solchen Hühnchen hat.«

»Ich auch nicht«, sagte Dave. »Außerdem hat Fullbright zur Zeit ein anderes knochiges Kind bei sich. Wahrscheinlich hat er zwanzig von der Sorte pro Jahr. Ich wette. Und was ist das für ein Drehbuch?«

»Ist Fullbright der mit dem Boot?« Randys neuer Drink kam mit einem hübschen, ordentlichen Salzrand. Er nippte damenhaft daran, nahm sich eine Zigarette und schob danach das Päckchen Dave zu. »Boote sind sexy.« Dave zündete die Zigaretten mit seinem männlichen Stahlfeuerzeug an und grinste wieder. Randy sagte: »Das Drehbuch? Irgendwas über ein Schulmädchen und ihren geilen Sportlehrer und den geilen Freund des Sportlehrers. Wer weiß?«

»Es klingt ein bißchen verwirrend«, gestand Dave.

»Es wird sicher sehr komisch«, sagte Randy. »Deshalb macht er damit kein Geld. Diese Spießer, die in Sexfilme gehen, wollen nicht lachen, und Spence hat immer wieder komische Szenen drin. Nur so kann er es wohl ertragen, solche Filme zu drehen. Er hat zuviel Hirn, das ist sein Problem.«

»Aber es zeugt nicht von zuviel Hirn, wenn man lügt«, erwiderte Dave. Dabei beobachtete er einen vogelscheuchendürren jungen Mann, der Notenblätter aus einem Aktenköfferchen packte und vor einem fetten Mann im Cardin-Anzug ausbreitete. »Nein, ich würde Ihnen keinen Dollar für sein Hirn geben, zusammen mit dem von Fullbright.« Er schaute auf die Uhr. »Warum sitzen Sie heute eigentlich nicht an der Nähmaschine?«

»Weil die Leute von der Einwanderungsbehörde die Illegalen immer so schnell ausfindig machen und wieder nach drüben schicken, klar? Dann dauert es einige Zeit, bis sie das Geld für die Kojoten beisammenhaben, um wieder zurückkommen zu können. Und Morry Steinbergs Laden steht in der Zwischenzeit fast leer. Aber wie illegal die gute Randy Van auch in mancher Hinsicht sein mag, sie ist jedenfalls hier in den guten alten USA geboren. Kennen Sie Mitchel in South Dakota?«

»Nein, aber verraten Sie mir keine gemütlichen Bars dort«, sagte Dave.

»Sehr komisch.« Randy Van schüttelte gespielt entrüstet den Kopf. »Abgesehen davon – während sich auf den anderen Maschinen nur Staub ansammelt, ist die von Randy immer in Gang und näht hübsche neue Blue Jeans. Und wenn ich um Urlaub bitte, ist Morry nie kleinlich.« Er zog eine Augenbraue hoch und wiegte seinen Kopf hin und her. Dabei hielt er die Zigarette mit »gebrochener« Hand. »Und gerade heute hatte ich mal Lust, Nora Charles zu spielen. Sie wissen schon, aus dem ›Dünnen Mann‹. Myrna Loy.«

»Odum wird Ihnen dafür nicht dankbar sein.«

»Warum denn nicht? Er hat niemandem etwas getan. Und Sie werden ihm auch nichts tun.« Doch die Frivolität war auf einen Schlag weg. Randy schaute Dave besorgt an. »Das haben Sie doch nicht vor?«

»Heute morgen hätte ich noch nein gesaagt.« Dave schenkte sich den Rest aus der braunen Flasche ein und schaute sie dann düster an. »Jetzt bin ich nicht mehr so sicher.« Danach betrachtete er ernst das Chorknabengesicht mit dem dicken Make-up. »So ist es, wenn man Nick Charles spielt. Um zwölf kommt einem ein Fall noch ganz logisch vor. Und um eins kann man nichts mehr begreifen. Aber eines weiß ich mit Sicherheit: Dieses kleine Mädchen –« Er tippte mit dem Zeigefinger auf das Foto, »– das stand im Mittelpunkt des Geschehens. Und steht dort noch immer, lebendig oder tot.«

»Tot?« Randy vergaß, seine Stimme zu verstellen. Jetzt war sie ein tiefer Bariton. Er räusperte sich und sagte dann noch einmal »Tot?«, diesmal eine Oktave höher.

»Vielleicht, vielleicht auch nicht. Sie waren doch sicher auch dort, wo Spence Odum wohnt. Hat es da irgendwelche Spuren von ihr gegeben?«

Randy lachte. »Seine Wohnung, die ist zur Hälfte Garderobe, zur Hälfte Probenraum. Außerdem ist sie eine Zimmermannswerkstatt, ein Schneideraum, ein Projektionsraum. Das reinste Chaos. Man könnte einen Elefanten dort verstecken. Aber nein, ich habe keine Spur von ihr gesehen. Ich kann mir auch nicht vorstellen, daß Spence dort ein Mädchen versteckt, ehrlich nicht. Warum sollte er?«

»Warum hat er mich angelogen und gesagt, er hätte nie etwas von ihr gehört?« Dave nahm das Margarita-Glas und gab es Randy in die Hand. »War er bei Ihnen, als Herman Ludwig erschossen wurde?«

»Natürlich. Ich sagte Ihnen doch schon – Spence hat mich hinausgeschickt, weil Ludwig nicht zurückkam.« Randy kippte den Rest des Drinks hinunter und stellte das Glas dann ab. »Sie glauben doch nicht, daß Spence ihn erschossen hat oder?« Jetzt schaufelte er das Zeug wieder in die Handtasche. »Spence könnte nicht mal 'nen Käfer zertreten. Er hätte Alpträume von Schuld, im Wachen und im Schlafen. Er könnte nicht mehr essen, geschweige den Menschen entgegentreten. Sie kennen ihn nicht. Er ist sehr sensibel.« Randy ließ den Verschluß der Handtasche zuschnappen. »Er könnte es nicht einmal ertragen, die Gefühle der Menschen zu verletzen. Und eine Schußwaffe in die Hand nehmen und jemanden damit töten? Das brächte er nicht einmal bei einem Menschen fertig, den er haßt. Und Herman hat er geliebt.«

»Er muß irgendeinen Charakterzug haben, der nicht so nett ist«, sagte Dave. »Denken Sie nur an den Kerl mit der durchschnittenen Kehle.«

»Im Friseursessel? Aber das ist doch ein Dummy, ein Witz.«

»Jemand hält sie versteckt.« Dave glitt vom Barhocker. »Mal sehen, ob er heute die Wahrheit sagen kann.«

»Er ist unterwegs mit dem Karavan, bei Außenaufnahmen«, sagte Randy. »Deshalb hab' ich Zeit. Ich bin nie bei Außenaufnahmen dabei. Bei dem dicken Make-up muß ich zu sehr schwitzen. Da gerät meine Identität leicht ins Schmelzen.«

»Kommt er zurück, wenn es dunkel wird?«

Aber Dave hörte nicht, was Randy darauf sagte, weil in diesem Augenblick Mitternacht aus der gleißenden Helligkeit hereinkam. Draußen saßen die gleichen, sonnengebräunten jungen Leute, aßen Hamburger-Variationen in der umweltverseuchten Hitze und ließen sich von derselben Peter-Frampton-Platte beschallen. Mitternacht trug eine dunkle Sonnenbrille. Ein Trägerhemd in einem Dutzend ineinander verlaufender Farben bedeckte seinen mageren Oberkörper. Die Jeans waren dieselben wie beim letzten Mal, aber heute steckten sie in schwarzen Cowboystiefeln. Er ging auf das schwarze Musikpodium in der Ecke zu, und Dave sagte zu Randy: »Entschuldigen Sie mich einen Augenblick«, nahm das Foto von der Bartheke und ging hinter Mitternacht her. Er erreichte ihn zwischen den leeren Tischen. Mitternacht nahm die dunkle Brille ab. Sein Haar war glatt frisiert. Es roch nach Babyöl-Shampoo. »Ach, Sie sind's«, sagte er. »Was ist das?«

»Das sollten Sie mir sagen«, erwiderte Dave. »Angeblich ist es ein Foto von Charleen.«

»Ist es auch. Aber wo haben Sie es her? Wau!« Sein Ton und das kurze Lächeln drückten Verwunderung aus. »Was, zum Teufel, hat sie da wieder gemacht? Sie wissen doch, was das ist, Mann?«

»Ich verstehe die Frage nicht«, erwiderte Dave.

»Schöner Privatdetektiv«, sagte Mitternacht.

Dave nahm das Foto und betrachtete es. »Infrarot«, sagte er dann. »Aber weshalb? Warum hat sie im Dunkeln posiert? War sie vielleicht schüchtern?«

»Von wegen. Es machte ihr Spaß, fotografiert zu werden, war richtig eine Manie von ihr. Unten an der Beach hätte sie am liebsten halbe Tage und zwanzig Dollar dafür vergeudet, sich in diesen Schnellfoto-Kabinen knipsen zu lassen.«

»Aber nicht diese Art von – Porträt«, sagte Dave.

»Ich hab' auch ein paar von der Sorte gemacht. Auf Polaroid. Mit Selbstauslöser, damit wir beide drauf sein konnten.«

»Zweifellos voll angekleidet«, sagte Dave.

Mitternacht grinste. »Von wegen. Pudelnackt, beim Bumsen.«

»Aber in diesem Fall muß jemand bei ihr gewesen sein«, sagte Dave. »Es gibt vermutlich mehr von diesen Fotos, einen ganzen Satz, und auf den übrigen ist sie wahrscheinlich nicht allein. Wie ich es sehe, war das Ganze inszeniert. Ein dunkles Motelzimmer, nur sie und ein Mann, der von nichts eine Ahnung hatte. Und ein versteckter Fotograf.« Er schaute Mitternacht an. »Ich hoffe, Sie haben Ihre Polaroidfotos behalten.«

»Erpressung.« Mitternacht wirkte plötzlich ganz nüchtern. »Ich hol' sie mir zurück, bevor ich mit meiner großen LP herauskomme, das garantiere ich Ihnen.« Er runzelte die Stirn. »Sie haben sie noch nicht gefunden, wie? Hat denn dieser Odum nicht gewußt, wo sie ist?«

»Er hat es jedenfalls behauptet«, antwortete Dave. »Aber ich frage ihn noch einmal – heute abend.«

»Was ist denn hier los?« Randy war zu den beiden getreten.

Mitternacht beäugte ihn skeptisch, von den Sohlen bis zur Perücke.

Dave stellte die beiden einander vor. »Mitternacht, Randy Van.«

Sie gaben gleichgültige Laute von sich. Dann sagte Mitternacht zu Dave: »Glauben Sie wirklich, daß sie noch lebt?«

»Bisher hat mir niemand das Gegenteil bewiesen«, erklärte Dave, »und ich brauche sie, weil sie mir ein paar Fragen beantworten muß. Wenn ich sie nicht finde, kommt ein junger Bursche, der seinen Vater umgebracht hat, ungeschoren davon, und ein Mann, der niemandem etwas zuleide getan hat, muß dafür büßen – vielleicht sogar mit dem Tod. Also muß ich glauben, daß sie noch lebt, verstehen Sie?« Er wandte sich an Randy. »Reiten Sie gern – ich meine auf Pferden?«

»Gibt es da einen Damensattel?« fragte Randy.

»Vermutlich nicht. Aber Sie können sich umziehen. Wir fahren bei Ihnen vorbei.«

»Der Gedanke, daß Sie bei mir vorbeifahren, ist großartig«, sagte Randy. »Aber nicht das Umziehen. Ich sehe nicht besonders toll aus in Breeches.«

»Das weiß man nie, solange man es nicht ausprobiert hat«, erwiderte Dave. »Zum Teufel damit. Wir halten statt dessen bei einem Supermarkt.«

»Wozu denn?« fragte Randy.

»Um Äpfel zu kaufen. Wenn Sie schon nicht reiten wollen, können Sie wenigstens die Pferde füttern.« Er winkte grüßend Mitternacht zu. »Vergessen Sie es nicht – sobald Sie sie sehen, rufen Sie mich an, ja?«

Aber Mitternacht hörte ihm nicht zu. Statt dessen starrte er Randy an und sagte dann zu Dave: »Ich glaube nicht, daß das ein Mädchen ist.«

»Haha.« Randy lachte schrill.

Kapitel 17

Die Ranch lag an einer jener schmalen, gewundenen alten Canyon-Straßen, die im Winter nicht selten überflutet werden. Riesige Sykomoren mit dichtem, sonnig-grünem Laub neigten sich mit ihren weißen Stämmen über einen Bach, dessen spärliches Wasser zwischen gebleichten und rundgeschliffenen Felsblöcken einen Weg suchte. Der Triumph überquerte eine kleine, neue Betonbrücke. Von den darunterliegenden bemoosten Steinen blickte ein fischender Waschbär herauf. Eine fette graue Wachtel führte ihre Küken über die Straße ins Gehölz. Maulesel hinter einer Gruppe von kalifornischen Eichen drehten ihnen die großen Ohren zu.

Die menschlichen Wohnstätten hier draußen waren überwiegend alt und baufällig. Zerbeulte Autos und staubige Transporter mit Campingaufbauten standen in ihrer Nähe. Pferde trotteten an Stacheldrahtzäunen entlang oder suchten Schatten unter verwitterten Plastikdächern, die an plumpen, unbehauenen Pfählen befestigt waren. Mit dem Schweif wedelten sie lästige Insekten fort. Hunde schossen heraus auf die Straße und verfolgten fröhlich bellend den Wagen. Dave las die Namen auf den Briefkästen aus grauem Zinnblech. Der Briefkasten mit dem Namen Tooker war weiß emailliert, ein kleines Häuschen mit dem Namen unter dem Dach und darüber einem Cowboy aus Blech, mit hohen Stiefeln, Stetson und Gitarre. Der alte Querholzzaun war frisch gestrichen, in blendendem Weiß.

Der Triumph bog in eine frischgekieste Einfahrt ab. Das Haus war eine etwas windschiefe Konstruktion, mit Holzschindeln verkleidet, aber ebenfalls frisch und strahlend weiß gestrichen. Faustgroße Steine umgaben die bunten Blumenbeete – Kapuzinerkresse in Orange, Gelb und Rot. Dave parkte hinter einem ramponierten Geländewagen, vermutlich Tookers Gefährt. Als er den Motor abschaltete, hörte er langsames, ungeübtes Hacken auf einer Schreibmaschine. Auf der einen Seite des Hauses war eine Terrasse angebaut, rings um den Stamm eines alten Pfefferbaums. Und unter dem Baum saß Karen Stiflett. Vor ihr, auf einem kleinen Tischchen, eine spielzeuggrote Reiseschreibmaschine. Neben ihren nackten Füßen standen eine Schachtel mit Briefumschlägen und ein Stempel vervielfältigter Briefe. Sie tippte ein paar Buchstaben, schaute in ein Adressenbuch, tippte weiter. Und sie blickte nicht hoch, bis Dave sich räusperte und den Karton mit den Äpfeln auf den Holzboden der Terrasse stellte.

»Oh, hallo – wo kommen Sie denn her?«

Dave blickte hinauf zum Hügel hinter dem Haus. Zwanzig Meter von der Terrasse entfernt stand ein halbes Dutzend Palominos und graste auf einer weiß umzäunten Koppel. Die Kruppen der Pferde leuchteten goldgelb, die Mähnen und die Schwänze waren cremeweiß. Die Koppel wurde zur Hälfte vom Dach eines schmalen Stalls überschattet, dessen Vorderfront offen war. Im Inneren des Stalls hantierte die Gestalt des pickeligen jungen Burschen aus dem Pornoladen. Hier draußen wirkte er wesentlich gesünder. Als er mit einer Satteldecke in das Sonnenlicht trat, schimmerte sein langes, gelbblondes Haar. Er trug ein grünes Cowboyhemd aus Satin, Jeans und Cowboystiefel. Während er die Decke einem der Pferde über den Rücken legte, starrte er eine Weile hinunter auf Dave und Randy, dann ging er wieder zurück in den Schatten des Stalls.

»Was ist aus dem Verkauf der Pferde geworden?« fragte Dave.

»Lon hat nein gesagt.« Sie seufzte und schob den kleinen, zerbrechlichen Tisch mit der Schreibmaschine weg. Dann stand sie auf und streckte Randy eine Hand entgegen. »Hallo – ich bin Karen Stiflett.«

»Entschuldigung«, sagte Dave. »Karen, daß ist Randy Van.«

»Nett, Sie kennenzulernen.« Randys Stimme klang schwach und irgendwie verloren. Karen hatte wieder eines von Lon Tookers Hemden an, hatte es wieder unter ihren kecken Brüsten geknotet. Randy schaute diese Brüste an – nachdenklich und betrübt. Karen drehte sich zur Fliegengittertür um, die vom Haus herausführte auf die Terrasse. Jetzt sah man, daß Karen eine Hose aus dünner indischer Baumwolle trug. Ihr hübscher, kleiner Hintern bewegte sich aufreizend darin. Dave hörte Randy seufzen.

»Bier?« fragte Karen. »Oder Limonade?«

»Vielleicht mit einem Schuß Tequila«, schlug Randy vor.

»Aber sicher, gerne.« Jetzt schaute sie Dave an.

»Bier bitte.«

»Er hat niemanden umgebracht«, sagte sie, als sie mit einem handbemalten, mexikanischen Tablett herauskam, auf dem Gläser mit Limonade, eine Tequilaflasche, eine Dose »Coors« und eine Schale mit Maisgebäck standen. »Also braucht er auch keinen Verteidiger.« Sie stellte das Tablett auf die Bank aus Redwood-Holz am Rand der Terrasse. »Und er braucht sich keine unnötigen Kosten zu machen. Deshalb muß er die Pferde auch nicht verkaufen.« Sie setzte sich neben das Tablett auf die Bank und reichte Dave die Bierdose. Dann deutete sie auf die Bank jenseits des Tabletts und sagte zu Randy: »Sie können das Feuerwasser selber reingeben, okay?«

»Wunderbar.« Randy setzte sich, legte die Handtasche neben sich, nahm das Limonadenglas und trank einen großen Schluck daraus. Dann stellte er das Glas wieder hin, entkorkte die Tequilaflasche und füllte das Glas wieder bis zum Rand. Karen schaute ihm interessiert zu, wie er die Tequilaflasche wieder zukorkte, blickte dann zu Dave hoch und kniff die Augen zusammen, weil sie ein Sonnenstrahl durch das Laubdach direkt ins Gesicht traf. »Ich habe Ihnen doch gesagt, daß Lon naiv ist wie ein kleines Kind.«

»Vielleicht, vielleicht auch nicht.« Dave nahm einen leeren Briefumschlag aus der Schachtel und ging bis zum Rand der Terrasse. Er hatte das Koppeltor quietschen gehört, das Klappern des Riegels. Jetzt vernahm er Hufegetrappel. Einer der Palominos kam den Hügel herunter, mit dem jungen Burschen auf dem Rücken, der das Pferd mit einem verzierten Ledersattel ritt. Dave flankte über das Terrassengeländer und ging dann nach oben bis zum Rand des Weges. Der Bursche hielt das Pferd an den Zügeln an. Das Tier betrachtete Dave mit sanften Augen, blies durch seine großen, samtigen Nüstern, drehte dann den Kopf weg und schüttelte ihn, daß das Zaumzeug klapperte. »Tun Sie mir einen Gefallen«, bat Dave den Jungen. Er reichte ihm den Briefumschlag. Der Junge schwang sich vom Sattel. »Kratzen Sie etwas Erde von den Hufen da hinein«, sagte Dave, »und geben Sie es mir dann wieder.«

»Wozu?« Der Bursche nahm den Umschlag, schaute ihn an, strich mit den Fingern darüber und blickte dann auf Dave. »Wird es Lon irgendwie helfen?«

»Wenn ich das nicht hoffte«, sagte Dave, »dann hätte ich mir die Fahrt hierher sparen können.«

»Ich weiß nicht, wie Sie ihm helfen wollen«, erklärte der Bursche.

»Er sitzt momentan in einer Gefängniszelle, die eigentlich den Nutznießern von Gerald Dawsons Versicherungspolice zusteht.«

»Sie versuchen, Ihrer Gesellschaft Geld zu sparen.«

»Das haben Sie gut gesagt«, antwortete Dave.

Der Bursche zuckte mit den Schultern. Dann ließ er die Zügel des

Pferdes los und lehnte sich mit der Schulter gegen die Rippen des Tiers, bückte sich und klopfte mit der Hand auf das Fesselgelenk des Pferdes. Das Pferd hob den Fuß. Mit einem trockenen Zweig kratzte der Junge etwas Dreck vom Huf in den Briefumschlag. Dann reichte er Dave den Umschlag. »Dafür bezahlt man Ihnen also Ihr Geld«, sagte er. »Ich hätte selbst daraufkommen müssen. Sie wollen damit beweisen, daß der Pferdedreck auf Dawsons Anzug nicht von hier stammt, oder?«

»Sie haben ganz recht«, sagte Dave. »Aber behalten Sie den Gedanken für sich.« Dann steckte er den Umschlag ein und wandte sich wieder dem Haus zu. »Danke.«

»Wollen Sie mal reiten?« fragte der Bursche. »Oder Ihre Freundin? Die Pferde müßten alle gelegentlich ausgeritten werden. Aber Karen hat zu tun, und mir tut schon der Hintern weh.«

»Vielleicht bei Gelegenheit«, sagte Dave. »Erst möchte ich das hier ins Labor bringen.«

»Aber warten Sie nicht zu lang.« Der Junge schwang sich wieder in den Sattel. »Sonst sind die Pferde verhungert.«

»Ich hab' eine Schachtel Äpfel mitgebracht«, sagte Dave.

»Wunderbar.« Der Junge stieß das Pferd freundschaftlich mit dem Stiefelabsatz in die Rippen. »Lon soll sehen, daß er schnell wieder herkommt, mehr kann ich dazu nicht sagen.«

Dave ging zurück zur Terrasse, aber Karen und Randy waren nicht dort. Eine Brise kam auf. Trockene, rote Beeren fielen vom Pfefferbaum. Die obersten Blätter des Stapels wirbelten über die Terrasse. Dave hob sie auf, warf einen Blick darauf, legte sie wieder auf den Stapel und beschwerte ihn mit einem kleinen, grünen Blumentopf, in dem ein blühender Kaktus wuchs. Dann ging er hinein ins Haus. Die Wände waren mit falscher Birke getäfelt, und daran hingen Gemälde: kleine Kinder mit großen Augen, die Vögel und Kleintiere in den Händen hielten. Spulen eines Tonbandgeräts drehten sich, und eine angenehme, etwas falsch klingende Baßstimme sang zu amateurhaftem Gitarrenklang ein Lied, in dem es darum ging, die Wale vor den Walfängerschiffen zu schützen. Karen und Randy betrachteten die Bilder. Randy stieß Entzückenslaute aus und trank Limonade. Er hatte die Tequilaflasche in der anderen Hand und goß jetzt einen Schuß Alkohol auf die Eiswürfel.

»Wir müssen gehen«, sagte Dave. Draußen auf der Terrasse

zeigte er auf die vervielfältigten Blätter und die Umschläge. »Versuchen Sie, einen Fonds für die Verteidigung zusammenzubringen?«

»Ich nenne das Hoffnung, wo keine Aussicht mehr besteht.« Karen ließ sich auf die Bank sinken und zog die Schreibmaschine wieder zu sich heran. »Die Kunden, die seinen Laden besuchten, würden vermutlich nicht einmal ihre eigenen Mütter verteidigen – falls sie Mütter hatten, was ich ernsthaft bezweifle. Aber –« Sie hob die Hände in einer Geste der Verzweiflung und ließ sie wieder sinken. »Wissen Sie, es ist die einzige Versandliste, die ich habe; außerdem schreibe ich an ein paar Freunde von seinem Sierra-Club. Ich muß irgend etwas unternehmen. Er selbst tut nämlich gar nichts, um sich da rauszubringen.« Sie blickte zu Dave hoch und hatte Tränen in den Augen. »Sie haben seine Bilder gesehen. Er hat sie selbst gemalt. Ich weiß, sie sind lausig schlecht, aber irgendwie sind sie auch wunderbar. Sie haben das Lied gehört. Er hat viele solche Lieder geschrieben. Warum kann einem Menschen wie Lonny so etwas passieren? Warum hat er so viel Pech?«

»Er hat nicht so viel Pech«, widersprach Dave. »Er hat immerhin eine treue Freundin.«

Danach saß Randy schweigend im Triumph. Auf der Rückfahrt begegneten sie wesentlich mehr Wagen – Leute, die von der Arbeit nach Hause fuhren. Randy hatte das Gesicht abgewandt und schaute durch das Seitenfenster hinaus auf die Sonnen- und Schattenstreifen des bewaldeten Flußbetts. Der Wind zerrte an seiner Perücke. Dave fragte: »Hat Ihnen der Tequila die Zunge gelähmt?«

Randy schaute ihn düster an. »Gott, wenn man eine solche Figur hätte!« Offensichtlich dachte er an Karen.

»Was ist falsch an der Ihren?« fragte Dave. »Sie sind doch ganz nett gewachsen.«

»Ja – aber sie stammt nun mal aus der falschen Fabrik«, sagte Randy.

Kapitel
18

Der große Raum mit den Ziegelwänden lag wieder im Dunkeln. Diesmal fiel das starke Licht der Scheinwerfer auf einen mit einem Laken bedeckten Körper, der auf einem hohen Tisch lag. Am Rand des Lichtkegels stand Spence Odum, der einen angeklebten Walroßbart und die Kleidung eines Londoner Bobbys trug, und daneben der Mann mit dem Tweed-Knickerbockers und der Schirmmütze. Die Kamera und der junge Mann, der sie bediente, waren als Silhouette diesseits des hellen Lichts zu erkennen. Die Kamera surrte. Odum mimte Angst; er zitterte und hob langsam das Laken an, jenseits der Kamera. Zuckte zusammen bei dem, was er darunter sah, und wandte den Kopf ab. Der Mann mit der Schirmmütze riß die Augen weit auf und zeigte ebenfalls höchstes Entsetzen.

»Den Ausdruck halten«, sagte Odum, ohne die Lippen zu bewegen. »Kamera näherzoomen und warten. Großaufnahme.« Die Kamera surrte immer noch. »Okay«, sagte Odum dann, »gestorben. Licht einschalten.«

Es wurde hell; der Junge mit dem Adamsapfel schleuderte das Laken vom Körper und setzte sich auf. »Ich bin ein Star«, sagte er und sprang vom Tisch. Er hatte nur eine Jockey-Unterhose an. Jetzt streifte er sich seine Jeans und ein Hemd über.

»Vielleicht – aber bis dahin hast du dich zu Tode gebumst.« Odum lachte.

»Auch kein schlechter Tod«, erwiderte der Junge.

»Wo, zum Teufel, bist du gewesen?« Odums Stimme klang wie die eines erzürnten Vaters. Er stellte die Frage an Randy, der mit Dave an der Tür zu den Garderoben stand. »Und was, zum Teufel, wollen Sie hier?« Das sagte er zu Dave. Er kam auf sie zu; sein Walroßbart glänzte im Licht, der Schlagstock schwang an seinem Gürtel. »Ich versuche, verdammt noch mal, einen billigen, miesen Film in die Dosen zu kriegen.« Zu Randy: »Dazu brauche ich dich.« Zu Dave: »Und Sie brauche ich nicht.«

»Er lädt mich nicht nur zum Fettburger ein«, sagte Randy, »sondern in Restaurants mit Tischtüchern, wo die Kellner Samtjacken tragen und ich nicht mal die Namen der Gerichte aussprechen kann, und wo das Essen fünfzig Dollar kostet.«

»Ja, aber ist das Kunst?« fragte Odum. »Ich gebe dir die Chance, als Künstlerin tätig zu sein, deine tiefsten Gefühle auszudrücken. Ich biete dir Unsterblichkeit. Und du redest vom Essen.«

»Ich möchte von Mord reden«, sagte Dave.

»Später.« Odum drehte sich um. »Harold? Junie? Zeit fürs Bett.« Er ging auf die Ecke zu, wo das Messingbett vor der Wohnungskulisse stand. »Inspektor Hartschwanz? Draußen vor dem Fenster, wenn ich bitten darf.«

Der Mann in Tweed, die Pfeife zwischen den Zähnen, blätterte im Skript. »Seite vierzig? ›Zeigt Entsetzen, Überraschung, leckt die Lippen, läßt die Augen vorquellen‹?«

»Hab' ich das geschrieben?« sagte Odum. »Wundervoller Stil.«

Das nackte Mädchen und der Junge trotteten auf das Bett zu. Junie langte nach dem Bezug aus goldenem Velours.

»Rühr das nicht an! Ist dir kalt, oder was? Du kommst nicht unter die Decke, was hat du denn gedacht? Du tust das ja auch nicht aus Liebe und menschlicher Wärme. Du tust es für die Kamera. Außerdem ist kein Laken darunter.«

»Billig, billig«, rief der Junge an der Kamera.

»Setz die Kamera ganz niedrig, damit du über sie weggleiten kannst, während sie sich erotisch winden«, sagte Odum, »und ziele dann auf Hartschwanzs Gesicht am Fenster, okay?« Er drehte sich plötzlich um und stieß dabei gegen Dave, der ihm gefolgt war. »Was wollen Sie noch von mir?«

»Erstens haben Sie mich belogen, in Sachen Charleen Sims«, sagte Dave. »Sie haben ihr versprochen, sie in einem Ihrer Filme mitwirken zu lassen. Sie haben das Drehbuch dafür geschrieben, haben sogar ein Foto von ihr. Sie wissen, wer sie ist, und das wußten Sie auch schon, als ich Sie das letzte Mal danach fragte. Wo ist sie?«

»Ich habe sie einmal gesehen, ja«, sagte Odum. »Ist das wirklich so wichtig? Sie haben mir gleich nach Ärger ausgesehen. Ich kann keinen Ärger brauchen.«

»Es war zumindest für Gerald Dawson wichtig«, erwiderte Dave. »Sie erinnern sich: der Mann, der ermordet wurde. Warum sagen Sie mir nicht, was Sie mit der ganzen Sache zu tun haben?«

»Ich habe gar nichts damit zu tun«, erklärte Odum. »Ich bin ein totaler Außenseiter. Das Mädchen ist weg? Na, reizend. Ich habe Jack Fullbright versprochen, ihr eine Hauptrolle zu geben. Er versprach dafür, mir die Filmausrüstung und das Rohmaterial umsonst zu überlassen. Er wollte sie haben, und ich nehme an, das war ihr

Preis. Ich hatte nichts dagegen. Mir ist da eine Idee gekommen für einen Film mit einem Schulmädchen. Von der Art gibt's in Europa 'ne ganze Menge, und damit wird viel Geld verdient. Das ist Material für die Großstädte. Ich habe es satt, immer nur für die Provinzler zu filmen.« Er zog die Stirn unter dem Bobbyhelm in Falten.
»Haben Sie Fullbright schon mal gefragt, wo sie ist?«

»Er behauptet, sie nie gesehen zu haben«, antwortete Dave. »Außerdem hat er angeblich nie etwas von ihr gehört und ist ihr nie in die Nähe gekommen.«

»Was? Er selbst hat sie mir hierhergeschleppt. Was, zum Teufel, will er damit sagen?« Odum trat einen Schritt zurück. »Moment mal – warten Sie. Dieser Schweinehund! Hat er Sie auf mich gehetzt?«

»Sehen Sie«, erklärte Dave, »Sie haben also doch damit zu tun. Und zwar 'ne ganze Menge. Wo ist sie, Odum?«

»Keine Ahnung, ich schwöre es. Fullbright hat sie hergebracht und mir diesen Vorschlag gemacht. Ich habe gesagt, okay, und danach hab' ich sie nie wieder gesehen. Das wundert mich auch nicht. Ich habe ihn gebeten, mir Zeit zu lassen. Um das Geld für den Film auftreiben und das Drehbuch schreiben zu können.«

»Sie hat aber zu der Zeit nicht mit Fullbright geschlafen, sondern mit Dawson«, sagte Dave. »Sie war bei ihm, als er umgebracht wurde. Was wissen Sie über Dawson?«

»Er war ein religiöser Fanatiker«, antwortete Odum.

Junie und Harold saßen nebeneinander auf dem Bett wie brave Kinder, die darauf warten, gebadet zu werden. In ihrer Nacktheit wirkten sie noch unschuldiger als Kinder. Junie sagte: »War Dawson nicht der Mann, der einmal reingekommen ist und alles kaputtgemacht und das Zeug rumgeschmissen hat?«

»Wann war das?« fragte Dave.

»Keine Ahnung.« Odum hob und senkte die großen, weichen Schultern unter der unförmigen Uniformjacke. »Er hat gesagt, daß das hier eine Kloake der Unzucht und des Verbrechens sei.«

»Ein Gestank in den Nasen anständiger Menschen.« Harold ging an ihnen vorbei in die Garderobe und kam mit zwei Dosen Cola zurück. »Ein Ort der Seuche und der Gemeinheit, eine offene Wunde der Gesellschaft.«

»Und er hat gesagt, daß Jesus kommen würde mit dem Flammenschwert.«

»Nicht mit einer Spraydose Lysol?« fragte Randy. »Wann können wir ihn erwarten? Ich werde versuchen, mein Bestes zu geben.«

»Der kleine Mann hat keinen genaueren Termin genannt«, erklärte Junie. Harold setzte sich neben sie und reichte ihr eine Cola-Dose.

»Er hatte eine komische Stimme«, berichtete Odum. »Eigentlich wollte er brüllen, aber je wütender er wurde, desto lächerlicher und höher klang seine Stimme.«

»Und Sie konnten ihn nicht aufhalten?« fragte Dave.

»Spence ist hinausgelaufen und hat sich in seinem Wagen versteckt«, sagte Harold.

»Ich wollte die Sache aus einer anderen Perspektive betrachten«, erklärte Odum. »Er hatte etwas dagegen, daß seine Ausrüstung für Pornofilme benützt wurde. Also holte er alles raus: die Scheinwerfer, die Kameras, das übrige Gerät. Er warf es gerade in den Lastwagen von Superstar, als Fullbright daherkam. Die beiden hatten einen bösen Streit, haben sich angebrüllt und sind auch handgreiflich geworden. Dawson hat ihn fortwährend bedroht. Mit der Polizei, der Steuerfahndung, ich weiß nicht, womit sonst noch. Fullbright hat danach ziemlich elend ausgesehen. Dawson hat einfach die Tür zugehauen und ist weggefahren.«

»Und dabei wurde Charleen mit keinem Wort erwähnt?« fragte Dave.

»Sie haben ein Hirn, das nur in einer einzigen Richtung funktioniert«, sagte Odum. »Hören Sie – kann ich jetzt an meinem Film weiterarbeiten?«

»Wenn Sie Ihre Ausstattung verloren haben, muß Sie das ganz schön zurückgeworfen haben.«

»Fullbright war am nächsten Morgen wieder hier, mit der Ausrüstung. Er zog den Schaden, den ich hatte, von der Rechnung ab und gab mir die Miete für den zusätzlichen Drehtag in bar. Er entschuldigte sich. Und ich glaube, er hat es aufrichtig gemeint. Aber jetzt versucht er plötzlich, mich in die Pfanne zu hauen.«

»Davon kann nicht die Rede sein«, sagte Dave. »Er hat nie von seinem Abkommen mit Ihnen gesprochen. Er behauptet sogar, daß er Sie seit Wochen nicht gesehen hat.«

»Hat er auch nicht«, erwiderte Odum, »genausowenig wie das Mädchen. Ich wollte im Grunde nichts mit ihr zu tun haben. Die einzigen Mädchen, die mich interessieren, sind solche, die sich als

Jungen entpuppen, sobald sie sich entpuppt haben.« Es hätte wahrscheinlich komisch klingen sollen. Und es klang zweifellos komisch aus dem Mund eines riesigen, britischen Polizisten. Das einzige, was die Szene rettete, war die Tatsache, daß Odums Kostüm nach Mottenkugeln roch. »Fullbright dagegen war sehr an ihr interessiert, das kann ich Ihnen sagen. Und Sie sagen, dieser Dawson war auch sehr an ihr interessiert. Ich nicht. Ich wollte nichts damit zu tun haben.«

»Ich weiß noch nicht, was für eine Rolle Fullbright bei der Geschichte spielt«, erklärte Dave. »Aber Dawson sollte sterben – und er ist auch gestorben. Und Ihnen sollte es ebenso ergehen.«

»*Was?*« Odum erblaßte. Seine dicklichen Finger zitterten, als sie den Kinngurt lösten. Dann nahm er den Helm ab, und sein Haar stand wieder in die Höhe. Er wandte sich halb ab und beobachtete Dave aus den Augenwinkeln. »Was wollen Sie damit sagen?«

»Daß Herman Ludwig einem Versehen zum Opfer gefallen ist. Haben Sie schon einmal neben ihm gestanden und in einen Spiegel geschaut? Der Parkplatz da draußen ist ziemlich dunkel. Jemand wartete im Dunkeln mit einem Gewehr. Es ist derselbe Jemand gewesen, der Gerald Dawson getötet hat. In derselben Nacht. Er sah einen großen, übergewichtigen Mann in mittleren Jahren mit dichtem Haar, das sich ihm in Locken um den Schädel kräuselt. Er sah ihn aus dieser Tür kommen«, Dave zeigte darauf, »und dachte, daß Sie es wären. Also hat er Herman Ludwig abgeknallt.«

»Nein!« Odum berührte die Lippen mit den Fingern. Er schluckte. Seine Stimme klang rauh; er stammelte: »Es – es waren die Kommunisten. Aus Ungarn. Er wollte immer darüber reden – darüber, daß sie ihn verfolgen und töten wollten.«

»In derselben Nacht, in der Dawson getötet wurde? Dawson, der wie Sie mit Charleen Sims befreundet war – wenn befreundet das richtige Wort ist? Sehen Sie jetzt, warum ich nur in einer Richtung denken kann? Und verstehen Sie, warum ich sie finden muß?«

»Wenn derjenige versucht hat, mich zu töten, weil ich etwas mit ihr zu tun hatte, dann war er auf dem Holzweg, Mann. Ich schwöre Ihnen, daß ich sie nur ein einziges Mal gesehen habe, dieses eine Mal, von dem ich Ihnen erzählt habe.« Er wandte sich ab, schwieg ein paar Sekunden lang. Es war still in dem hohen Raum. Odum schaute sich um, betrachtete die Ziegelwände, die Kulissen, die verschiedenfarbenen Tapeten, die Foltergeräte, den Dummy auf dem

Friseursessel, die mit Juwelen besetzte Kostümtruhe, den Mumienschrein in der Ecke. Es war, als ob er eine Inventur seines Lebens machte. Dann wandte er sich wieder an Dave. »Warum dann aber nicht Fullbright?«

»Ich glaube, diese Frage muß ich ihm selbst stellen«, sagte Dave.

Kapitel 19

Die Direktion vergeudete nicht viel Geld mit der nächtlichen Beleuchtung des Sea-Spray-Motels. Die Anlage bestand aus zwei düsteren, länglichen Holzkästen mit Gipsverputz, die einander gegenüberstanden, mit einem asphaltierten Parkplatz dazwischen. Die Holztreppe schwankte, als Dave hinaufging. Oben angekommen, schaute er hinauf zu den hellen Plastikkugeln, die in das vorstehende Dach eingebaut waren. Die Glühbirnen, die sich dahinter befanden, konnten nicht stärker als zwanzig Watt sein. Und der Laubengang, den er entlangschritt, gab unter seinem Gewicht nach. Die leuchtend blaue Farbe des Holzgeländers blätterte schon an vielen Stellen ab. Auch an der Tür der Nummer zwölf blätterte der Lack. Die Vorhänge hinter dem Alufenster waren zugezogen: eine weißblaue Welle mit Ankern darauf. Kein Licht drang heraus, aber Delgados Autowrack stand unter der Wohneinheit. Dave klopfte noch einmal, diesmal lauter. Die Tür nebenan öffnete sich, die Geräusche eines Fernsehapparats drangen heraus. Die Tür wurde wieder geschlossen. Dave klopfte zum dritten Mal. Und wurde durch ein Stöhnen hinter der Tür belohnt. Er fühlte Schritte, die sich näherten. Die Tür ging ruckartig auf.

»Was, zum Teufel –« Delgado blinzelte. »Ach, Scheiße – Dave!«

»Entschuldige.« Dave schaute auf seine Armbanduhr. Es war neun. »Hast du schon geschlafen?«

»Ja – nun ... Sagen wir's mal so.« Delgado versuchte es mit einem Lachen. »Ich – äh – bin eingeschlafen, vor dem Fernseher.« Er sah nicht mehr so frisch und sauber aus wie am Morgen. Auf seinem weißen Hemd war ein deutlicher, orangefarbener Fleck. Pizza-Soße? Die Jeans, die Dave ihm geborgt hatte, war zerknittert. »Ist dir was eingefallen? Kann ich etwas für dich tun?«

»Du hast geglaubt, ich meine es nicht ernst«, sagte Dave. Delgado stank nach Whisky. Die Luft, die aus dem Raum drang, stank nach Whisky. »Du hast angenommen, ich zahle dir großzügigerweise die Miete und lasse dich hier versumpfen. Wie kommst du eigentlich auf den Gedanken?«

»Du hast selbst gesagt, daß der Fall gelöst ist«, erklärte Delgado. »Du mußt sehen, daß dein Haus in Ordnung kommt. Du hast Amanda. Und du brauchst nicht zu arbeiten – nur, wenn du Lust hast dazu. Woher soll ich wissen, wann du wieder mal an einem Fall arbeitest? Ich habe nicht ewig Zeit.«

»Aber sie wird dir wie ewig vorkommen«, entgegnete Dave, »wenn du erst unter Zeitungen in Hauseingängen schläfst.«

»Ja – weißt du, ich habe herausgefunden, daß ich trinken kann oder auch nicht. Was ist passiert? Hat der Sohn es doch nicht getan?«

»Ich weiß nicht, was er getan hat. Aber ich brauche dieses Mädchen – nur die kann es mir genau sagen. Ich kann sie noch immer nicht finden. Odum behauptet, nicht zu wissen, wo sie steckt. Ich besuche jetzt einen Mann, der es vielleicht weiß. Als ich ihn zuletzt sah, ist er über meinen Fuß gestolpert und hat sich dabei das Nasenbein gebrochen. Ich bin auch diesmal bereit, sehr gemein mit ihm umzuspringen. Dabei habe ich mir gedacht, daß es vielleicht ganz gut wäre, wenn ich nicht allein hingehe. Und so seltsam dir das vorkommen mag, ich hab' dabei an dich gedacht. Bist du nüchtern?«

Delgado drehte sich halb um und warf einen Blick hinein in sein Zimmer. Schaute er nach einer Uhr? »Ich erinnere mich an nichts mehr seit den Vier-Uhr-Nachrichten. Das sind viereinhalb Stunden. Also müßte ich eigentlich nüchtern sein.« Er schaute an sich herunter, versuchte, den Fleck wegzureiben. »Aber ich muß erst duschen und mich umziehen.« Seine braunen Hundeaugen bettelten Dave. »Kannst du solange warten?«

»Läßt du mich nicht hinein?« fragte Dave.

»Hier sieht es fürchterlich aus«, warnte ihn Delgado. »Ein Schweinestall.« Aber er drehte sich resigniert um, und Dave folgte ihm nach drinnen. Das Bett war ungemacht. Verdreckte T-Shirts, Shorts und Socken lagen überall herum. Die geöffneten Deckel von Sardinendosen funkelten im schwachen Licht, aufgeschnittene Konserven- und Suppendosen standen auf einem Couchtisch mit knallblau lackierten Beinen und einer Glasplatte. Eine große Pizza, von der ein Stück herausgeschnitten war, lag in der Aluverpackung auf dem Fernsehgerät. Dave trat gegen eine Whiskyflasche, die daraufhin über den schäbigen Teppich rollte. Sie stieß gegen eine zweite Flasche irgendwo im Dunkeln. Delgado sagte: »Ich beeile mich, damit du nicht lange in dem Dreck herumsitzen mußt.« Er stellte zwei blaue Waschsalon-Tüten auf eine knallblau lackierte Kommode und verschwand dann ins Bad.

In einem Hängeschrank in der Kochnische fand Dave eine Schachtel mit Abfallbeuteln. Er faltete einen davon auf und ging damit durch das Zimmer, packte fettige Hamburgerreste, einen halben Hot Dog, die Verpackung von Pommes frites, Schachteln mit Hühnerbeinen, die Pizza und anderes halbgegessenes Zeug hinein. Die beiden Aschenbecher waren am Überquellen; er leerte sie in den Beutel. Dann wischte er mit dem Handrücken die verstreute Asche hinein. In der Küche lag noch mehr Müll herum, neben der Spüle und darunter. Auch dieses Zeug stopfte er in den Beutel und verschloß ihn dann mit dem gelben Drahtverschluß, wie es auf der Gebrauchsanweisung stand. Anschließend stellte er den Beutel hinaus auf den Laubengang.

Teller mit Essenskrusten, Tassen mit Kaffeeresten und verschmierte Gläser standen in der Spüle. Dave suchte herum, bis er eine Schachtel mit Seifenpulver entdeckt hatte. Dann ließ er Wasser in die Spüle einlaufen. Eine Spinne saß darin. Er öffnete das Fenster über der Spüle und setzte die Spinne in das Netz außerhalb der Scheibe. Dann klappte er das Trockengestell auf und begann die Gläser zu spülen. Delgado stieß ein überraschtes Pfeifen aus und kam eilig zur Kochnische.

»He!« sagte er. »Du brauchst doch nicht sauberzumachen. Was soll das?«

»Du hast mir schon mehrmals das Frühstück bereitet«, antwortete Dave. Er schüttelte den Staub aus einem blauen Geschirrtuch und reichte es Delgado. »Du kannst abtrocknen, wenn dich das beruhigt.«

»Ich habe aber noch nie Putzfrau gespielt für dich«, sagte Delgado.

»Das war bisher auch nicht nötig.« Dave gab die gespülten Gläser in das Gestell. Delgado langte nach dem ersten. Dave fuhr dazwischen. »Du weißt ja noch nicht einmal, wie man saubermacht. Die Gläser müssen zuerst noch mit heißem Wasser abgespült werden. Ich sehe schon, Marie hat dich zu sehr verwöhnt. Und zuvor vermutlich deine Mutter. Warte erst mal einen Moment.«

»Was ist das für ein Kerl, den wir besuchen?«

Dave fand einen Topf, ließ ihn mit heißem Wasser vollaufen und goß das Wasser dann über die Gläser. »So, jetzt kannst du abtrocknen«, sagte er. Er stellte den Topf ab und wandte sich den Tellern zu. »Er heißt Fullbright. Er und Dawson waren Geschäftspartner.«

»Wo soll ich sie hinstellen?« fragte Delgado, der das erste getrocknete Glas in der Hand hatte.

»In den Schrank, wo sie standen, als du hier eingezogen bist«, antwortete Dave. Delgado schaute hilflos drein. Dave öffnete einen Hängeschrank. »Hier. Aber so, daß sie gut erreichbar sind.«

»Du gibst wohl nie auf«, sagte Delgado und stellte ein funkelndes Glas auf das leere Regalbrett. »Warum hast du ihm die Nase gebrochen?«

Dave berichtete ihm von seinem Besuch bei Fullbright.

Delgado meinte: »Vielleicht hat er ein Gewehr. Du hast ja nicht alle Schränke in seinem Boot gefilzt. Dawson hat ihn bedroht, weil er privat Gelder abzweigte, die der Firma gehörten, und weil er seine Verdienste nicht versteuerte. Könnte es nicht sein, daß er Dawson das Genick gebrochen hat, damit dieser nicht mehr auspacken konnte? Vielleicht hat er versucht, auch Spence Odum zu eliminieren, als ihm bewußt wurde, daß Odum den Streit mit Dawson mitbekommen hatte?«

»Obwohl inzwischen zwölf Tage vergangen sind?« entgegnete Dave.

»Vielleicht hat er nicht ferngesehen und keine Zeitungen gelesen«, sagte Delgado. »Er war doch überrascht, als du ihm sagtest, daß Ludwig bei der Schießerei ums Leben gekommen sei.«

Dave stellte die tropfnassen Tassen auf das Gestell. »Er war einer von den wenigen, die selbst im Dunkeln die beiden Männer auseinandergehalten hätten.« Er füllte wieder den Topf und spülte das Seifenwasser von den Tassen. »Odum ist dunkelhaarig, Ludwig war blond. Um die beiden zu verwechseln, mußte der Mörder die beiden noch nie beisammen gesehen haben oder Ludwig gar nicht kennen.«

»Hast du jemals daran gedacht, daß auch Charleen das Gewehr haben könnte?« Delgado berührte eine Tasse, zog die Hand rasch zurück und schüttelte sie. »Heiß, Mann! Sie hatte Odum doch nur einmal gesehen.«

Dave stellte Teller in die Spüle. »Sie könnte einem Mann nicht das Genick brechen.«

»Aber Fullbright hätte das gekonnt.« Delgado nahm die Tasse mit dem Geschirrtuch, trocknete sie ab und hängte sie an einen Haken im Hängeschrank. »Es ging nicht nur darum, daß Dawson drohte, zur Steuerfahndung oder zur Polizei zu gehen, oder was auch immer. Du vergißt: Es ging auch um Charleen, die bisher bei Dawson gewesen war.«

»Ich vergesse gar nichts – mein Problem ist, daß ich mich an zuviel erinnere. Das ist schlecht.«

»Solltest du nicht das Besteck vor den Tellern spülen?« fragte Delgado. »Ich erinnere mich, daß Marie immer –«

»Marie hatte recht«, sagte Dave, nahm die Handvoll rostfreier Messer, Gabel und Löffel und warf sie ins Seifenwasser. »Fullbright hatte nichts mit Pferden zu tun. Ich glaube auch nicht, daß er die Geschäftsunterlagen aus dem Büro auf sein Boot genommen hat, damit ich ihm nicht die Steuerfahndung auf den Hals hetze. Das ist alles zu weit hergeholt. Er muß einen anderen, naheliegenden Grund dafür gehabt haben.« Am Ende des Trockengestells war ein Kasten für das Besteck. Dave stellte die sauberen Messer nacheinander hinein. »Er fürchtete vermutlich etwas ganz anderes. Nämlich, daß ich dahintergekommen war, wie Dawson von seinem Partner betrogen wurde und wie er darauf reagierte. Er mußte daraus folgern, daß ich vermutete, Fullbright habe Dawson getötet. Immerhin hatte er ein starkes Motiv.« Dave goß heißes Wasser über die blitzenden Messer, Gabel und Löffel. »Das heißt aber noch nicht, daß er ihn tatsächlich getötet hat.«

»Es heißt ebensowenig, daß er es nicht getan hat«, sagte Delgado und war mit den Tassen fertig. »Es kann alles mögliche gewesen sein: die Angst vor Dawson, der Haß auf Dawson, weil er das Mädchen besaß, das Fullbright begehrte, die Verachtung für Dawsons scheinheilige Pose. Ich meine, das kann sich doch alles summiert haben.« Delgado begann das Besteck abzutrocknen. »Du kannst es so oder so sehen.« Er öffnete eine Schublade und legte das saubere Besteck hinein. »Aber jetzt kommt das, worauf es ankommt. Die Summe unter dem Strich.«

»Nun, was machst du in einem solchen Fall?« Dave stellte die Teller ins Gestell und übergoß sie mit heißem Wasser. »Du gibst auf und besäufst dich. Bucky verliert die Kontrolle über sich. Und was tut Fullbright?« Dave tastete in dem Seifenwasser, das inzwischen einen roten Rand von der Pizzasoße hatte, und zog den Gummistöpsel heraus. Dann spülte er den Stöpsel ab und legte ihn auf den Rand der Spüle. Das Wasser lief glucksend ab. Danach reinigte Dave die Spüle. Er nahm Delgado das Geschirrtuch ab und trocknete sich damit die Hände. »Eigentlich sollte ich schlauer sein und nicht auf Mutmaßungen über menschliches Verhalten setzen – aber ich tu's trotzdem immer wieder.« Er hängte das Geschirrtuch auf. »Fullbright steckt meines Erachtens bis obenhin drin, aber er hat keinen Mord begangen.«

»Dann bist du dran«, sagte Delgado. Er schaute auf die Teller im Gestell. »Sind wir hier fertig?«

»Ja – die trocknen von selbst«, sagte Dave. »Fahren wir.«

Kapitel
20

Die meisten der Boote, die an der langen, weißen Pier vertäut waren, lagen im Dunkeln. Hier und da zeigte sich ein Licht hinter den Bullaugen und flackerte reflektierend auf dem schwarzen Wasser. Das Klatschen der kleinen Wellen gegen die Flanken der Boote und das hohle Pochen ihrer Absätze auf den Planken der Pier waren die einzigen Geräusche, bis sie sich dem vorderen Ende näherten. Es gab vermutlich einen Grund, weshalb Fullbright keine bewohnten Nachbarboote in unmittelbarer Nähe hatte: die laute Musik aus seinem weißen Kabinenkreuzer. Nicht die sanfte Untermalung, wie Dave sie gehört hatte, als er Fullbright seinen letzten Besuch abstattete. Nein, was da dröhnte, war laute Rockmusik. Aber dennoch war kein Licht zu sehen. Schattenhafte Gestalten saßen auf dem geschützten Achterdeck. Die wechselnden Farben eines Fernsehschirms beleuchteten ihre halbnackten Körper. Teenager. Sie hockten auf der gepolsterten Bank an der Reling und kicherten und murmelten und reichten selbstgedrehte Zigaretten von Hand zu Hand weiter. Als Dave und Delgado an Bord gingen, stand ein blonder Junge auf und kam auf sie zu.

»Kein Zugang«, sagte er. »Das ist eine private Gesellschaft.« Er hatte die gebleichten Augenbrauen, den dunklen Teint und die kräftigen Muskeln, die ihn als Strandwächter, Lebensretter oder

Wellenreiter kennzeichneten. Er strömte den Geruch von Sonne aus. Der Junge war größer und breiter als Dave und hatte eine Weinflasche in der Hand. Von seinen Hüften hing eine ausgebeulte Surferhose, und er war nicht ganz sicher auf den Beinen. »Bitte gehen Sie«, sagte er.

»Es ist dringend«, erwiderte Dave. »Sagen Sie Jack Fullbright, daß Dave Brandstetter ihn zu sprechen wünscht. Ich bin sicher, er wird mich nicht wegschicken.«

»Aber es ist lange nach Geschäftsschluß«, erwiderte der Junge.

»Ich frage nicht nach der Zeit«, sagte Dave. »Gehen Sie und sagen Sie Jack Fullbright, daß ich hier bin – bitte!«

Der Junge drehte sich halb um und stellte die Weinflasche auf einen niedrigen runden Tisch neben andere Weinflaschen, Schalen mit Knabbergebäck und Schüsseln mit Käse- und Sauerrahm-Dips. »Ich könnte Ihnen beide Arme brechen«, sagte der Junge.

»Wenn Sie es lieber auf die Bullenart haben wollen«, fuhr ihn Dave an, »mein Freund hier trägt eine Pistole, und falls Sie versuchen, den Oberschlauen zu spielen, schießt er Ihnen damit in die Kniescheibe.«

Der Junge blinzelte, während er Delgado betrachtete. Delgado steckte eine Hand unter sein Jackett. Dann sagte er zu dem blonden Lebensrettertyp: »Er meint es ernst.«

Ein Mädchen in einer weißen Jeansjacke über dem Bikini kam um den Tisch herum und hielt den Arm des Jungen fest. »Ricky, komm schon und setz dich hin.«

»Frag ihn doch mal nach seiner Kanone«, sagte eine Männerstimme aus dem Dunkeln. »Ja, er soll die Kanone vorzeigen.«

Delgado zog die Pistole, hielt sie hoch und steckte sie dann wieder ein.

Der Junge wandte sich an Dave. »Er hat uns befohlen, niemanden auf das Boot zu lassen. Und verboten, daß jemand die Kabine betritt. Wir selbst dürfen da auch nicht hinein. Wenn wir pissen müssen, pissen wir über die Reling, kapiert? Er hat Besuch und will nicht gestört werden.«

Dave ging zur Kajütentreppe, und zog die Türen auf. Das Licht der Messinglaternen fiel gelblich auf die Teakholzverkleidung der Treppe.

»Mir wär's lieber, Sie würden es bleiben lassen«, sagte der Junge. »Er wird mir dafür ganz schön an den Arsch gehen.«

»Das hat er vermutlich bereits getan«, erklärte Delgado.

»Das ist die Bemerkung von einem, der nur Sex im Kopf hat«, tadelte ihn Dave milde. Die jungen Leute nahmen ihre Ausrüstung und schickten sich an, zu gehen. »Bleibt doch hier. Er ist euer Freund. Er gibt euch Schnaps und Gras. Also verlaßt ihn nicht, wenn er euch mal braucht.«

Ein Mädchen und ein Junge verließen das Boot. Die anderen blieben zweifelnd stehen, betrachteten Dave und Delgado, schauten sich dann gegenseitig an. Der Junge, den sie Ricky nannten, sagte: »Okay. Worum geht's? Wer seid ihr?«

»Privatermittler«, antwortete Dave. »Wir arbeiten für die Gesellschaft, bei der Jack Fullbrights Partner eine Lebensversicherung abgeschlossen hat. Der Partner wurde ermordet. Es ist also eine ernsthafte Sache, ist das klar? Ihr wartet also, oder nicht?«

Sie murmelten, gingen unschlüssig ein paar Schritte hin und her, dann setzten sie sich wieder, einer nach dem anderen. Dave schritt die Kajütentreppe hinunter. Am Fuß der Treppe blieb er stehen. Delgado stieß gegen ihn. »Sex im Kopf oder nicht«, sagte er, »ich hatte recht.« Und er zeigte mit der Hand nach unten.

Die Tür im Schott, die die Hauptkabine mit den Ledercouches, der Bar und der Stereoanlage von der Schlafkabine trennte, stand offen, und Dave sah Beine, die munter wippten. Schlanke, rasierte Beine schlangen sich um muskulöse, haarige Beine. Die Musik war hier unten sehr laut. Dave ging zum Steuergerät und schaltete es ab. In der Schlafkabine fiel ein blonder Junge, der Ricky ähnlich sah, auf den Boden zwischen die Betten. Er war nackt, und ein nacktes Mädchen fiel lachend auf ihn. Ribbons. Sie rangen miteinander, aber vielleicht war das auch kein Ringkampf. Dann sagte Jack Fullbrights Stimme in scharfem Ton: »Hört mal auf. Haltet euch ruhig, ja? Draußen ist etwas nicht in Ordnung.«

Fullbright trat über die beiden jetzt ruhig daliegenden Körper und stand gleich danach in der Tür. Er war natürlich nackt, bis auf die kleine Silberkette, die er um den Hals trug, und ein Heftpflaster, das dicke Lagen von Mull an seiner Nase festhielt. Das Pflaster reichte quer über beide Wangen, und das Fleisch um die Augen, das nicht davon bedeckt war, schimmerte schwarz und blau und war geschwollen. Er konnte die Augen nur mühsam öffnen. Sie funkelten.

»Was, zum Teufel, soll das heißen? Was wollen Sie?«

Er langte hinter die Tür nach einem weißen Frottémantel. Ribbons starrte überrascht auf Dave und Delgado, und der blonde Junge musterte ebenfalls die beiden Eindringlinge. Er mußte dazu den Kopf weit nach hinten neigen. In dieser Stellung wirkte seine erschreckte Haltung fast komisch. Fullbright trat aus der Schlafkabine und schloß die Tür; zugleich zog er sich den Bademantel an. Er war bodenlang und hatte eine Kapuze, aber Fullbright setzte die Kapuze nicht auf. Dave beobachtete seine Bewegungen. Sie waren langsam. Sicher hatte er starke Schmerzmittel genommen. Ohne sie hätte sich Fullbright wohl kaum amüsieren können, einen Tag, nachdem er sich an der Kajütentreppe die Nase gebrochen hatte. Die Schmerzmittel beeinträchtigten vermutlich auch seine Potenz, aber Dave nahm an, daß es viel Zeit, Diplomatie und Glück gebraucht hatte, um eine solche Party zu arrangieren, und Fullbright hätte sie nur dann abgesagt, wenn er bereits im Koma gelegen hätte.

»Immer noch dieselbe Sache«, erklärte Dave. »Wir wollen wissen, wo Charleen ist. Sie haben mich belogen. Natürlich kennen Sie sie. Sie haben Spence Odum gebeten, ihr eine Hauptrolle in einem seiner Filme zu geben. Das hätte Sie einiges gekostet, doch das war Ihnen egal. Also muß sie Ihnen etwas bedeutet haben. Wo ist sie, Fullbright?«

Jenseits der Tür und hinter dem Mann im langen, weißen Bademantel gab es ein klapperndes Geräusch. Jemand stolperte über eine Treppe. Dave warf Delgado einen Blick zu, und Delgado stieß Fullbright zur Seite, riß die Tür zur Schlafkabine auf und hechtete hinein. Dave sah die Beine des nackten Jungen auf einer zweiten Kajütentreppe verschwinden. Delgado hielt Ribbons fest. Sie hatte Jeans an, aber kein Oberteil. Sie wand sich unter Delgados hartem Griff und stieß keuchende Laute aus, eine Mischung aus Wut und Angst, versuchte, Delgado mit ihrer kleinen, blaugeäderten Faust zu schlagen. Jenseits der anderen Kajütentreppe hörte man, wie etwas aufs Wasser klatschte. Der Junge mußte über Bord gesprungen sein.

»Diesmal will ich die Wahrheit hören«, sagte Dave.

Fullbright gab keine Antwort. Er schaute zu, wie Delgado die um sich schlagende, wimmernde Ribbons in die Hauptkabine schleppte. Delgado setzte sie mit Nachdruck auf eine Couch. Sie kreuzte die Arme vor den kleinen Brüsten und schaute Delgado durch ihr zerwühltes Haar wütend an. Dabei zog sie eine Schnute.

»Sie glauben, daß Sie auf diese Weise die Wahrheit zu hören bekommen, wie?« fragte Fullbright. »Wenn nicht, rufen Sie wahrscheinlich die Sitte.«

»Sie sind ein miserabler Menschenkenner«, antwortete Dave. Er langte in eine Tasche und zog die Rechnungskopien heraus, die er bei seinem letzten Besuch eingesteckt hatte. Er hielt sie Fullbright vor die Augen. »Ich bekomme die Wahrheit zu hören, wenn ich Ihnen das hier zurückgebe.«

»Wenn nicht, bringen Sie das Zeug zur Steuerfahndung, wie?« Fullbright nickte dazu mit dem Kopf.

»Und zur Polizei, zum Staatsanwalt und zu allen anderen Behörden, die mir gerade einfallen; Stellen, die sich mit Betrug, Diebstahl und Unterschlagungen befassen – ganz zu schweigen vom Morddezernat.«

Fullbright schloß die Augen, schüttelte den Kopf, knurrte, legte sich auf die Couch und stützte Kopf und Schultern gegen den einen Arm. »Ich habe ihn nicht umgebracht. Es war mir zwar sehr danach zumute, aber ich habe es nicht getan. Ich hab' mir einen besseren Ausweg überlegt.« Ein schlaues Lächeln zog seine Mundwinkel ein wenig nach oben.

»Mir ist kalt«, sagte Ribbons.

»Um ihn zum Schweigen zu bringen«, sagte Dave, »nachdem er herausgefunden hatte, daß Sie Filmausrüstungen an Pornohersteller vermieteten und ihm nicht einmal seinen Anteil daraus erstatteten.«

»Es ging nicht um das Geld«, murmelte Fullbright. »Es war die Sündhaftigkeit. Er war entschlossen, mich fertigzumachen.«

Dave trat zu ihm und schüttelte ihn an der Schulter. »Schlafen Sie jetzt nicht ein. Erklären Sie mir zunächst noch etwas.« Er hielt ihm das etwas unscharfe Foto von Charleen in dem Motelzimmer vor die Nase. Die Schlitze der geschwollenen Augen öffneten sich kurz und schlossen sich dann wieder. »Das haben Sie aufgenommen, ja? Sagen Sie mir nicht, warum; lassen Sie mich raten, Dawson war bei ihr.«

Fullbright nickte langsam. Seine Stimme war jetzt kaum hörbar. »Sie wissen es ja schon. Warum fragen Sie mich dann?« Er hob sehr langsam eine Hand und berührte sachte den Verband über seiner Nase. »Lassen Sie mich in Ruhe, ja?«

»Mir ist kalt«, jammerte Ribbons. Delgado ging hinüber in die Schlafkabine und kam mit einem weißen, handgestrickten Pullover zurück. Ribbons zog ihn an. Er gehörte entweder Fullbright oder dem geflohenen Jungen, war jedenfalls viel zu groß für Ribbons. Sie kuschelte sich hinein und schaute die Anwesenden düster an.

»Gern geschehen«, sagte Delgado.

»Ich hab' ihn eines Abends in seinem Büro überrascht, als er sich Pornomagazine angeschaut hat«, sagte Fullbright. »Er dachte, ich sei schon nach Hause gefahren, aber mir ist noch etwas eingefallen, und deshalb bin ich zurückgekommen. Es waren Fotos von nackten kleinen Mädchen.« Fullbright stieß einen Laut aus, der an ein Lachen erinnerte. »Er hat sie schnell weggesteckt, und ich tat so, als hätte ich nichts bemerkt. Aber es war ein richtiggehender Schock für mich.« Er schaute Dave sekundenlang an und schloß dann wieder die Augen. »Bis dahin hatte ich tatsächlich geglaubt, daß er ein solcher Heiliger war, wie er immer vorgegeben hat.«

»Und er nahm an, daß Sie das immer noch glaubten«, sagte Dave, »als er zu Odums Studio fuhr, dort alles auseinandernahm und die Ausrüstung der Firma zurückholte. Danach hat er gedroht, Sie fertigzumachen.«

Fullbright nickte, diesmal noch langsamer.

Dave schaute Ribbons an. »Gehen Sie mit Mr. Delgado in die Kombüse und kommen Sie mit starkem Kaffee zurück, ja? Aber fix.«

Ribbons zeigte keinerlei Bereitschaft, dem Befehl zu folgen. Delgado zog sie hoch. Dann stieß er sie vor sich her durch die Schlafkabine.

Dave schaute nicht, wohin sie gingen. Er fragte Fullbright: »Inzwischen hatten Sie sich bereits Charleen als kleine Spielgefährtin besorgt, nicht wahr? Wo haben Sie sie gefunden?«

»Sie haben mein ganzes Gesicht kaputtgemacht«, stöhnte Fullbright. »Es tut verdammt weh. Ich bin voll von Schmerztabletten. Ich kann kaum noch denken und weiß nicht mehr, was ich sagen soll.«

»Versuchen Sie es doch mit der Wahrheit«, schlug Dave vor.

Fullbright atmete tief ein und stieß sich ein wenig hoch. Er sagte mit lauter Stimme: »Ich fand sie in einem Lokal am Sunset Strip – es heißt Strip Joint –, wo junge Leute tanzen und Limonade trinken und auf den Strich gehen, für Geld, Marihuana, Kokain, Vorsprechtermine oder was man ihnen sonst verspricht.«

»Und Sie verleihen die Filmausrüstungen«, sagte Dave. »Also stehen Sie mit den Produzenten in Verbindung. Charleen dachte, Sie könnten sie zum Film bringen.«

»Außerdem hatte ich ein Boot«, sagte Fullbright. »Sie war noch nie zuvor auf einem Boot gewesen. Sie fand es großartig, aber wenn ich mit ihr hinausfuhr, wurde sie seekrank, und wenn nicht, langweilte sie sich zu Tode.« Seine Stimme wurde wieder leiser. Er stieß die Luft aus und schüttelte den Kopf. »Sie hatte vor, mich zu verlassen. Dann entdeckte Jerry meine private Buchführung und verwüstete Odums Studio und so weiter.« Fullbright schloß die Augen und zitterte; dabei schlang er sich den weiten Bademantel um den Leib. Er tastete nach der Kapuze und zog sie sich über das zerwühlte Haar. »Mann, ich muß schlafen, ich kann einfach nicht mehr.«

»Sie bekommen gleich Kaffee«, sagte Dave. »Sie haben also von Odum das Versprechen erhalten, daß er Charleen in einem Film verwendet, und boten ihm dafür die Nutzung der Geräte und Rohmaterial umsonst. Und Charleen sollte dafür Dawson verführen – nachdem Sie wußten, daß er die kleinen Mädchen in den Pornomagazinen so reizvoll gefunden hatte, nicht wahr? Sie haben vor dem Motelfenster gewartet und Fotos von ihm und dem Mädchen geschossen, die Dawson nicht unbedingt in seiner Kirchenzeitung veröffentlicht haben wollte.« Dave bückte sich unter eine der Couches. »Sie haben dazu eine dieser Kameras verwendet.«

»Die wenigsten Menschen ahnen, daß man sie auch im Dunkeln fotografieren kann«, sagte Fullbright benommen. Er lächelte schwach. »Das hat ihm den Mund gestopft. Und damit hatte ich ihn vom Hals.« Er lachte leise, öffnete die Augen, so weit er konnte, und schaute Dave an. »Außerdem hing er von nun an bei Charleen an der Angel. Er konnte nicht genug haben von ihr – obwohl er wußte, daß sie damit einverstanden gewesen war, ihn mit meiner Hilfe reinzulegen. Nichts galt mehr, nur der Sex mit Charleen. Vermutlich hatte er sich sein ganzes Leben lang nach Schulmädchensex gesehnt – wie sagt man noch? Nymphchen, nicht wahr?«

»Und er hatte sich bis dahin immer beherrschen können«, sagte Dave.

»Ja, sicher...« Fullbright schloß wieder die Augen, und sein Kinn ruhte auf der Brust. »Früher oder später hätte er es doch nicht mehr geschafft. Und als es dann so weit war, da war er nicht mehr zu bremsen.«

Delgado kam herein mit einem großen, japanischen Keramikbecher voll Kaffee. Mit der freien Hand hielt er Ribbons fest. Dave nahm die Tasse. Ribbons und Delgado setzten sich wieder auf die Couch. Ricky stand auf der Kajütentreppe. Er sagte kein Wort, schaute nur herunter. Er schien sich Sorgen zu machen.

»Trinken Sie einen Schluck«, sagte Dave zu Fullbright. Und dachte: Anscheinend muß ich diesen Mann immer wie eine Krankenschwester versorgen. Er hielt den Rand der Tasse an Fullbrights Lippen. Fullbright riß den Kopf hoch. »Ich will nicht. Es gibt nichts mehr zu sagen.«

»Wohin ist Charleen verschwunden, nachdem Dawson tot war?«

»Ich habe sie nie wieder gesehen.« Fullbright versuchte, die Kaffeetasse wegzustoßen. »Ich schwöre es. Denken Sie, was Sie wollen, tun Sie, was Sie wollen. Ich habe sie nie wieder gesehen.«

»Sie wollten diese Belege draußen auf dem Ozean versenken. Haben Sie es auch mit Charleen so gemacht? Sie war Zeuge bei Dawsons Tod, nicht wahr? Und Sie konnten sich nicht darauf verlassen, daß sie den Mund halten würde. Sie mußten sie loswerden.«

»Nein. Ich habe ihn nicht umgebracht.« Fullbright rieb sich die Stirn. »Was war das für ein Abend?«

Dave nannte ihm das Datum. »Zwischen zehn und Mitternacht.«

»Ich war hier. Ich habe bei einem Filmverleih noch rasch einen Film mitgenommen, nach dem Büro, und ihn direkt hierhergebracht. Sie können in den Unterlagen nachsehen. Die Firma heißt ›Cascade‹.« Fullbright nahm die Tasse und blies in den Kaffee. Dann trank er einen kleinen Schluck und zuckte zusammen. »Heiß. Es war *Deep Throat*.« Er zeigte nach oben. An der Decke war eine aufgerollte Filmleinwand befestigt. »Der Projektor ist dort drüben.« Er schaute zur Kajütentreppe und sah Ricky. »Was ist?«

»Ich war hier an dem Abend«, sagte Ricky. »Und Jude und Pepe waren auch hier.« Er drehte sich um und rief hinauf auf das Deck: »He! *Deep Throat!* Erinnert ihr euch, wann Jack uns den Film gezeigt hat?«

Jude war das Mädchen in der Jeansjacke mit dem Bikini, Pepe ein kleiner, braunhäutiger Junge mit etwas zuviel Fett auf den Muskeln. Er kaute, und seine Mundwinkel waren weiß. Jude nannte das Datum des Tages, an dem Gerald Dawson getötet worden war. »Es war ein Montag«, fügte sie hinzu. »Ich erinnere mich deshalb so gut, weil das eigentlich mein Tennisabend mit meinem Bruder ist. Als ich hörte, was hier los ist, hab' ich den Termin auf dem Tennisplatz sofort gestrichen.«

»Ja.« Pepe rieb sich zwischen den Beinen und grinste. »Hier war einiges los. *Es verdad*!«

Jude schaute Dave mit weit aufgerissenen Augen an. »Sagen Sie mir, wie macht die das bloß in dem Film?«

Ribbons hatte noch immer den viel zu großen Pullover um sich geschlungen und sah unverändert düster und mürrisch drein. »Hast du schon mal von Spezialeffekten gehört?« Dann kicherte sie. »Von Trickfilmen?«

Die Kinder auf der Treppe lachten.

Kapitel 21

Ein unbekannter Wagen parkte im Dunkeln neben den Sandhaufen, Zementsäcken und Holzschindeln vor den Terrassentüren. Dave betrat den Innenhof. Im »Fechtzimmer« brannte Licht. Ein Fremder mußte drinnen sein. Er saß auf dem Bett, hatte das Telefon neben sich auf dem Boden stehen und den Hörer am Ohr. Das Licht, das den Raum erhellte, war eine einzelne Zweihundertwattbirne in einer Fassung an der Decke. Dave stand zwischen den weißen Blüten des Trompetenstrauchs und den rankenden Reben auf der Hinterseite des Hofes und beobachtete den Mann durch die offene Tür. Er hatte einen braunen Anzug an und hochglanzpolierte Schuhe. Sein braunes Haar war im Stil der 30er Jahre geschnitten, also hochmodern. Er sprach in den Hörer, und Dave glaubte die Stimme zu erkennen. Er ging durch die Tür hinein in den Raum und blieb vor dem Bett stehen.

Randy Van blickte hoch und lächelte. Er nahm das Telefon, stand auf, reichte Dave erst den Apparat, dann den Hörer. Dave nahm beides entgegen, verwirrt und überrascht. Randy hatte nicht die Spur von Make-up im Gesicht, und seine Fingernägel waren nicht lackiert. Dave sagte »Brandstetter« in den Hörer des Telefons.

»Die Schmutzspuren auf dem Boden im Kleiderschrank von Apartment sechsunddreißig stimmen überein mit dem Schmutz auf der Kleidung des verstorbenen Gerald Dawson«, sagte Salazar.

»Großartig«, antwortete Dave. »Sonst noch was?«

»Eine Menge Fingerabdrücke. Aber wer weiß, wie lange das dauert, bis die auseinandersortiert und geordnet sind? Ihr Zeuge, dieser Cowan, sagte mir, daß sie nicht selten Bekanntschaften in ihr Apartment abgeschleppt hat. Sie muß ziemlich emsig gewesen sein. Und bestimmt zu beschäftigt, als daß sie die Wohnung allzuoft aufgeräumt und gereinigt hätte. Aber trotzdem: Er ist nicht dort umgebracht worden, Brandstetter. Wenn man sich das Genick bricht –«

»Ich weiß, ich weiß«, sagte Dave. »Die Schließmuskeln der Blase und des Darms öffnen sich. Ich weiß auch, daß das nicht immer der Fall ist. Aber fast immer.«

»Fast immer reicht mir«, erklärte Salazar. »Ich will mit diesem Fall nichts mehr zu tun haben, und ich bleibe dabei.«

»Legen Sie noch nicht auf«, sagte Dave und preßte dann eine Hand auf die Sprechmuschel. Randy blätterte einen Stapel von Langspielplatten durch, der auf dem Boden lag. Dave fragte ihn: »Seit wann sind Sie hier? Hat sonst noch jemand angerufen?«

»Ungefähr eine Stunde. Ein Lieutenant Barker von der Kriminalpolizei. Er hat den Laborbericht bekommen über den Inhalt des Umschlags, den wir bei Karen mitgenommen haben. Man hat ihn angerufen, wie Sie vereinbart hatten.«

»Hat er gesagt, zu was für einem Ergebnis sie gelangt sind?«

Randy nickte, während er eine Porträtzeichnung des jungen Mozart betrachtete. »Verwitterter Granit. Hat nichts mit dem anderen Dreck zu tun; der ist Schwemmsand.« Er schaute zu Dave hoch. »Er wollte es dem Staatsanwalt mitteilen.«

»Danke«, sagte Dave. »Sie sehen sehr gut aus.«

»Ich komme mir lächerlich vor in dieser Kleidung«, erwiderte Randy. »Heißt das, der mit den Pferden kommt aus der Haft frei?«

»Genau das«, sagte Dave. »Darauf sollten wir trinken. Die Küche ist auf der anderen Seite des Innenhofs.«

Randy stand auf und hauchte Dave einen Kuß auf die Wange. »Sie sind ein netter Mann«, sagte er und ging. Dabei wedelte er nicht mit den Hüften. Salazar pfiff ins Telefon. Dave nahm die Hand von der Sprechmuschel. »Entschuldigen Sie«, sagte er und berichtete Salazar dann, wie er die Erdprobe von Tookers Ransch im Topanga Canyon genommen hatte, was das Labor dazu gemeldet und wie Barker darauf reagiert hatte. »Hören Sie, ich kann ihn bitten, daß er es tut, und ich kann Sie bitten – aber irgend jemand muß es tun«, sagte er zuletzt.

»Was denn?« fragte Salazar.

»Buckys Schuhe untersuchen«, antwortete Dave.

»Um zu sehen, ob der Dreck mit dem im Schrank übereinstimmt?« fragte Salazar. »Wissen Sie, eigentlich verstehe ich nicht ganz, wie das kommt, wo ich doch nur einmal mit Ihnen zu Mittag gegessen habe, aber irgendwie sind Sie mir sympathisch, und ich denke schon fast wie Sie. Aber das hat mir in diesem Fall nichts genützt. Ich habe die Schuhe von dem Jungen bereits überprüft. Negativ. Habe den Jungen sogar Cowan vorgeführt. Cowan war nicht mehr ganz sicher. Er meinte, Bucky käme ihm jetzt kleiner vor. Aber vielleicht kam das vom Licht. Als er ihm zum ersten Mal gesehen zu haben glaubte, war es dunkel.«

»Es ist immer noch dunkel«, sagte Dave. »Ich weiß nicht, Salazar – ich weiß es einfach nicht.« Er setzte sich auf das Bett und kaute an seiner Unterlippe. Salazar fragte, ob er noch da sei. »Ich weiß selbst nicht mehr, wo ich bin«, antwortete Dave. »Hören Sie – vielen Dank. Es tut mir leid, daß ich Ihnen so viel Mühe gemacht habe. Und ich bin Ihnen für Ihre Hilfe sehr dankbar.«

»Gern geschehen«, sagte Salazar.

»Jemand muß diesen Mann ermordet haben.«

»Aber nicht die Witwe oder der Sohn«, erwiderte Salazar. »Schreiben Sie ihnen den Scheck aus und vergessen Sie die Sache.«

»Klar«, antwortete Dave, aber er hatte gar nicht zugehört. Er dachte über Buckys Größe nach. Dann fragte er Salazar: »Sind Sie noch eine Weile dort?«

»Ich bin momentan bei meiner fünften Überstunde angelangt«, erklärte Salazar. »Jetzt fahre ich heim und gehe ins Bett.«

»Was ist mit Ihrem Büro? Kann ich dort hinterlassen, daß ich –«

»Von neun bis fünf, Brandstetter«, schnitt ihm Salazar das Wort ab. »In meinem Büro hält man nämlich die Dienststunden sehr genau ein.«

»Also dann, bis morgen früh.« Dave legte auf.

Randy kam mit halbhohen Gläsern zurück, deren Inhalt nach Scotch auf Eis aussah. Er reichte Dave eines der Gläser. »Heißt das, wir haben die ganze Nacht Zeit?«

»Ich muß vor Sonnenaufgang etwas erledigen«, antwortete Dave.

»Sie meinen außer dem, was Sie hier vorhaben?«

»Nach dem, was ich hier vorhabe«, sagte Dave. »Hör zu – du könntest dich öfter mal normal anziehen.«

Es war nicht mehr die Zeit des Sonnenaufgangs, sondern bereits eine Stunde später. Aber der alte Schwarze in der gestärkten Khakiuniform saß aufrecht und mit weit geöffneten Augen in seinem ausgebleichten blauen Corvair neben der Einfahrt zu den Garagen unter Sylvia Katzmans Apartmentkomplex. Die Straße war steil, der abgefahrene rechte Vorderreifen des Wagens gegen die Randsteinkante eingeschlagen. Dave schaltete den Triumph auf den niedrigsten Vorwärtsgang und fuhr den Hügel hinauf. Er verirrte sich in den gewundenen, engen Sträßchen, fand aber dann doch den Platz, den er suchte, parkte und stieg aus. Es war die Stelle oberhalb des Hauses, dort, wo die Leitplanken durchbrochen und die getrennten Blechteile zurückgebogen waren. Dave schaute hinunter. Er sah die Küchenfenster der Apartments im obersten Stock. Das Fenster von Nummer sechsunddreißig stand noch offen; er selbst hatte es bei seinem ersten Besuch aufgemacht. Und von hier aus war deutlich zu erkennen, daß jemand die Böschung hinaufgeklettert war. Die ersten, schrägen Sonnenstrahlen, die wieder einen Hitzetag versprachen, zeigten deutlich die Spuren von Schuhen oder Stiefeln, die sich in das Erdreich gegraben hatten. Und daneben waren Schleifspuren zu erkennen. Dave ging zurück zu seinem Wagen und verfuhr sich noch einmal auf dem Weg nach unten, zum geparkten Corvair. Der Alte trank jetzt Kaffee aus einem roten Plastikbecher, dem Verschluß seiner Thermosflasche.

»Ja«, sagte er unbestimmt, »einen solchen Wagen hab' ich gesehen. Einen schweren Lastwagen mit großen Reifen. Vierradantrieb, vermutlich. Das Ding hat ganz schön gerumpelt. Und es hatte Kraft unter der Motorhaube.«

»Hatte er irgendwelches Gerät geladen?« fragte Dave.

»O ja.« Der Alte nickte. Er langte hinüber zum Handschuhfach, das mit sinnvoll angeordneten Gummibändern zugehalten wurde. Er fummelte mit arthritischen Fingern daran herum. »Ich hab' da noch ein paar Tassen drin.« Die Metallklappe des Handschuhfachs öffnete sich. »Vielleicht wollen Sie einen Schluck Kaffee? Schmeckt gut, als erstes am frühen Morgen.« Er zog eine Tasse aus einer Sechserpackung und füllte sie vorsichtig mit Kaffee aus der Thermosflasche. Seine Bewegungen waren langsam und bedächtig. Dann reichte er Dave die gefüllte Tasse durchs Fenster. »Es war eine Maschine, wie man sie zum Bohren von Löchern für Pfosten und Masten verwendet.« Der alte Mann schraubte die Thermosflasche zu. Dann steckte er die übrigen Plastiktassen wieder ins Handschuhfach und verschloß es mit der komplizierten Anordnung von Gummibändern. »Und dran war etwas, wo man was festmachen kann, zum Beispiel eine Planiermaschine für Straßen.«

»Der Kaffee schmeckt gut«, sagte Dave. »Danke. Wann haben Sie den Wagen gesehen?«

»Er hat dort oben geparkt.« Der Alte hob langsam eine Hand und deutete mit dem Daumen über seine Schulter. »Ich fahre immer ganz hinauf, weil ich da besser wenden kann, und komme dann wieder herunter, um genau hier zu parken. Mein alter Corvair funktioniert zwar noch gut, aber beim Rückwärtsfahren hat der Motor nicht mehr viel Saft drauf. Wann? Vor zwei Wochen?« Er legte die bereits faltige Stirn in noch tiefere Falten. »Nicht ganz.«

»Stand der Wagen schon dort, als Sie ankamen?« fragte Dave. »Das wäre wann gewesen? Um sieben Uhr morgens?«

»Ja, ziemlich genau«, sagte der Alte. Er trank Kaffee und schaute dann nachdenklich durch die Windschutzscheibe. »Nein, das war nicht das erste Mal. Das erste Mal hab' ich ihn am Sonntag gesehen, dem Tag zuvor. Ziemlich früh. Ich wollte gerade wegfahren. Ein Kerl mit einem schwarzen Bart ist ausgestiegen, aber er ist nicht ins Haus reingekommen. Wenn jemand Besuch erwartet, kommt er runter und macht die Haustür auf.«

»Und wer ist gekommen?« fragte Dave. »Wer hat ihn eingelassen?«

»Vielleicht ist er gar nicht reingekommen«, antwortete der Alte. »Er hat noch dagestanden, als ich weggefahren bin. Der Mann hat einen Cowboyhut auf dem Kopf gehabt.« Jetzt schaute er Dave scharf an. »Wissen Sie«, fügte er hinzu, »der Montag, als ich den Lastwagen wiedergesehen habe – das war der Morgen, an dem sie mich dauernd gefragt haben. Die Polizei, der Sheriff und so weiter. Wer in der Nacht gekommen und gegangen ist. Ja, sie haben mich ausgefragt nach dem Abend zuvor.« Ein kleines, müdes Lächeln lag auf seinem Gesicht. »Aber sie haben nie nach dem Fahrzeug gefragt. Sie sind der erste und einzige, der das wissen will.«

»Aber der Kerl mit dem Bart saß nicht in dem Wagen, als Sie ihn sahen?« fragte Dave.

»Niemand hat dringesessen. Aber danach. Muß gegen Mitternacht gewesen sein. Er kam heraus und hier an mir vorbei, so nah, daß ich ihn mit der Hand hätte anfassen können. Er hat den Wagen aufgesperrt, ist hineingeklettert, hat die Tür zugeschlagen und ist auf den Hügel hinter dem Haus gefahren, wie Sie vorhin.«

»Allein?« fragte Dave. »Ohne ein mageres, blondes Mädchen, um die Fünfzehn?«

»Ja, allein«, sagte der Alte. Er trank Kaffee und dachte eine Minute lang nach. »Wissen Sie, warum ich mich daran so genau erinnere? Warum ich überhaupt achtgegeben habe, auf den Kerl und den Wagen, und wie er weggefahren ist?«

»Nein. Warum?«

»Weil er ohne Bart ganz anders ausgesehen hat.«

»Ich würde sagen, eine Brieftasche«, erklärte Dave. »Und vermutlich ein Matchsack, vielleicht von der Armee oder der Marine. Und Kleidungsstücke – Arbeitskleidung, Levis, Chinos, Arbeitsschuhe, vielleicht auch Cowboystiefel. Unterwäsche, schmutzige höchstwahrscheinlich, denn er hat sich hier nicht ausgekannt.«

Der schwarze Junge zog Kartons und Pakete von Stahlrohrregalen in den großen Raum, der nur mit solchen Regalen ausgestattet war. Er und Dave schauten in die Kartons und Pakete. Als Dave den Kopf schüttelte, räumte der Junge die Kartons und Pakete wieder dorthin, wo er sie hergeholt hatte. »Wissen Sie«, sagte er, »wenn ich die Detektivprüfung gemacht habe, dann kündige ich hier und versuche, wie Sie bei einer Versicherung unterzukommen.«

»Ich werde es nicht verraten«, versprach Dave. »Aber du solltest dir Zeit lassen und alles noch einmal genau überlegen.« Er schätzte den Jungen auf etwa zwölf. »Vielleicht änderst du dann deine Meinung.« Er sah ein Datum, das auf einen Karton gekritzelt war, und hielt inne. »Schauen wir uns mal diesen hier an.«

»Ich glaube nicht, daß ich meine Meinung ändere.« Der Junge zog die Schachtel vom Regal und hielt sie Dave hin. »Ich habe in den Zeitschriften darüber gelesen. Und ich habe Sie im Fernsehen gesehen. Ich will genau das tun, was Sie tun.«

»Du meinst, in den Zeitschriften stehen?« fragte Dave. »Und im Fernsehen interviewt werden? Aber bei mir hat es zwanzig Jahre gedauert, bis es so weit war. Und, weißt du, wofür das ein Zeichen ist?« Er kramte in Socken, zerknitterten T-Shirts und Turnhosen, die in dem Karton lagen. Weiße Stiefelsocken, steif vom Schweiß. Aber keine Stiefel, keine Schuhe. Dafür eine Brieftasche, an den Rändern bestickt und mit einem Kreuz zwischen zwei verzierten Li-

lien. Die Brieftasche war leer. Eine schmutzverkrustete Arbeitshose war flach zusammengelegt. Er hob sie hoch. »Es ist das Zeichen dafür, daß die besten Jahre vorüber sind.« Zerknittertes, khakifarbenes Segeltuch. Ein Matchsack. Mit der Aufschrift »US-Army«. Er nahm ihn aus dem Karton, öffnete ihn. Da war das Buch. Er nahm es heraus. »Wie die alten Komiker in den Quizsendungen.«

»Sie sehen aber noch nicht alt aus«, sagte der Junge. »Ist es das, was Sie suchen?«

Dave nickte. Der Junge stellte die Schachtel wieder ins Regal. Dave sagte: »Bevor man in die Zeitschriften und ins Fernsehen kommt, ist das Leben ziemlich langweilig.«

»Aber bei dem Interview haben Sie nichts davon gesagt«, widersprach der Junge.

»Über den langweiligen Teil redet man nicht gerne«, sagte Dave. Das Buch war im Format zwanzig mal zwanzig, nicht dick, aber schwer. Der Einband war aus glattem, geprägtem Lederol, blau mit goldener Schrift, wobei das Gold schon ziemlich abgewetzt war. ESTACA HIGHSCHOOL 1977. »Die Leute, die abends fernsehen, sind meistens schon müde. Sie wollen nur spannende Geschichten hören. Genau wie die Leser der Zeitschriften.« Er blätterte in dem Buch. Fotos. Ein Mädchen-Volleyballteam unter Eukalyptusbäumen. Berge im Hintergrund. Eine Football-Mannschaft mit wuchtigen Schulterschonern. Ein Chor in gestärkten schwarzen Roben. Reihen kleiner Fotos von Gesichtern, die einen lächelnd, die anderen ernst, vorwitzig, erschöpft, mit Zahnspangen, Akne und Brillen, daneben ein paar Gesichter vollkommener Schönheit. Charleen Sims schaute ihn an. Er blätterte zurück zur ersten Seite. *Charleen Sims*, in blaßblauer Kugelschreiberschrift, dann *Charleen Tackaberry*, in dunkelblauer Schrift, dann *Mrs. Charleen Tackaberry, Fourth Street 456, Estaca, Kalifornien*. Sie machte aus den i-Punkten kleine Kreise. Dave gab dem Jungen das Buch zurück. »Hast du schon mal von Estaca gehört? Weißt du, wo das ist?«

»Das heißt ›Stange‹ auf spanisch.« Der Junge zog den Karton noch einmal heraus, warf das Buch hinein, schob den Karton wieder zurück ins Regal. »Vielleicht hat das was mit Weingärten zu tun. Vielleicht in einer Weingegend? Im San Joaquin Valley?«

»Ich glaube, du solltest doch Detektiv werden«, sagte Dave.

»Aber ich kann mich auch irren«, erwiderte der Junge bescheiden.

Kapitel
22

Er irrte sich nicht. Und das bedeutete eine weite Fahrt. Es wurde Nacht, bis Dave den Ort gefunden hatte, eine breite Hauptstraße mit hohen Randsteinen, die meisten Schaufenster der Läden in den neuen Beton- und den alten Ziegelbauten dunkel. Hier und da eine Neonreklame: HAUSHALTSWAREN in Blau, JOHN DEERE in Gelb oder BEKLEIDUNG in Rosa. Drei oder vier von den Straßenlaternen waren auf dem neuesten Stand. Eine einsame Verkehrsampel schwang, an Drähten aufgehängt, im heißen Wind, der vermutlich auch die Nacht über heiß bleiben würde. Das Signal wechselte von Rot auf Grün, dann auf Gelb und wieder auf Rot. Niemand schien sich darum zu kümmern. Estaca, oder zumindest der überwiegende Teil seiner Bürger, war zu Hause beim Abendessen und beim Fernsehen.

Eine junge Frau mit fetten Hüften, die aus einer zu engen Bluejeans quollen, und mit einem Kopftuch über dem Haar kam aus der Glastür eines Geschäfts, dessen Fenster noch erleuchtet waren. Sie öffnete die Hecktür eines Kombiwagens, stellte eine braune Papiertüte hinein, an deren Form man erkennen konnte, daß sie eine Sechserpackung Bierdosen enthielt, und stieg dann in den Wagen. ABHOLMARKT stand auf dem Schild über der Tür, was besagte, daß man in Estaca nicht in einer Bar sitzen und dort sein Bier trinken konnte. Wenn man Alkohol wollte, mußte man ihn hier kaufen und zu Hause trinken. Der Kombiwagen ratterte davon. Dave ließ den Triumph so stehen, wie er war, schräggeparkt, die Schnauze in Richtung auf den Randstein, stieg steif vom Fahrersitz und streckte sich. Kein Wagen für weite Reisen, dachte er.

»Nagelneu, wie?« sagte der Mann aus dem Schnapsladen. Er war fett; das T-Shirt spannte sich über dem gewaltigen Bauch; es war mit einer purpurnen Traube bedruckt und mit den Worten KALIFORNISCHER WEIN. Sein Haar war an den Seiten hoch hinaufrasiert und oben ganz kurz geschnitten. »Hat ziemlich was unter der Haube, wie?«

»Komisch, daß man ausgerechnet in einem County, das selbst Wein produziert, nicht zum Trinken in einen Saloon gehen kann«, bemerkte Dave. Er betrachtete die Flaschen auf dem Regal hinter dem fetten Mann. Nein, hier würde er keinen Glenlivet finden.

»Wie ist es mit den Restaurants? Haben die Alkoholverbot?«

»Nur Wein«, antwortete der fette Mann. »Wo kommt der denn her? Aus Deutschland? Italien? Japan? Nein, das ist kein Japaner. Komisch, wenn man nachdenkt: Als ich ein kleiner Junge war, konnten wir nicht genug von den Japsen umbringen. Heute kaufen wir ihre Autos. Die Menschen vergessen schnell.«

»Zumindest die Menschen, die vergessen können«, sagte Dave. »Nein – es ist ein englischer Wagen.«

»Dann haben Sie also nicht vergessen können«, sagte der Mann. »Die Tommies waren unsere Alliierten. Waren Sie damals auch in England?« Er grinste lüstern und ließ dabei seine tabakgelben Zähne sehen. »Junge, die Verdunkelungen, das war 'ne Sache. Im Dunkeln, da hat alles mögliche passieren können. Mädchen in jedem Hausgang, in jeder kleinen Gasse. Da hast du nicht erst wissen müssen, wo du bist. Du hast nur ein bißchen Amerikanisch geredet, und sie haben dir die Hose aufgeknöpft. Sie waren nicht in London, wie?«

Auf der Seite der Theke war ein rundes Gestell mit fertigen Cocktails in Fläschchen. Dave nahm zwei heraus, angeblich Martinis. Die Fläschchen waren staubig. Der Fette machte sicher nicht viel Geld hier in Estaca. »Ich bin durch England gekommen«, sagte Dave, »auf dem Weg nach Deutschland.« Hinter Regalen mit Brot, Crackers und Kartoffelchips standen Kühlschränke mit Dosen- und Flaschenbier, Milchkartons und Käsepackungen. Daneben, in einer Tiefkühltruhe, Eiskrem und gefrorener Joghurt. Dave entdeckte einen Beutel mit Eiswürfel. »So, jetzt habe ich alles bis auf die Gläser.« Dave stellte die kleinen Flaschen auf die Theke neben die Kasse. »Haben Sie Plastikbecher?«

»Gibt's bei Ihnen 'ne Party?« fragte der Fette.

»Das ist alles für mich«, antwortete Dave und sah zu, wie der fette Mann nach hinten watschelte, um ineinandergesteckte Plastikbecher zu holen. »Wollen Sie sie alle haben?«

»Nein, das wäre zuviel.«

Der Mann nahm ein halbes Dutzend heraus. »Reicht das? Dann kann ich zusammenrechnen.« Dave nickte. Der Mann drückte die Knöpfe der Registrierkasse. »Armee, wie?«

»Nein, Geheimdienst«, sagte Dave.

»Ich war bei der Marine«, erklärte der fette Mann. Er nannte die Summe, und Dave zahlte. Der Mann legte die Scheine in einen grauen Metallkasten, dann gab er Dave die Münzen heraus. »Wer weiß, vielleicht kaufen wir in dreißig Jahren Autos aus Vietnam.«

»Wohnen hier viele, die in Vietnam gekämpft haben?« Dave steckte das Wechselgeld ein und nahm die dicke braune Papiertüte, in die der Mann die Flaschen, die Becher und die Eiswürfel gepackt hatte.

»Das hier ist kein County mit unerfahrenen Schulknaben«, sagte der Mann.

»Kennen Sie einen gewissen Tackaberry?«

»Der kommt nicht hierher«, antwortete der fette Mann. »Billy Jim Tackaberry ist schon eher in der Kirche zu finden.« Die kleinen Augen von undefinierbarer Farbe musterten Dave vom Scheitel bis zur Sohle. »Er hat doch nichts angestellt, oder?«

»Es ist eine Versicherungssache«, sagte Dave. »Wo ist die Fourth Street?«

»Ich hab' ihn schon 'ne Weile nicht gesehen«, fügte der fette Mann hinzu. »Großer, schwarzer Bart. Verrückte Augen. Hat mal für Lembke gearbeitet, die Maschinenbaufirma.«

»Und verheiratet, nicht wahr?«

»Weiß ich nicht. Ich weiß nur, daß er Billy Jim Tackaberry heißt, und wie er aussieht. Beides nicht leicht zu vergessen, wie? Die Fourth ist die nächste nach der Ampel.«

»Danke.« Dave stieß die Glastür auf.

»Und viel Spaß bei der Party«, rief ihm der fette Mann nach.

Das Haus stand zurückgesetzt auf einem Grundstück, das etwa einen Viertelmorgen groß war, mit vier Obstbäumen davor. Der Garten wurde durch einen einsfünfzig hohen Plankenzaun abgegrenzt. Die Fenster des Hauses waren erleuchtet. Früher mochte es mit Holzschindeln verkleidet oder sogar verputzt gewesen sein, aber jetzt bestanden die Außenwände aus Asbestplatten, die silbern schimmerten. Ein Doppeltor öffnete sich auf eine Zufahrt, und dort stand ein Campmobil, das auf einen Lieferwagen gehievt worden war. Daneben gab es ein kleineres Tor, durch das man zu Fuß hineingehen konnte. Dave parkte auf dem festgefahrenen Lehm vor dem Gartentor, grub ein paar Eiswürfel aus dem Beutel, gab sie in einen Plastikbecher und füllte ihn mit dem Martini auf. Dann stellte er das Glas aufs Armaturenbrett. Danach stieg er aus dem Wagen, öffnete den Riegel des Gartentors und ging über einen Plattenweg zur Holztreppe vor dem Eingang des Hauses, klopfte an den Aluminiumrahmen der Fliegengittertür. Darüber ging ein Licht an. Die innere Tür öffnete sich. Ein knorriger, kleiner Mann in den Fünfzigern schaute ihn argwöhnisch an, war nicht glücklich über das, was er sah, und wollte schon die Tür wieder schließen.

»Mr. Sims?« fragte Dave.

»Ich bin beim Essen, und außerdem kaufe ich nichts an der Tür.«

»Ich verkaufe auch nichts«, sagte Dave. »Ihre Tochter, Charleen – ist die hier?«

Der Mann verengte die Augen. »Wer will das wissen?«

Dave zeigte ihm den Ausweis in seiner Brieftasche. »Ich untersuche den Tod eines Mannes, dessen Leben bei der Sequoia versichert war. In Los Angeles. Er hieß Dawson. Ihre Tochter hat ihn gekannt. Ich bin sicher, sie kann aufklären, was mit ihm passiert ist.«

»Ein Schlamassel also«, sagte der kleine Mann. »Sie steckt also im Schlamassel, nicht wahr?« Er hakte die Fliegengittertür aus und stieß sie auf, damit Dave eintreten konnte. Die Möbel drinnen waren billig und nicht neu, aber sauber. Alles stand auf einem blitzblank gewienerten Linoleumboden, in ordentlichen rechten Winkeln zueinander. An den Wänden waren frische Tapeten mit einem zarten Rosenmuster, aber keine Bilder. »Wie, zum Teufel, ist sie nach Los Angeles gekommen?«

»Ich dachte, das könnten Sie mir sagen«, erwiderte Dave.

»Billy Jim würde sie bestimmt nicht dort hinbringen.« Sims ging in eine Küche, wo auf einem Tisch ein Stapel Auftragsbücher und Kataloge lagen, außerdem blitzende Fläschchen mit Kosmetikartikeln. Es war gerade noch genug Platz für einen Teller, so daß der Mann essen konnte. Er setzte sich und nahm die Gabel in die rechte Hand. »Ich bin die Avon-Beraterin«, sagte er, ohne zu lächeln.

»Warum würde er sie nicht dort hinbringen?« fragte Dave.

Mit dem Mund voll Kartoffelpüree antwortete Sims: »Setzen Sie sich, wenn Sie mögen. Weil er glaubt, daß Los Angeles verrucht ist. Wie jede große Stadt. Ich hab' sie davor gewarnt, einen Mann wie Billy Jim zu heiraten. Aber sie wollte nicht hören.« Er schlang das Essen hinunter, wobei sich sein Adamsapfel auf und ab bewegte. Dann nickte er in Richtung auf den freien Stuhl, stopfte sich von neuem den Mund voll und sprach mit vollem Mund weiter. »Bevor er nach Vietnam gegangen ist, war er in Ordnung, aber danach ist er verrückt geworden. Sie hatte ein Auge für ihn, seit sie zwölf war. Er war natürlich älter. Alle Mädchen haben ihn für was Besonderes gehalten. Groß und stark, aber auch geschickt beim Reden und schlauer als die Jungs von den Farmen.« Sims hielt inne und stieß den Stuhl zurück. »Sagen Sie, haben Sie schon gegessen? Wollen Sie auch einen Teller?«

Aber Dave hatte schon die Schachtel mit dem Fertigpüree auf der blankpolierten Küchentheke gesehen und die offene Dose Gulasch auf dem Herd. »Nein, danke«, sagte er. »Die US-Truppen haben sich dreiundsiebzig aus Vietnam zurückgezogen. Was hat ihn aufgehalten?«

»Er war im Lazarett. In der Abteilung für Geisteskranke. Drei Jahre, ja. Und als er zurückgekommen ist, mit dem verrückten Bart und den verrückten Augen, da hab' ich zu ihr gesagt: ›Vergiß ihn, such dir einen anderen. Er hat den Verstand verloren.‹ Aber es hieß nur Billy Jim hier und Billy Jim dort, schon die ganze Zeit, als er weg war. Sie hat ihm fast jeden Tag geschrieben. Und er auch. Jahrelang, verstehen Sie?« Sims brachte den leeren Teller zur Spüle. Dann öffnete er die Tür eines alten Kühlschranks. »Etwas Eiskrem?« fragte er.

»Nein, danke«, wiederholte Dave. Er wollte zu seinem gekühlten Martini im Wagen zurück. Die Geschichte von Billy Jim gefiel ihm immer weniger. »Ich hatte gehofft, daß sie hier wäre.«

»Sie war nicht mehr hier, seit sie ihn geheiratet hat«, sagte Sims. Er setzte sich und aß das Eis direkt aus dem Karton, mit einem Löffel, dessen Silberauflage abgeschabt war. »Nein, das ist nicht wahr. Mein Gott!« Er stand plötzlich auf und wandte sich ab, fuhr sich mit der Hand zum Mund. Etwas in seinen Händen funkelte rosa, silbern und perlmuttweiß. »Die Eiskrem tut der Brücke weh«, sagte er. »Manchmal ist es so schlimm, daß man schreien könnte.« Sims setze sich und nahm wieder den Löffel. »Nein, eine Weile haben sie hier gewohnt. Im alten Schlafzimmer, wo früher ich und ihre Mutter geschlafen haben. Ihre Mutter ist tot, wissen Sie.«

»Das tut mir leid«, sagte Dave.

»Sie konnte mit Charleen umgehen. Ich nicht«, sagte Sims.

»Und wo wohnen sie jetzt?«

»Den Fluß hoch, im Tal, wo sich die Hasen und Füchse gute Nacht sagen. Sie hat ein Baby bekommen.« Sims leckte den Löffel ab. »Weiß nicht, warum er ausgerechnet Charleen haben wollte. Er hätte viele Mädchen bekommen können.« Er seufzte, verschloß den

Eiskremkarton und stellte ihn wieder in den Kühlschrank. Der Löffel klapperte in der Spüle. »Aber vielleicht haben die anderen gemerkt, daß er verrückt ist, daß ihn der Krieg durcheinandergebracht hat. Ihr war das egal. Sie ist angeboren unvorsichtig.« Er beäugte Dave. »Sie haben's eilig, was? Ich rede zuviel. Sicher, die Leute hier mögen das. Hier gibt es nicht viel zu tun. Beim Reden vergeht die Zeit. Also schön – sie haben hier gewohnt, bis Billy Jim etwas Geld bekam, von einer Tante, die gestorben ist. Er mochte Lembke nicht, weil Lembke nicht zur Kirche geht und flucht, und mich hat er auch nicht gemocht, aus demselben Grund. Also hat er seinen Job bei Lembke aufgegeben und ist hier ausgezogen, und seitdem hab' ich von beiden nichts mehr gesehen oder gehört.«

»Nicht einmal vom Baby?« fragte Dave.

»O doch, das schon«, sagte Sims. »Billy Jim hat sich einen Wohnwagen gekauft, ist den Fluß raufgefahren und hat ihn dort irgendwo abgestellt. Er hat es sich in den Kopf gesetzt, die Gegend dort zu kultivieren, und vielleicht hat er das ja auch geschafft. Für das Geld hat er Maschinen gekauft, um Löcher zu bohren, Pfosten zu setzen, Straßen zu befestigen und so Zeug. Genug Arbeit, um Körper und Seele zusammenzuhalten. Und er wollte weg sein von den Menschen. Bevor er das Geld bekam, ist er immer in die Kirche gerannt, aber danach hat er die Kirchengemeinde ebenso vergessen wie die anderen Menschen. Nur er und Charleen, so hat er leben wollen.«

»Und das Baby«, erinnerte ihn Dave.

»Nein. Das Baby ist umgekommen. Ein Gewitter, ein mächtiger Sturm und viel Regen, ja. Dabei ist der Wohnwagen kaputtgegangen. Charleen war allein; er ist unterwegs gewesen. Als er zurückkam und sie befreit hat, hat sie das tote Baby im Arm gehabt. – War ja auch verrückt von ihm«, sagte Sims, »so weit in die Wildnis zu ziehen, wo einem keiner helfen kann. Zum Teufel, ein jeder braucht mal Hilfe in seinem Leben.« Er ging mit Dave zurück in den Wohnraum mit der Rosentapete. »Als ich meinen Herzinfarkt hatte, da wäre ich abgekratzt ohne die Leute von nebenan. Sehen Sie, deshalb bin ich jetzt Avon-Beraterin. Das ist leichte Arbeit. Ich brauche nicht mehr viel Geld. Aber so vertreibe ich mir wenigstens die Zeit.« Er öffnete die Haustür. »Nein, sie ist immer unvorsichtig gewesen. Und jetzt steckt sie im Schlamassel wegen einem Toten in Los Angeles. Wie ist das gekommen?«

»Wie er gestorben ist, meinen Sie? Man hat ihm das Genick gebrochen«, sagte Dave. »Jemand hat ihn überfallen und ihm das Genick gebrochen.«

Sims schüttelte den Kopf. »Vielleicht hat Billy Jim doch recht mit dem, was er über die großen Städte sagt.«

»Könnten Sie mir die Adresse sagen, wo die beiden wohnen?« fragte Dave.

»Es ist gar keine Adresse«, antwortete Sims. »Aber ich kann Ihnen sagen, wie Sie hinkommen.«

»Hat sie Ihnen das mit dem Baby geschrieben?« fragte Dave. »Hat sie telefoniert, oder was?«

Sims schaute an Dave vorbei nach draußen. »Billy Jim hat das Kleine hergebracht, damit es ein kirchliches Begräbnis bekommt. Er ist ein religiöser Fanatiker. Das hab' ich Ihnen noch nicht gesagt, oder? Sicher, man ist noch kein religiöser Fanatiker, wenn man sein Kind von einem Priester begraben lassen will. So habe ich es nicht gemeint. Aber ich glaube, ich habe vergessen, es Ihnen zu sagen. Er ist wirklich ein religiöser Fanatiker. Ich halte da nichts von. Ich halte nichts von Extremen. Immer mit der Ruhe, dann lebt man länger. Sagen Sie, was ist das für ein Wagen, den Sie fahren?«

»Ein Triumph«, antwortete Dave. »Ein britisches Fabrikat.«

»Nicht viel größer als eine Seifenkiste«, sagte Sims. »Nein, dort oben gibt es kein Telefon. Aber ich sage Ihnen, wie Sie hinkommen.«

Kapitel 23

Die Berge standen als schwarze Silhouetten gegen den Sternenhimmel. Estaca schien weit hinter ihm zu liegen. Erst hatte er die Weingärten hinter sich gelassen, dann das schlafende Vieh auf den Weiden, die roten, stählernen Pfosten der Zäune, den Stacheldraht. Jetzt lag vor ihm nur die mit Schlaglöchern übersäte Asphaltstraße, und der kleine Wagen fuhr dahin, geschaukelt vom Seitenwind, als wollte er dem erbärmlichen Licht seiner Scheinwerfer nachjagen. Jetzt war er allein; es gab nur noch ihn. Ein großes Land, eine große, leere Nacht. Dave fragte sich, ob er Sims richtig verstanden, ob Sims vielleicht einen Fehler gemacht hatte. Die Martinis schläferten ihn ein, genau wie das Dröhnen des Motors und die immer gleichen Höhen und Senken des felsenübersäten, mit getrocknetem Gras überwachsenen Hügellands. Dave schaltete das Autoradio ein. Gospelmusik zerrte an seinen Nerven. Er schaltete das Gerät wieder ab. Schaute auf seine Uhr und war überrascht. Noch nicht acht. Er blickte hoch.

Das Licht der Scheinwerfer zeigte ihm einen blechernen Briefkasten auf einer hüfthohen Eisenstange. TACKABERRY. Er trat auf die Bremse, aber zu spät; der Triumph rutschte ein paar Meter weiter. Dave fummelte an dem noch immer ungewohnten Schalthebel, legte den Rückwärtsgang ein und fuhr zurück bis zum Briefkasten. Von dort aus zweigte ein kleiner Feldweg ab, in Richtung auf die Berge. Er bog in den Weg ein. Eine Weile ging es flach dahin, dann stieg der Weg immer steiler an. Chapparal und Feldgruppen waren zu sehen, wenn der Wagen in eine Kurve bog. Unter alten Eichen lagen Äste und Zweige, die der Wind abgebrochen hatte. Die Fahrspur wurde immer steiler. Dave schaltete herunter. Die Scheinwerfer strahlten ins Nichts, in den Himmel. Dann kippte das Licht plötzlich nach unten. Und vor ihm, in der völligen Dunkelheit, schimmerte ein schwaches Licht.

Er hielt an, schaltete die Scheinwerfer ab, stieg aus und wartete, bis sich seine Augen an die Dunkelheit gewöhnt hatten. Der Wind zerzauste ihm das Haar. Er strich es zurück. Das Licht kam aus einem Fenster. Nur vage konnte er die Umrisse eines Hauses ausmachen. Es war noch so weit weg, daß es ihm vorkam wie ein Spielzeug, das ein Kind hier draußen liegengelassen hatte. Wenn wenigstens der Mond geschienen hätte... Aber selbst ohne das Licht der Scheinwerfer konnte es sein, daß sie das Geräusch des Motors gehört hatten, daß sie vorgewarnt waren. Der Motor war laut, lauter als der Wind. Dennoch stieg er wieder in den Triumph, schaltete die Scheinwerfer an und fuhr weiter. *Das ist ein Fehler*, sagte er sich.

Drei alte Eichen schützten die Wellblechbaracke. Auf der einen Seite war eine Veranda angebaut, auf der anderen ein Schuppen mit gewelltem Plastikdach, unter dem ein Traktor stand und Gegenstände mit scharfen Kanten, die Dave nicht genauer erkennen konnte. Er ging um das Haus herum. Ein Generator brummte in einem Blechverschlag. Aber der Laster war nicht zu sehen. Das erleichterte Dave ein wenig. Er trat auf die Veranda und klopfte an die Tür der Baracke. Hörte nichts als den Wind, der in den Wipfeln der Eichen heulte, und die reifen Eicheln, die auf das Blechdach knallten. Noch einmal klopfte er an. Nichts. Er versuchte, die Tür zu öffnen. Sie war versperrt, die Fenster auf dieser Seite schwarze Löcher. Er rief: »Hallo? Ist da jemand?« Der Wind trieb die Worte davon.

Er ging hinunter und um das Haus herum zu dem erhellten Fenster. Es war ziemlich hoch und mit Milchglas versehen. Unter dem Dach des Schuppens fand er eine leere Treibstofftonne und rollte sie zum Fenster hin. Dann kletterte er hinauf und versuchte, die aluminiumgerahmte Scheibe zur Seite zu schieben. Aber sie rührte sich nicht. Er sprang wieder hinunter auf den Boden, und in diesem Augenblick glaubte er, ein Geräusch gehört zu haben. Aber nur der Wind klapperte mit dem losen Plastikdach des Schuppens, und außerdem war Dave nicht sicher, ob er sich das Geräusch nur eingebildet hatte. Er blieb stehen und lauschte. Da, wieder! Eine Katze? Ein dünner, klagender Laut. Eine verletzte Katze? Dann ließ der Wind für Sekunden nach, und Dave wußte, daß es ein menschlicher Laut war. Er kam aus dem Inneren der Baracke.

»Oh, helfen Sie mir. Bitte, helfen Sie.«

»Warten Sie«, rief er und war mit ein paar Schritten wieder auf der Veranda. Aber diesmal half ihm sein Nachschlüssel nichts, und auch mit dem dünnen Stahlblech, das er für solche Fälle stets bei sich hatte, kam er nicht weiter. Es funktionierte zwar beim Türschloß, aber darüber war ein zweites Sicherheitsschloß angebracht. Immer, wenn der Wind nachließ, hörte er das leise Wimmern und Klagen. Er ging wieder zur Rückseite, kletterte auf die Tonne und schlug gegen die Scheibe. »Ich komme nicht rein«, sagte er. »Machen Sie das Fenster auf.«

Es glitt zur Seite. Er schaute in ein winziges Badezimmer mit einer Toilette, einer Duschkabine und einem Waschbecken. Sie stand da mit dem Rücken zur Tür und starrte ihn aus großen, entsetzt aufgerissenen Augen an. Ihr Schädel war kahlrasiert. Sie trug eine schmutzige Jeans und ein schmutziges T-Shirt. Er fragte sich eine Sekunde lang, warum sie nicht davongelaufen war, wenn sie solche Angst hatte. Aber dann sah er, daß sie an den Fußgelenken mit einer Kette gefesselt war. Ihre Knöchel waren zart, die Haut war abgewetzt. Als er hineinkletterte, begann sie zu schreien. Er stellte sich ungeschickt an, wie er sich durch die enge Öffnung zwängte. Beinahe wäre er kopfüber hineingestürzt. Und während dessen stand sie wie gebannt an der Badezimmertür und schrie. Drinnen drehte er den Kaltwasserhahn des Waschbeckens auf, ließ die Hände voll Wasser laufen und schüttete es ihr ins Gesicht. Sie hörte auf zu schreien.

Ein paar Sekunden lang hielt sie den Atem an. Dann stieß sie wieder das Katzengeräusch aus, ein Wimmern und Stöhnen. Er kniete sich neben sie. Ihre Fußknöchel waren mit Spielzeughandschellen gefesselt, wie man sie in jedem Laden kaufen konnte. Die Ketten daran waren für Hunde gedacht. Sie liefen unter der Tür des Schränkchens hindurch, das unter dem Waschbecken befestigt war. Dave öffnete die Tür. Die Ketten waren an den Wasserrohren befestigt. Mit dem Stahlblech, das er an seinem Schlüssel hatte, sprengte er die Fesseln. Dann erhob er sich, stieß die Handschellen samt den Ketten mit dem Fuß zu Seite und langte an dem Mädchen vorbei nach dem Türknopf. Sie wich vor ihm zurück und bedeckte den Mund mit beiden Händen. Er drehte den Knopf, aber die Tür ging nicht auf.

»Er hat ein Eisenrohr vorgelegt«, sagte sie. »Ich muß hier drinnenbleiben, solange er weg ist.«

»Billy Jim?« fragte Dave. »Wo ist er denn?«

»Fort mit dem Wagen, er arbeitet irgendwo. Ich kümmere mich nicht darum. Wenn er hier ist, liest er nur die Bibel und betet mit mir.« Sie setzte sich auf die Toilette und massierte sich die Knöchel, zuckte dabei mehrmals zusammen. »Ich fürchte nur, daß er mich einmal vergißt und nicht wiederkommt, und dann muß ich hier drinnen verhungern. Oder daß es ein Buschfeuer gibt. Das Gras ist strohtrocken, und der Wind weht meistens ziemlich stark. Ich würde gebraten werden wie ein Stück Speck.«

Der Wind war so laut, daß Dave Mühe hatte, ihre leisen Worte zu verstehen. Das Wellblech der Baracke summte. Dave sagte: »Was für ein Recht hat er, Ihnen Predigten zu halten? Sie haben niemandem das Genick gebrochen. Und Sie haben niemanden erschossen.«

Sie blickte rasch hoch. »Wer sind Sie?« Dave feuchtete einen Waschlappen an und wischte ihr damit die Tränen aus dem schmutzigen Gesicht. Er kniete sich hin und wusch ihre schmerzenden Fußknöchel. Sie sagte: »Sie kommen aus Los Angeles, nicht wahr? Sie sind ein Polizist.«

»Ich arbeite für Gerald Dawsons Versicherung«, antwortete

Dave. »Ich bin seit Tagen hinter Ihnen her. Dachte schon, Sie seien tot.«

»Ich wollte, ich wäre tot«, sagte sie. »So, wie er mich behandelt. Ich darf nur einmal am Tag essen. Er hat mir das Haar abrasiert. Hat mein Make-up weggeworfen. Und ich darf nichts Nettes anziehen. Nicht, bis ich bereit bin zu bereuen, sagt er. Was hab' ich denn getan? Ich bin doch nur mit Männern gegangen. Ich habe niemanden umgebracht.« Sie schniefte, nahm ein Blatt Toilettenpapier und schneuzte sich damit die Nase. »Und er betet zu Gott, damit er *mir* verzeiht.«

»Ihr Vater hat Sie vor ihm gewarnt«, sagte Dave.

Sie zuckte mit den Schultern. »Ich dachte, er hätte das nur gesagt, damit ich nicht das tue, was ich tun will. Er war immer so – ich sollte nie das tun, was ich wollte. Aber dann hat sich gezeigt, daß Billy Jim auch nicht anders ist. Männer!«

»Sind Sie deshalb fortgelaufen, nach Los Angeles?« fragte Dave.

»Am Anfang ist alles gut gegangen«, erwiderte sie. »Wir haben im Haus meines Daddys gewohnt. Billy Jim hat in der Maschinenfabrik gearbeitet. Manchmal hat er im Schlaf geschrien, und wenn er unter vielen Leuten war, hat er Schweißausbrüche bekommen. Er redete immer davon, wie er mich herausholen wollte aus Estaca, hinaus aufs Land, ganz allein, nur wir zwei. Ich habe gedacht, das sei vom Krieg und vom Lazarett, und er würde schon drüber wegkommen; ich hab' gedacht, es ist nur so ein Gerede, aber da habe ich mich getäuscht.« Sie hatte ins Leere geschaut; jetzt blickte sie zu Dave auf. »Haben Sie eine Zigarette?«

Dave hielt ihr sein Päckchen hin. Er hatte es beim Hereinklettern zerdrückt; die Zigaretten waren krumm. Er zündete ihr und sich eine an. »Erzählen Sie weiter«, sagte er.

»Warum haben Sie mich gesucht?«

»Weil Sie gesehen haben, wie Billy Jim Gerald Dawson getötet hat, oder nicht? Sie müssen es dem Sheriff sagen und dem Staatsanwalt des Countys.«

»Wieso sind Sie draufgekommen, mich hier zu suchen?«

Er berichtete ihr von dem Jahrbuch ihrer Schule, das er in einer Pfandleihe gefunden hatte.

»Sie sind schlau«, sagte sie, schüttelte aber zugleich besorgt den Kopf. »Aber Sie sind nicht mehr so jung und sehen nicht so stark aus wie er.« Jetzt stand sie auf und faßte nach dem Fensterrahmen.

»Wir hauen hier besser ab. Wenn er zurückkommt und Sie hier findet –«, sie zog sich hinauf und versuchte, hinauszuklettern ins Freie, »– dann bringt er uns beide um.«

»Schaffen Sie es?« fragte Dave. »Unter dem Fenster steht eine Öltonne?«

»Ich sehe sie.« Sie war nicht nur klein und schlank, sondern auch geschmeidig und schnell. Immerhin kletterte sie wesentlich geschickter hinaus, als Dave hineingeklettert war. Er kam sich steif vor als er ihr nachkletterte, und wich ihren Blicken dabei aus. Als er unten auf dem Boden stand, sagte er: »Warten Sie hier«, und ging zurück unter das klappernde Dach des Schuppens. Er suchte mit seiner kleinen Taschenlampe und fand ein Brecheisen, dann kam er zu ihr zurück. Sie stand neben der Öltonne und hatte die Hände auf ihren rasierten Schädel gelegt. »Was machen Sie denn?«

»Ich breche ein«, sagte Dave. »Ich muß das Gewehr haben.«

Die Tür bestand im Oberteil aus rautenförmigen, dicken Plastikscheiben. Dave schlug eine der Scheiben mit der Brechstange ein, langte nach drinnen und öffnete die beiden Schlösser, dann drehte er den Türknopf. Er ließ Charleen vor sich hineingehen und schaltete dann eine Lampe an neben einer Couch, die mit einer braunen, groben Decke überzogen war. Stuhl und Vorhänge paßten dazu. Der Boden war aus Linoleum mit einem Muster, das wie Eichenholz wirkte. Der Rahmen eines Fernsehgeräts stand in der Ecke. Auf einem Couchtisch lag aufgeschlagen die Bibel.

»Sie können meinetwegen das Gewehr suchen«, sagte sie. »Ich muß erst mal was essen.«

Sie ging in die kleine Küche, öffnete den Kühlschrank und nahm einen Karton mit Eiern heraus.

»Wissen Sie nicht, wo er es versteckt?« fragte Dave.

»Ich will es nicht wissen. Nach dem, was er mit dem Mann auf dem Parkplatz gemacht hat, will ich es nicht wissen. Es war, als ob sein Kopf explodiert wäre.«

Dave hatte die plastikfurnierten Türen eines schmalen hohen Schranks geöffnet. »Sie haben ihm kein Glück gebracht. Und Gerald Dawson auch nicht. Sie haben nicht einmal sich selbst Glück gebracht. Warum sind Sie hier abgehauen?«

»Wozu hätte ich noch bleiben sollen? Es war nicht mehr zum Aushalten. Er hat den Fernseher auseinandergenommen und das Radio mitgenommen. Sagte, ich müßte meine Seele von dem weltlichen Schmutz reinigen.«

Dave tastete auf dem Regal unter der Decke herum.

»Er traf sich mit den Farmern, für die er arbeitete, aber ich bekam keinen Menschen zu sehen. Kein Telefon, also konnte ich nicht mal mit meinen Freundinnen telefonieren oder mit meinem Daddy. Und es gab nichts zu Lesen außer der Bibel.«

Dave tastete jetzt zwischen den Kleidern herum, die in einem zweiten Schrank hingen, suchte vor allem in den dunklen Ecken.

»Er hat mir nicht mal meine Filmzeitschriften gelassen. Dann ist das Baby gekommen, und das war wenigstens ein bißchen Gesellschaft, wenn er unterwegs war. Aber dann kam dieses furchtbare Unwetter im März und hat hier alles kaputtgemacht. Ich hab' unter den Trümmern gelegen, und die Kleine ist gestorben. Ich hab' die ganze Nacht im Regen gelegen und das tote Baby festgehalten.«

Dave bückte sich und ließ das Licht der Taschenlampe über den Boden gleiten. Schuhe, aber kein Gewehr. Er trat zur Seite und schob die Schranktür zu. Charleen bereitete sich Rührei er zu. Dave ging zu ihr und schaute in den Küchenschränken nach. Seifenpulver, Bohnerwachs, Töpfe und Pfannen. Dosen, Schachteln mit Cornflakes und Trockensuppen. Tassen, Teller. Aber kein Gewehr.

»Kein einziges Mal hat er mich in die Stadt mitgenommen. Er mußte zum Einkaufen hin, aber er hat gesagt, es ist nicht gut für mich. Er hat wohl gedacht, ich würde ihn überreden, ins Kino gehen zu dürfen. Bis dahin hab' ich mein ganzes Leben lang jede Woche mindestens einen Film gesehen. Bis Billy Jim gekommen ist. Ich hab' so gern Geschichten über die Stars gelesen. Ich war mal ziemlich hübsch, ob Sie's glauben oder nicht.« Sie strich sich verloren mit der Hand über den nackten Schädel. »Ich war sogar bei den Mädchen, die die Footballmannschaft angefeuert haben, und habe bei Paraden mitgemacht. Und ich habe gut getanzt.«

Dave öffnete eine Tür. Dahinter befand sich ein kleines Schlafzimmer. Auch hier gab es einen großen Schrank mit Schiebetüren. Er durchsuchte ihn und die Schubladen darunter.

Sie sagte: »Aber den Rest hat es mir gegeben, als die Kleine tot war und er sie zum Begräbnis nach Estaca gebracht hat. Er hat es nicht erlaubt, daß ich mitkomme.« Aus den Augenwinkeln sah Dave, daß sie schreckliches, bräunliches Zeug aus der Pfanne in einen Teller gab. »Wollen Sie was vom Rührei? Sind Sie hungrig?«

»Nein, danke.« Das Gewehr konnte auch in einer Kommodenschublade liegen. Er sah nach. Und sie redete mit vollem Mund weiter.

»Ich habe Hunger zum Umfallen. Ich bekomme nur Milch und Cornflakes. Einmal am Tag. Aber das hab' ich schon gesagt. Er würde das Gewehr nicht hier drinnen verstecken, nicht in den Schubladen.« Sie stand unter der Tür, hatte den Teller in der Hand und schaufelte Rührei in sich hinein. »Er hätte Angst, ich könnte es finden und ihn erschießen, wenn er schläft. Er hat keine Ahnung, wie sehr ich mich vor dem Gewehr fürchte.«

Dave durchsuchte eine Schublade, schob sie zu und öffnete die nächste. Er wußte, daß er alles falsch gemacht hatte. Alles, von Anfang an. Es war töricht genug, allein hierherzufahren. Reines Glück, daß Billy Jim nicht hier war. Sie hatte recht. Er würde sie beide töten. Delgado hatte die Pistole. Wenn er schon nicht schlau genug war, Delgado mitzunehmen, hätte er wenigstens die Pistole mitnehmen müssen. Jetzt schob er die letzte Schublade zu.

»Also hab' ich meinen Koffer gepackt, alles Geld eingesteckt, mich auf die Straße gestellt und den Daumen hochgehalten. Und in Fresno hab' ich den Greyhound genommen. Er hat das Geld nie weggeschlossen – wozu auch? Ich hätte es hier draußen nicht ausgeben können. Es war nicht viel, aber das war mir egal. Ich dachte, ich komme ja doch bald ins Fernsehen.«

Dave stand auf dem Bett und versuchte, eine Falltür an der Decke zu öffnen. Er klemmte sich die Taschenlampe zwischen die Zähne und hievte sich hoch. Die Metallscharniere quietschten unter dem Gewicht. Er drehte den Kopf, um das Licht in alle Ecken fallen zu lassen. Aber dort oben war nichts als Staub. Er ließ sich wieder auf das Bett fallen. Der Wind draußen verursachte ein stetiges Summen der Wellblechbaracke. Es war wie im Inneren einer Trommel. Dave wünschte, das Geräusch würde aufhören. So konnte man nicht einmal das Fahrzeug Billy Jims hören, wenn es sich näherte. Dave entdeckte eine zweite Falltür in der Decke des Wohnraums. Er ging an Charleen vorbei. Sie sagte: »Ich hab' nicht geahnt, daß es so schwer sein würde. Ich hab', glaube ich, überhaupt nichts gewußt. Aber ein Mädchen, das ich mal traf, sagte mir, daß man auf dem Strip alle möglichen Leute vom Showgeschäft treffen könnte. Sie wissen schon, wo das ist. Und ich bin hingegangen und hätte sogar eine Rolle in einem Film bekommen – wenn Billy Jim mich nicht gefunden hätte. Ich hätte nie gedacht, daß er mich in Los Angeles suchen würde. Er haßte die Stadt, jede Stadt. Er hatte dort ständig furchtbare Angst.«

Dave stellte sich auf den Couchtisch, um sich hinaufziehen zu können. Aber auch hier fand er nichts in dem kleinen Raum oberhalb der Decke. Er sprang wieder herunter.

»Ich kenne den größten Teil der Geschichte«, sagte er zu Charleen. »Aber ich möchte von Ihnen hören, wie er Gerald Dawson getötet hat.«

»Ich hatte dieses Apartment.« Sie stellte den Teller in die Spüle, öffnete noch einmal den Kühlschrank und nahm einen Karton mit Milch heraus, goß die Milch in ein Glas. »Es war wirklich schön.«

»Ich habe es gesehen«, sagte Dave. »Charleen, wir dürfen nicht mehr länger hierbleiben. Wenn das Gewehr nicht hier ist, hat er es vermutlich mitgenommen. Und das könnte sehr schlimm sein für uns.«

Sie ging mit dem vollen Milchglas zur Tür und blieb eine Weile auf der kleinen Veranda stehen. »Wenn er käme, würde ich ihn sehen. Schon von weitem, von ganz oben am Hügel.« Sie kam wieder herein. »Sie wollen das Gewehr, damit sie ihn auch mitnehmen können, ist das richtig? Und um ihn abzuwehren, damit er mit Ihnen nicht dasselbe tut wie mit Jerry.«

»Wo ist es passiert? Im Bett?«

»Nein, in der Küche.« Sie ging wieder hinaus auf die Veranda. »Er hat ihn gepackt und ihm irgendwie den Kopf umgedreht. Man konnte es deutlich knacken hören, und dann war er tot. Ich habe versucht davonzulaufen.« Der Wind war zu laut, als daß Dave ihren nächsten Satz hätte verstehen können. »So, wie er mich geschlagen hat, dachte ich schon, er bringt mich auch um. Ich hab' ihm einen Stoß gegeben und bin hinausgelaufen auf den Laubengang, aber ich war ganz schwindlig und meine Beine haben nachgegeben, und da hat er mich wieder hineingeschleppt.«

Dave warf die Kissen vom Sofa. Er tastete in den Rückenschlitz, suchte nach dem Mechanismus, der es in ein Bett verwandelte. Fand den Hebel und klappte das Bett auf. Laken, Decken, zwei Kissen. Kein Gewehr. Er schaute sich um. »Ich habe das Apartment durchsucht. Und die Männer des Sheriffs waren auch dort. Es gab keine Spuren dafür, daß dort ein Mann ermordet worden ist. Eigentlich hinterläßt so etwas eine fürchterliche Schweinerei.«

»Hat es auch«, sagte sie. »Ich wußte ja nicht, daß das bei Toten passieren kann. Billy Jim hat mich gezwungen, sauberzumachen. Ich – mir ist ganz schlecht geworden. Ich mußte immer wieder ins Bad laufen und kotzen.«

Dave ging an ihr vorbei zur Tür und die paar Treppen von der Veranda hinunter, bückte sich und suchte unter der Veranda weiter.

»Aber Billy Jim hat mich gezwungen, alles sauberzumachen, zweimal, bis alle Spuren weg waren. Ich mußte sogar den Mop zweimal auswaschen. Dann sollte ich den Boden wachsen. Ich habe ihn gewachst, und er hat Jerry in ein Segeltuch aus dem Laster gewickelt und den Toten aus dem Küchenfenster gezerrt. Dann mußte ich ihm helfen, hinauf zur Straße, wo er den Wagen stehen hatte. Er hat dort geparkt, wo die Leitplanken durchbrochen sind.« Sie schaute sich um, zuckte mit den Schultern. »Ich weiß nicht, warum, aber mir ist kalt. Es ist nicht kalt, aber ich friere. Ich muß mir einen Pullover holen.«

Auch unter der Veranda entdeckte Dave nichts. Er schaute hinüber auf den dunklen Bergkamm zwischen dem Tal und der Straße, dann ging er ebenfalls wieder hinein. Sie holte sich keinen Pullover, sondern stand vor dem Spiegel im Bad. Hatte das Rohr abgenommen, mit dem die Tür verbarrikadiert gewesen war.

»Was machen Sie denn da?« fragte Dave.

»Ich will ein bißchen nett aussehen«, sagte sie und ließ Wasser ins Waschbecken laufen.

»Guter Gott, Charleen, kommen Sie. Wir dürfen keine Zeit mehr verlieren.«

»Ich komme ja schon«, erwiderte sie. »Nur noch einen Augenblick.«

»Warum hat er Dawson umgebracht?«

»Weil der mich verdorben hat«, sagte sie durch die Tür. »Er hat ihn zuvor gewarnt, am Sonntag, nach der Kirche. Jerry hat gesagt, er soll verschwinden. Am Tag danach hat er Mrs. Dawson angerufen und ihr gesagt, was mit mir und ihrem Mann läuft, und er hat gemeint, sie sollte ihren Mann abholen. Ich hab' das erst später erfahren und wußte auch nicht, daß er in meinem Schrank war, als sie gekommen sind – die Frau, der Pfarrer und der Junge, Bucky. Er hat schon drinnengesessen, bevor Jerry zu mir gekommen ist. Es muß ihn fast umgebracht haben, wie er mich und Jerry im Bett gehört hat.« Ihre Stimme klang plötzlich verändert. Sie putzte sich die Zähne und redete mit der Zahnbürste im Mund. »Mein Herz ist fast stehengeblieben, als er aus dem Schrank gekommen ist, nachdem Bucky weg war. Er hat sich den Bart abrasiert!«

»Ja – warum eigentlich?«

»Um den alten Nigger, der unten aufpaßt, zu täuschen«, sagte sie.

Dave versuchte, die Tür zu öffnen. Sie war versperrt. »Charleen, Sie vergeuden die Zeit. Wir müssen weg von hier.«

»Nur noch einen Augenblick«, sagte sie, und das Wasser plätscherte im Waschbecken.

»Warum hat Billy Jim nur diese zwei Männer umgebracht? Warum nicht Fullbright – ich meine, der hat das doch alles erst in Gang gesetzt?«

»Billy Jim hat nicht gewartet, bis ich ihm von Jack erzähle. Und als ich merkte, was ich Jerry und Mr. Odum angetan hatte, wollte ich es ihm nicht mehr sagen. Das teure Boot, Marihuana, Kokain, die schmutzigen Fotos, die er von mir gemacht hat – er hätte Jack Fullbright zweimal töten wollen. Ich hatte solche Angst an diesem Abend, ich wäre fast –«

Sie schrie auf. Und der Schrei galt nicht ihren Erinnerungen. Glas splitterte. Eine männliche Stimme sagte ein paar Worte, die Dave nicht verstehen konnte. Es krachte wieder, diesmal lauter. Dave erkannte das Geräusch. Der Toilettendeckel! Billy Jim zerrte Charleen hinaus durch das Badefenster. Dave lief durch den Wohnraum auf die Veranda. Der große Laster stand zwanzig Schritte daneben, mit laufendem Motor, aber ausgeschalteten Scheinwerfern. Natürlich! Billy hatte gesehen, wie es im Haus hell wurde, hatte den Triumph entdeckt und gewußt, daß etwas nicht in Ordnung war. Der Fahrweg hierher war ihm vermutlich vertraut. Er konnte ihn von der Bergkuppe aus ebensogut ohne Licht finden.

Jetzt tauchte er an der Ecke der Baracke auf, hatte den großen Cowboyhut auf dem Kopf. Er zerrte das kleine, schreiende, wütend um sich schlagende, magere Mädchen zu seinem Wagen. Cowan hatte recht gehabt; er war ebenso kräftig wie Bucky, aber etwas größer. Dave rannte über die Veranda. *Du bist nicht mehr so jung*, sagte eine Stimme in seinem Kopf. Dennoch warf er sich auf Billy Jim Tackaberry. Nicht schlecht für einen älteren Mann. Er erwischte ihn an den Knien. Die Knie gaben nach, und dann rollten alle drei im Staub. Aber Dave konnte den anderen nicht festhalten. Tackaberry bekam ein Bein frei und stieß damit nach dem Kopf von

Dave. Hart, so fest er konnte. Dave sah und hörte nichts mehr. Dann hörte er doch etwas: ein Geräusch wie einen Gong. Etwas, das gegen das Blech des Lastwagens geschlagen war. Er hörte Grunzen, unterdrückte Schreie. Sein Kopf schmerzte.

Er stöhnte und versuchte, sich zu bewegen. Stützte sich auf Hände und Knie und brach wieder zusammen. Die Tür des Lastwagens wurde zugeschlagen, der schwere Motor heulte auf. Dave versuchte aufzustehen. Der Wagen kam auf ihn zu. Er warf sich zur Seite, in ein Gebüsch. Der Wagen prallte gegen die Veranda. Eine Metallstütze gab nach, und das Dach senkte sich kreischend, auf den Wagen. Der Wagen schwankte, aber die großen Reifen faßten. Der Wagen schoß ein Stück rückwärts. Staub wirbelte hoch; der Wind trug ihn davon. Dave taumelte auf die Baracke zu, stürzte, war wieder auf den Beinen. Der Wagen beschrieb einen Halbkreis und hielt dann an. Dave drehte sich unter der Tür um. Das Licht vom Armaturenbrett fiel auf den Lauf eines Gewehrs. Dave ließ sich fallen, die Arme über dem Kopf. Die Explosion war gewaltig und hell. Daves Ärmel waren zerfetzt. Seine Arme fühlten sich an, als ob sie brannten.

Dann fuhr der Lastwagen davon.

Kapitel 24

Er versuchte seinem Vater klarzumachen: »Du darfst mich nicht schelten. Ich habe den gleichen Fehler gemacht wie du.« Aber sein Vater war tot. Und außerdem brachte er die Worte gar nicht über die Lippen. Er hörte die Geräusche, die er von sich gab. Es war nur ein Murmeln. Sein Vater verschwand im Dunkeln. Dave hörte das Schmatzen von Gummisohlen. Eine Tür ging auf. Licht traf seine Lider; er öffnete die Augen. Das Licht war hart und schmerzte. Es wurde von weißen Wänden reflektiert. Über ihm hing eine große Flasche mit Blut darin. Ein Schlauch führte von der Flasche zu ihm herunter. Die Flasche funkelte im Licht. Er schaute auf eine Stelle hinter der Flasche. Eine dicke Krankenschwester in mittleren Jahren, ohne Make-up, aber mit einer funkelnden, randlosen Brille betrachtete ihn vom Fußende des weißen Betts. Dann tauchte ein anderes Gesicht auf, ein junger Mann mit blondem Schnauzbart und einer hellen, sandfarbenen Uniform.

»Brandstetter? Wer hat auf Sie geschossen?«

»Ich muß eingeschlafen und von der Straße abgekommen sein, nicht wahr?« Die Worte waren sehr schwach, aber er konnte wenigstens wieder sprechen. »Tackaberry, Billy Jim.«

»Sie haben viel Blut verloren«, sagte der Polizeibeamte. »Ihre Arme sind aufgeschürft. Warum haben Sie den Wagen so mit Blut beschmiert? Ein schöner, nagelneuer Wagen. Warum haben Sie nicht um Hilfe telefoniert?«

Dave hob den Arm, um auf die Uhr zu schauen. Der Arm war weiß bandagiert, die Armbanduhr nicht zu sehen. »Wie spät ist es? Mein Gott, wie lange bin ich schon hier?« Er versuchte, sich aufzusetzen. Die Schwester stieß einen Entsetzenslaut aus. Der Polizeibeamte drückte ihn auf das Kissen zurück. »Wo bin ich?« fragte Dave.

»In Estaca«, antwortete der Polizeibeamte. Er schaute auf seine Armbanduhr. »Wie lange? Zwei, zweieinhalb Stunden?«

»O nein!« sagte Dave.

»Der Arzt mußte erst die Arterien nähen. Deshalb müssen Sie auch jetzt stilliegen«, erklärte die Schwester im Befehlston. »Sie haben sehr viel Blut verloren.«

»Ich muß telefonieren«, sagte Dave. Auf dem Tischchen neben dem Bett stand ein weißer Apparat. Daves bandagierte Unterarme lagen auf der Decke. Nur die Finger waren frei. Er versuchte, sie zu bewegen. Es ging. »Los Angeles. Lieutenant Jaime Salazar. Im Büro des County-Sheriffs. Morddezernat.«

»Sie sind hier in guten Händen«, sagte der Polizeibeamte.

»Das glaube ich.« Dave nickte. »Aber Tackaberry wird inzwischen einen weiteren Mord begehen, unten in Los Angeles.« Er rollte sich auf die Seite und versuchte, nach dem Telefon zu greifen. Die Schwester schob ihm den Arm zurück. Es tat nicht weh. »Ihr habt mich nur örtlich betäubt«, sagte Dave zur Schwester. »War ich so weit weggetreten? Was hab' ich eigentlich gemacht? Mir den Kopf angeschlagen?«

»Sie hätten den Sicherheitsgurt anlegen sollen«, sagte sie.

»Ich telefoniere für Sie«, bot der junge Polizeibeamte an.

»Es ist in dem Gebäude in der Temple Street«, sagte Dave. »Wenn er nicht da ist, versuchen Sie, ihn zu Hause zu erreichen. Sagen Sie ihm –«

»Sie können selbst mit ihm reden.« Der Beamte nickte in Richtung auf das Telefon. »Wenn ich ihn erreicht habe. Um wen geht es?«

»Um Jack Fullbright. Er wohnt auf einem Boot, das im Marina vertäut ist.«

»Salazar?« sagte der Polizeibeamte. »Ich werde es versuchen.« Er ging hinaus, und ein großes Kind, das wie ein Arzt gekleidet war, kam herein. Er zog eine Augenbraue nach oben und die Mundwinkel anerkennend nach unten. »Sie sehen recht gut aus dafür, daß Sie fast verblutet wären.«

»Schön. Dann kann ich ja gehen. Es ist dringend.« Dave versuchte wieder, sich aufzusetzen, und wurde wieder auf das Kissen zurückgedrückt. Der Arzt preßte den kalten Ring eines Stethoskops gegen Daves Brust. Drückte es an eine andere Stelle und an eine dritte. Dann nahm er die Schläuche aus den Ohren. Zog Daves linkes Augenlid hoch, dann das rechte. Dave sagte: »Es geht um Leben und Tod.«

»Sie sind Privatdetektiv«, erklärte das große Kind. »Das ist ein sehr romantischer Job.«

»Es geht trotzdem um Leben und Tod«, erwiderte Dave. »Zwei Männer sind bereits umgekommen, weil man einen Soldaten früher aus der Gummizelle im Lazarett gelassen hat, als es ratsam gewesen wäre. Heute abend hat er versucht, mich umzubringen. Und er ist auf dem Weg zu –«

Die Tür ging auf, und der Polizeibeamte mit dem blonden Schnauzbart kam herein. »Salazar ist nicht an seinem Schreibtisch. Und Ihr Name steht nicht auf der Liste der Leute, die seine Privatnummer erfahren dürfen. Wen soll ich sonst noch benachrichtigen?«

Dave nannte ihm Ken Barker. »Ich habe ein Adreßbuch mit Telefonnummern in meiner Jacke. Haben Sie meine Jacke?«

»Das, was davon übriggeblieben ist«, antwortete der Polizeibeamte.

»Und wenn Sie Barker nicht erreichen können«, sagte Dave, »dann rufen Sie bitte John Delgado an. Er arbeitet für mich.«

Der Arzt nahm das Telefon vom Nachttisch und trug es zur Fensterbrüstung, wo er es stehenließ. Dann sagte er zum Polizeibeamten: »Sie telefonieren – nicht er.«

»Ich gehe«, sagte Dave, »sobald die Flasche hier leer ist.«

»Sie haben eine Gehirnerschütterung erlitten«, erklärte der Arzt. »Sie müssen bis Sonnabend hierbleiben.«

»Großartig«, antwortete Dave. Er schaute den jungen Kerl mit dem blonden Schnauzbart an. »Okay. Sagen Sie Barker, er soll hinunterfahren zum Marina und Jack Fullbright festnehmen. Er hat Rauschgift auf seinem Boot und ist wahrscheinlich mit einer Minderjährigen im Bett. Er soll in einer Zelle untergebracht werden, wo er vor Billy Jim Tackaberry sicher ist.«

»Konnten Sie die Nummer am Wagen dieses Tackaberry erkennen?«

»Es war zu dunkel«, sagte Dave. »Und ich hatte alle Hände voll zu tun. Aber Sie können sie doch ermitteln, oder? Und, bitte, beeilen Sie sich und versuchen Sie, Barker zu erreichen. Bei der Mordkommission im Präsidium von Los Angeles.«

»Gut. Die Wagennummer bekommen wir rasch. Er hat versucht, Sie zu töten, ist das richtig? Sie sind bereit, das zu beschwören? Das muß sein, sonst kann ich keine Fahndung nach ihm rausgeben.«

»Gut«, sagte Dave. »Aber versuchen Sie erst Barker zu erreichen.«

Aber es gelang ihm nicht. Barker war unterwegs.

»Also hab' ich es bei Ihrem Delgado versucht. Keine Antwort.«

Dave betrachtete die Infusionsflasche. Das Blut tropfte sehr langsam in den Schlauch. Die Schwester berührte die Flasche. Sie berührte die Stelle, wo der Schlauch in die Vene führte, direkt oberhalb des Verbands. Dave sagte zum Polizeibeamten: »Da ist noch eine Nummer im Buch. Amanda Brandstetter.«

»Ihre Frau? Wollen Sie, daß ich ihr sage, was passiert ist? Soll sie kommen und Sie abholen?«

»Wieso?« fragte Dave. »Läuft mein Wagen denn nicht mehr.«

»Er läuft«, antwortete der Beamte. »Wenn Ihnen das Blut nichts ausmacht...«

»Sagen Sie ihr nicht, was mir passiert ist«, erklärte Dave. »Nur, daß ich hier festgehalten werde. Und bitten Sie sie, Johnny Delgado zu suchen und ihn hinunterzuschicken zu Fullbrights Boot, ja? Er soll Jack Fullbright vom Boot holen und irgendwo verstecken, wo ihn Tackaberry nicht erreicht – auch nicht mit seinem Gewehr. Sagen Sie ihr, Johnny sitzt vermutlich in irgendeiner Bar in der Nähe des Sea-Spray-Motels in Santa Monica.«

»Das hört sich nicht so an, als ob es klappen würde«, erwiderte der junge Kerl mit dem blonden Schnauzbart.

»Dann versuchen Sie es mit einer direkten Verbindung zum Präsidium der Stadtpolizei von Los Angeles«, sagte Dave. »Für Sie werden die ja wohl ihre Ärsche in Bewegung setzen, wenn schon nicht für einen Privatdetektiv – auch nicht, wenn er angeschossen wurde.«

»Sie wissen ja gar nicht, ob Tackaberry wirklich nach Los Angeles fährt.« Der junge Polizeibeamte schaute sehr skeptisch drein. »Ich muß das erst mit meinem Chef besprechen. Es könnte ja auch sein, daß Tackaberry versucht, nach Mexiko zu fliehen.«

»Vergessen Sie's«, sagte Dave. »Wir wollen doch Ihren Chef nicht aus dem wohlverdienten Schlaf reißen.«

»Wenn ich halb Los Angeles durcheinanderbringe und nichts geschieht, könnte das recht unangenehm für mich werden«, erklärte der junge Kerl.

»Ich habe noch eine Telefonnummer in meinem Buch. Randy Van. Sagen Sie ihm, daß ich zusammengeschlagen worden bin. Er soll hinuntergehen zum Marina und Fullbright warnen.«

»Hat einer, der Randy Van heißt, Muskeln?«

»Genug, um den Telefonhörer abnehmen zu können«, sagte Dave.

»Ich habe die Fahndung schon durchgegeben«, erklärte der Polizeibeamte.

»Gut. Dann rufen Sie jetzt Randy Van an.«

Der Polizist ging, und der Arzt schaute herein. »Schwester? Geben Sie ihm etwas, damit er ein paar Stunden schläft.«

Sie ging, und ihre Gummisohlen schmatzten. Dave nahm das Röhrchen aus dem Arm. Seine Uhr, die Brieftasche und die Schlüssel lagen in der Schublade der Kommode, auf der das Telefon jetzt stand. Aber seine Kleidung hing nicht im Schrank. Er zog die gelben Vorhänge auf. Die Bäume schwankten im Wind vor den Straßenlaternen. Draußen auf dem Korridor näherten sich Schritte. Dave ging ins Bad und sperrte sich ein. Jemand klopfte an die Tür. »Alles in Ordnung?«

»Bestens«, antwortete er. »Ich komme gleich raus.«

Und das war nicht gelogen. Dave kletterte aus dem Fenster. Das kurze, gestärkte Krankenhaushemd, das hinten zusammengebunden wurde, war nicht unbedingt die richtige Kleidung für die Reise, aber er hatte nichts anderes, und die Bürger von Estaca achteten ohnehin nicht auf ihn. Inzwischen hatten sie vermutlich ihre Fernseher ausgeschaltet und waren zu Bett gegangen. Er ging um die Ecke des ebenerdigen Krankenhausgebäudes und erreichte den Parkplatz. Im unruhigen Schatten einer Palme stand sein Triumph. Das Blut auf den Lederpolstern war im warmen Wind getrocknet. Es zerbröckelte, als er sich daraufsetzte. Der Teppich war feucht und klebrig. Blut war auf die Armaturen und auf die Windschutzscheibe gespritzt, und das Lenkrad war verkrustet. Dave fuhr hinaus auf die Straße. Die schwankende Verkehrsampel zeigte rot, aber Dave achtete nicht darauf.

Die großen Restaurants unten am Strand waren dunkel in der von zahllosen Straßenlampen erhellten Umgebung; die riesigen Fenster waren wie schwarze Spiegel. Die Türme der Eigentumswohnungen ragten riesig und schwarz in den Nachthimmel. Auf Daves Armbanduhr war es fast drei Uhr morgens. Er war benommen und fühlte sich elend, und die Arme taten ihm weh. Es war kühl und feucht hier, und ein Frösteln lief ihm über den Rücken. Er hielt an der Einfahrt zum Parkplatz, wo die Bootsbewohner ihre Wagen abstellten. Die rotweiß bemalte Schranke war geschlossen. Dave betrachtete das kleine Häuschen des Parkwächters. Er nahm an, daß es unbesetzt war, aber dann sah er den großen Fuß, der aus dem Türspalt ragte. Er stieg aus dem Wagen. Der Wächter hatte die Mütze über das Gesicht gezogen. Er lag seltsam verkrümmt auf dem Boden. In seiner Brust war eine blutige Öffnung zu erkennen. Dave stieg über ihn hinweg und benützte das Telefon.

Dann lief er über den Parkplatz und hinaus auf die Pier. Kleine Kiesel gruben sich in seine nackten Fußsohlen; er mußte sie mehrfach abstreifen. Die Boote lagen alle im Dunkeln da und bewegten sich sacht mit den Wellen und den Gezeiten. Es war tödlich still. Von der Kajütentreppe in Fullbrights Boot drang Licht herauf. Dave schwang sich über die Reling an Bord, ging die Kajütentreppe hinunter. Die große Kabine mit den Couches und der Bar war leer. Aber die Tür zur Schlafkabine stand offen. Erst sah Dave das Blut, dann Fullbrights nackten Körper, der halb im Bad lag, wo ebenfalls Licht brannte. Er berührte den Körper. Fast kalt. Er drehte sich herum, wollte weg von dem Blutgeruch, weg von diesem schlüpfrigen, klebrigen Boden. Und hörte ein Plätschern. Er ging, so schnell er konnte, die Kajütentreppe hinauf.

Unten, im Wasser, hustete jemand leise. Jemand würgte und erbrach Salzwasser. Jemand versuchte zu rufen. Es wurde nur ein Stöhnen daraus. Dave schaute hinunter auf das Wasser. Das Plätschern kam von einer Stelle weiter vorn am Bug. Er ging nach vorn. Das Licht vom Parkplatz blendete, so daß man unten im schwarzen Wasser fast nichts erkennen konnte. Dave schirmte die Augen mit den Händen ab.

»Wo sind Sie?« brüllte er.

»Hilfe!« Etwas Weißes trieb dort unten. Auf den polierten Planken lag ein zusammengerolltes Tau. Er ließ es hinunter.

»Können Sie das fassen?« Er wand den oberen Teil um eine Verstrebung und verknotete es. »Das Seil, halten Sie sich daran fest!« Aber nichts geschah. Sogar das leise Plätschern hatte aufgehört. Er hörte, wie Luftblasen an der Wasseroberfläche zerplatzten. Sprang über die Reling. Das Wasser war kalt. Das weiße Ding trieb nicht weit von ihm dahin, war am Sinken. Er langte danach. Kalte, menschliche Haut. Er suchte nach einem Halt, ertastete schlaffe Arme, einen harten, runden Schädel. Mußte durchatmen und den Arm loslassen, tauchte an die Oberfläche und vernahm entfernte Sirenen. Er lächelte, atmete tief ein und tauchte wieder unter.

Diesmal bekam er die weiße Gestalt zu fassen und stieß sich mit ihr nach oben. Seine Arme umschlangen den Brustkorb von hinten, aber er fühlte keine Atmung. Mit einem Arm hielt er sich über Wasser, stieß mit dem Kopf gegen die Flanke des Bootes, versuchte, die Pier zu erreichen. Die Kälte des Wassers machte ihn taub. Es war durch die Bandagen gedrungen. Der Schmerz war stark wie Feuer. Dave stieß mit dem Kopf gegen einen Pfosten. Hielt sich fest und klammerte sich daran ...

Dann atmete er tief ein und brüllte.

Und fühlte, wie die Pier erzitterte unter den Schritten laufender Füße.

Es war Randy Van in einem weißen durchbrochenen Kleid mit einem großen Teerfleck darauf. Er lag auf den weißen Planken der Pier und sah blaßgrün und tot aus. Bis auf seine Beine. Das Fleisch war aufgerissen, und durch die Wunden sickerte Blut. Sanitäter in grünen Overalls beugten sich über ihn, Alptraumgestalten im Licht, das aus Fullbrights Boot nach oben fiel. Einer von ihnen, ein Schwarzer mit Fettwülsten am Nacken, preßte seinen Mund auf

Randys Lippen. Ein anderer, im weißen Kittel und mit einer Brille, setzte sich auf Randys Hüfte und drückte mit den Händen auf den Brustkorb. Jemand wickelte Dave in eine Decke und fragte ihn, was daran so komisch sei. Dave konnte ihm nicht sagen, wie sehr Randy die Szene genießen würde, wenn er bei Bewußtsein wäre. Daves Kiefer schienen sich nicht zu bewegen. Es war kalt. Er zitterte so sehr, daß er fürchtete, seine Gelenke würden aus den Kapseln springen. Er wollte, sie hätten mehr Decken gebracht.

Randy gab einen Laut von sich. Wasser schoß aus seinem Mund. Seine Augenlider bewegten sich. Die zerfetzten Beine bebten schwach. Der Schwarze und der im weißen Kittel legten ihn auf eine verchromte Tragbahre und schoben ihn über die Pier, vorbei an den Leuten in Bademänteln, die die Szene beobachteten, zum Parkplatz, wo die roten Lichter auf dem Dach eines Polizeiwagens tanzten und das gelbe Licht eines Krankenwagens die Umgebung erhellte. Der im grünen Overall, der ihn in die Decke gewickelt hatte, drückte ihn hinunter auf die Bretter der Pier. Dave war schwach und leistete kaum Widerstand. Er wollte sagen, daß er noch gehen könne, aber der Schüttelfrost wurde immer stärker. Man legte ihn flach auf den Boden. Hob seine Beine an. Dann kam eine zweite Decke, und das war gut. Er schloß die Augen, und die kleinen Räder ratterten über die Bretter. Es dauerte so lange, daß er unterwegs einschlief.

Amanda sagte: »Mein Gott, schaut euch seine Arme an! Dave!«

Er schlug die Augen auf. Sie kniete neben ihm, trug ein hellgraues Derbykostüm. Dave fragte: »Was, zum Teufel, machst du hier? Ich habe dich nur gebeten –«

»Mich zu suchen.« Delgado schwankte; er stand neben ihr, unrasiert, mit blutunterlaufenen Augen. Das Hemd hing ihm aus der Hose. Seine Stimme klang schleppend und belegt. »Damit ich Fullbright rette. Aber ich konnte das verdammte Boot nicht finden. Ich hab' mich verfahren. Tut mir so leid, Dave.«

»Nicht halb so leid, wie es Fullbright tun dürfte«, sagte Dave.

Ken Barker berichtete: »Sie haben Billy Jim und Charleen gefaßt, in Chatsworth. Durch die Fahndung, die Estaca herausgegeben hat.« Er trug einen Schaffellmantel mit der ledernen Seite nach außen. »Tut mir leid, daß man Ihren Anruf nicht weitergegeben hat. Ich war nicht unterwegs.«

»Na, dann freut es mich sehr, wenn es euch allen leid tut«, sagte Dave.

»Warum hast du nicht gesagt, daß du verletzt bist?« fragte Amanda.

»Es war ja nicht so schlimm«, erwiderte Dave. »Außerdem war ich zweihundert Meilen von hier – was hättest du tun können?« Sie karrten Dave auf die offenen Hecktüren des Krankenwagens zu. Die Beine der Bahre klappten mit leisem Klicken zusammen, und Dave schwebte eine halbe Sekunde lang samt der Bahre in der Luft.

»Schau mich nicht so entsetzt an«, rief er zu Amanda hinaus.

»Wir fahren dir nach«, rief sie zurück.

Dann wurden die Hecktüren des Krankenwagens zugeschlagen. Drinnen war es hell. Der schwarze, fette Sanitäter hängte Flaschen mit Plasma in ein Gestell. Die Sirene begann zu jaulen. Der Motor brummte. Der Krankenwagen setzte sich in Bewegung. Der Schwarze fand eine Vene unterhalb von Randys Ellbogen und schob eine große, funkelnde Hohlnadel hinein. Dann wiederholte er die Prozedur bei Dave. Die Stelle an Daves Arm war blutunterlaufen, und Dave wurde eine Sekunde lang ohnmächtig. Die Flaschen und Röhren schwangen mit den Bewegungen des Krankenwagens. Dave schaute zu Randy hinüber. Er war jetzt nicht mehr leichengrün, und er lächelte Dave etwas mühsam an.

»Danke«, sagte er. »Für den Schwimmunterricht.«

»Ich hatte nicht damit gerechnet, daß dir etwas passieren könnte«, sagte Dave.

»Es war meine eigene Schuld. Ich habe zuviel Zeit vertrödelt mit dem Umziehen.«

»Warum hast du ausgerechnet dieses elegante weiße Kleid angezogen?« fragte Dave.

»Ich hielt es für das Beste, wenn Fullbright in See stechen würde. Ich meine, das wäre doch nur logisch gewesen, oder? Und, nun ja, was trägt eine Dame auf einer Kreuzfahrt in der lauen Sommernacht?«

INTERNATIONALE THRILLER

Joseph Hayes
Morgen ist es zu spät
8648

Kenneth Goddard
Signalfeuer
8356

Michael Hartland
Chinesisches Labyrinth
8808

Desmond Bagley
Sog des Grauens
6748

Alfred Coppel
Der Drache
8824

Nelson de Mille
Wolfsbrut
8574

GOLDMANN

INTERNATIONALE THRILLER

John Trenhaile
Die Nacht des Generals
8479

Stuart Woods
Auf Grund
8839

Alistair MacLean
Rendezvous mit dem Tod
2655

Brian McAllister
Operation Salamander
8913

William Heffernan
Der Opium-Pate
8868

William Bayer
Der Killerfalke
8938

GOLDMANN

JAMES M. CAIN

Zarte Hände hat der Tod
6243

Doppelte Abfindung
5084

Die Frau des Magiers
5092

Das Mädchen, das vom
Himmel fiel   5104

GOLDMANN

GEORGE V. HIGGINS

Die Freunde von Eddie Coyle
5083

Der Anwalt
5087

Ausgespielt
5115

GOLDMANN

AMERIKANISCHE AUTOREN

Margaret Truman
Mord im CIA
5069

Stuart M. Kaminsky
Rotes Chamäleon
5072

Joseph Hansen
Frühe Gräber
5073

Harold Adams
Einfach Mord
5055

Robert Goldsborough
Per Annonce: Mord
5062

Collin Wilcox
Nächtliche Spiele
5042

GOLDMANN

GEORG R. KRISTAN

Fehltritt
im Siebengebirge
5003

Ein Staatsgeheimnis
am Rhein
5019

Spekulation in Bonn
5050

Schnee im
Regierungsviertel
5068

Das Jagdhaus
in der Eifel
5650

GOLDMANN

Goldmann
Taschenbücher

Allgemeine Reihe
Unterhaltung und Literatur
Blitz · Jubelbände · Cartoon
Bücher zu Film und Fernsehen
Großschriftreihe
Ausgewählte Texte
Meisterwerke der Weltliteratur
Klassiker mit Erläuterungen
Werkausgaben
Goldmann Classics (in englischer Sprache)
Rote Krimi
Meisterwerke der Kriminalliteratur
Fantasy · Science Fiction
Ratgeber
Psychologie · Gesundheit · Ernährung · Astrologie
Farbige Ratgeber
Sachbuch
Politik und Gesellschaft
Esoterik · Kulturkritik · New Age

Goldmann Verlag · Neumarkter Str. 18 · 8000 München 80

Bitte
senden Sie
mir das neue
Gesamtverzeichnis.

Name: _____

Straße: _____

PLZ/Ort: _____